Garci Rodríguez de Montalvo

Amadís de Gaula

Parte II

Barcelona **2023**
Linkgua-ediciones.com

Créditos

Título original: Amadís de Gaula.

© 2023, Red ediciones S.L.

e-mail: info@linkgua.com

Diseño de cubierta: Michel Mallard.

ISBN tapa dura: 978-84-1126-967-4.
ISBN rústica: 978-84-9816-815-0.
ISBN ebook: 978-84-9897-796-7.

Sumario

Brevísima presentación

La vida
Garci Rodríguez de Montalvo. España.
Vivió a finales del siglo XV o principios del XVI. Fue Regidor de Medina del Campo.

Libros de caballería
Este es el más famoso de los libros de caballería. La edición más antigua conocida es la de Zaragoza de 1508, aunque el texto original es del siglo XIV, y es referido por Pero López de Ayala y Pero Ferrús. El propio Montalvo admite haber reescrito los tres primeros libros y ser el autor del cuarto.

Se cree que la versión original de Amadís es portuguesa. Se ha atribuido a diversos autores, la Crónica portuguesa de Gomes Eanes de Azurara, escrita en 1454, menciona como su autor a Vasco de Lobeira que fue armado caballero en la batalla de Aljubarrota (1385). Otras fuentes dicen que el autor fue João de Lobeira, y que se trata de una refundición de una obra anterior, tal vez de principios del siglo XIV. Pero no se conoce ninguna versión del texto portugués original.

La novela se inicia con el relato del amor secreto del rey Perión de Gaula y de la infanta Elisena de Bretaña del que nació Amadís que fue abandonado en una barca. El niño fue criado por el caballero Gandales y recorre el mundo en busca de su origen en una trama de aventuras fantásticas, protegido por la hechicera Urganda, y perseguido por el mago Arcaláus el encantador.

Libro segundo

Comienza el segundo libro de Amadís de Gaula

Y PORQUE LAS GRANDES COSAS QUE EN EL LIBRO CUARTO DE AMADÍS DE GAULA SE DIRÁN, FUERON DESDE LA ÍNSULA FIRME, ASÍ CÓMO POR ÉL PARECE, CONVIENE QUE EN ESTE SEGUNDO SE HAGA RELACIÓN QUÉ COSA ESTA ÍNSULA FIRME FUE Y QUIÉN AQUELLOS ENCANTAMIENTOS QUE EN ELLA HUBO Y GRANDES DEJÓ. PORQUE SIENDO ÉSTE EL COMIENZO DEL DICHO LIBRO, EN EL LUGAR QUE CONVIENE VAYA RELATADO.

En Grecia, fue un rey casado con una hermana del emperador de Constantinopla, en la cual hubo dos hijos muy hermosos, especialmente el mayor, que Apolidón hubo nombre, que así de fortaleza de cuerpo como de esfuerzo de corazón en su tiempo ninguno igual le fue. Pues éste, dándose a las ciencias de todas artes con el su sutil ingenio, que muy pocas veces con la gran valentía se concuerda, tanto de ellas alcanzó, que así como la clara Luna entre las estrellas, más que todos los de su tiempo resplandecía, especial en aquellas de nigromancia, aunque por él las cosas imposible parece que se obran.

Pues este rey, su padre de estos dos infantes, siendo muy rico de dinero y pobre de la vida, según su gran vejez, viéndose en el extremo de la muerte, mandando que el su hijo Apolidón por ser mayor el rey no le quedase, al otro los sus grandes tesoros y libros, que muchos eran, y mucho valían, dejaba. Mas él de esto no contento, con muchas lágrimas a su padre decía que con aquello casi desheredado era. El padre torciendo sus manos, no pudiendo más hacer, en gran angustia su corazón estaba. Mas aquel famoso Apolidón, que así para las grandes afrentas como para los autos de virtud su corazón digno era, viendo la cuita del padre y la poquedad del hermano dijo que porque su alma consolada fuese, que tomando él los tesoros y sus libros, a su hermano dejaría el reino, de lo cual el rey, su padre, muy consolado, con muchas lágrimas de piedad, su bendición le dio.

Pues tomando Apolidón los grandes tesoros y los libros, aparejar hizo ciertas naves, así de buenos caballeros escogidos, como de bastimentos y armas. Y en ellas metido, por la mar se fue no a otra parte sino donde la ventura lo guiaba, la cual viendo cómo este infante en su arbitrio se ponía, quiso que aquella grande obediencia de su viejo padre, dada con mucha gloria y mucha grandeza, pagada le fuese, trayendo viento próspero que sin entrevalo la su flota en el imperio de Roma arribó, donde a la sazón emperador era el Siudán llamado, del cual fue muy bien recibido.

Y allí estando algún espacio de tiempo juntos sus grandes cosas en armas, que antes por otras tierras había hecho, de las cuales en gran estima era su gran loor ensalzado con las presentes que allí hizo, fue causa que con demasiado amor de una hermana del emperador, Grimanesa llamada, amado fue, que por todo el mundo su gran fama y hermosura en aquel tiempo entre todas las mujeres florecía. De que se siguió que así él amándola como amado era, no teniendo el uno y otro esperanza de ser sus amores en efecto venidos por ninguna guisa, a consentimientos de los dos, salida Grimanesa de los palacios del emperador, su hermano, y puesta en la flota de su amigo Apolidón, por la mar navegando, a la Ínsula Firme aportaron, que de un gigante bravo señoreada era. Donde Apolidón fue sin saber qué tierra fuese, mandó sacar una tienda y un rico estrado en que su señora holgase, que muy enojada de la mar andaba. Mas luego, a la hora, el bravo gigante armado, a ellos viniendo en gran sobresalto los puso, con lo cual, según la gran costumbre de la Ínsula por salvar a su señora y a sí y a su compaña, Apolidón se combatió. Y venciéndole con su gran sobrada bondad y valentía, quedando muerto en el campo, fue Apolidón libre señor de la misma Ínsula, que después de haber visto la su gran fortaleza, no solamente al emperador de Roma, a quien enojado tenía por le haber así traído a su hermana, mas a todo el mundo no temía. En la cual, por ser el gigante tan mhalo y soberbio, muy desamado de todos era, y Apolidón, después de ser conocido, muy amado fue.

Ganada la Ínsula Firme por Apolidón, como habéis oído, en ella con su amiga Grimanesa moró diecisiete años, con tanto placer que sus ánimos satisfechos fueron de aquellos deseos mortales, que el uno por el otro pasado habían.

En aquel tiempo fueron hechos muy ricos edificios, así con sus grandes riquezas, como con su sobrado saber, que a cualquier emperador o rey por rico que fuese fueran muy graves de acabar. En cabo de estos años, muriendo el emperador de Grecia sin heredero, conociendo los griegos las bondades de este Apolidón y ser de aquella sangre y linaje de los emperadores y por parte de su madre de todos en una concordia y voluntad, elegido fue, enviando a él, allí donde en la Ínsula estaba, sus mensajeros por los cuales le hacían saber quererlo por su emperador Apolidón, viendo ofrecérsele un tan gran imperio, comoquiera que en aquella Ínsula todos los deleites que hallar se podrían alcanzase, y conociendo que de los grandes señoríos antes fatigas y trabajos que deleites y placeres se alcanzan y, si algunos hay, son mezclados con amargos jaropes, siguiendo lo natural de los hombres mortales, cuyo deseo nunca es contento ni harto, acordó con su amiga, que dejando aquéllos donde estaban, tomasen el imperio que se les ofrecía, mas ella, habiendo gran mancilla que una cosa tan señalada, como lo era aquella Ínsula donde tales y tan grandes cosas quedaban, poseída por aquél su grande amigo, el mejor caballero en armas que en el mundo se hallaba y por ella que por el semejante sobre todas las de su tiempo su gran hermosura loada era, y junto con esto, ser amados de si mismos en la misma perfección que el amor alcanzar se puede, rogó a Apolidón que antes de su partida dejase allí por su gran saber como en los venideros tiempos, aquel lugar señoreado no fuese sino por persona que así en fortaleza de armas como en lealtad de amores y de sobrada hermosura a ellos entrambos pareciese.

Apolidón le dijo:

—Mi señora, pues que así os place yo lo haré de guisa que de aquí ningún señor ni señora ser pueda, sino aquéllos que más señalados en lo que habéis dicho sean.

Entonces hizo un arco a la entrada de una huerta en que árboles de todas naturas había, y otrosí, había en ella cuatro cámaras ricas de extraña labor y era cercada de tal forma que ninguno a ella podía entrar sino por debajo del arco. Encima de él puso una imagen de hombre de cobre y tenía una trompa en la boca como que quería tañer. Y dentro en él un palacio de aquéllos puso dos figuras a semejanza suya y de su amiga, tales que vivas parecían, las caras propiamente como las suyas y su estatura y cabe ellas una piedra jaspe muy clara e hizo poner un padrón de hierro de cinco codos en alto, a un medio techo de ballesta en un campo grande, que ende era y dijo:

—De aquí adelante no pasará ningún hombre ni mujer si hubieron errado, y aquéllos que primero comenzaron a amar, porque la imagen que veis tañerá aquella trompa con son tan espantoso a humo y llamas de fuego, que los hará ser tullidos y así como muertos serán de este sitio lanzados. Pero si tal caballero, dueña o doncella aquí vinieren que sean dignos de acabar esta ventura, por la gran lealtad suya como ya dije, entrarán sin ningún entrevalo y la imagen hará tan dulce son que muy sabroso sea de oír a los que lo oyeren, y éstos verán las nuestras imágenes que sus nombres escritos en el jasque que no sepan quién los escribe.

Y tomándola por la mano a su amiga, la hizo entrar por debajo del arco y la imagen hizo el dulce son y mostróle las imágenes y sus nombres de ellos en el jaspe escritos. Y saliéndose fuera hubo Grimanesa gana de lo hacer probar y mandó entrar algunas dueñas y doncellas suyas, mas la imagen hizo el espantoso son con gran humo y llamas de fuego, luego, fueron tullidas sin sentido alguno, y lanzadas fuera del arco y los caballeros por el semejante, de que Grimanesa, siendo cierta, sin peligro ser, con mucho placer de ellos, se reía agradeciendo mucho a su amado amigo Apolidón aquello que tanto en satisfacción de su voluntad había hecho, y luego le dijo:

—Mi señor, pues ¿qué será de aquella rica cámara en que tanto placer y deleite hubimos?

—Ahora —dijo él—, vamos allá y veréis lo que ahí haré.

Entonces, se subieron donde la cámara era y Apolidón mandó traer dos padrones uno de piedra y otro de cobre y el de piedra hizo poner a cinco pasos de la puerta de la cámara y el de cobre otros cinco más desviado y dijo a su amiga:

—Ahora, sabed que en esta cámara no puede hombre ni mujer entrar en ninguna manera ni tiempo, hasta que aquí venga tal caballero que de bondad de armas me pase, ni mujer si a vos de hermosura no pasare. Pero si tales vinieren, que a mí de armas y a vos de hermosura venzan, sin estorbó alguno entrarán.

Y puso unas letras en el padrón de cobre que decían:

—De aquí pasarán los caballeros en que gran bondad de armas hubiere, cada uno según su valor, así pasará adelante.

Y puso otras letras en el padrón de piedra que decían:

—De aquí no pasará sino el caballero que de bondad de armas a Apolidón pasare.

Y encima de la puerta de la cámara puso unas letras que decían:

—Aquél que me pasare de bondad, entrará en la rica cámara y será señor de esta Ínsula y así llegarán las dueñas y doncellas, así que ninguna entrará dentro si a vos de hermosura no pasare —e hizo su sabiduría tal encantamiento que con doce pasos al derredor, ninguno a la cámara llegar podía, ni tenía otra entrada, sino por la vía de los padrones que habéis oído, y mandó qué en aquella Ínsula hubiese un gobernador que rigiese y cogiese las rentas de ella y fuesen guardadas para aquel caballero que ventura hubiese de entrar en la cámara y fuese señor de la Ínsula, y mandó que los que falleciesen en lo del arco de los amadores, que sin les hacer honra los echasen fuera y a los que lo acabasen los sirviesen, y dijo más, que los caballeros que la cámara probasen y no pudiesen entrar al padrón de cobre que dejasen las armas allí, y los que algo del padrón pasasen que no les tomasen sino las espadas, y los que al padrón de mármol llegasen, que no les tomasen sino los escudos, y si tales viniesen que de este padrón pasasen y no pudiesen entrar, que les tomasen las espuelas, y a las doncellas y dueñas que no les tomasen cosa, salvo que diciendo sus nombres los pusiesen en la puerta del castillo, señalando a do cada una había llegado, y dijo:

—Cuando esta isla hubiere, señor, se deshará el encantamiento para los caballeros, que libremente podrán pasar por los padrones y entrar en la cámara, pero no lo será para las mujeres hasta que venga aquélla que por su gran hermosura la ventura acabara y albergare dentro en la rica cámara con el caballero que el señorío habrá ganado.

Esto así hecho, Apolidón y Grimanesa, dejando a tal recaudo la Ínsula Firme, como oído habéis, en sus naos partieron dende y pasaron en Grecia, donde fueron emperadores y hubieron hijos, que en el imperio, después de sus días, sucedieron.

Mas ahora, dejando de hablar más en esto, se os contará lo que Amadís y sus hermanos y Agrajes, su primo, hicieron después que fueron partidos de casa de la hermosa reina Briolanja.

Capítulo 44. Cómo Amadís, con sus hermanos y Agrajes, su primo, se partieron adonde el rey Lisuarte estaba, y cómo les

fue aventura de ir a la Ínsula Firme encantada a probar las aventuras y lo que allí les acaeció

Amadís y sus hermanos y su primo Agrajes, estando con la nueva reina Briolanja en el reino de Sobradisa, donde de ella muy honrados y de todos los del reino muy servidos eran, pensando siempre Amadís en su señora Oriana y en la su gran hermosura, de grandes angustias y de grandes congojas su corazón era atormentado, tantas lágrimas durmiendo y velando, que por mucho que él las quería encubrir, manifiestas a todos eran. Pero no sabiendo la causa de ellas en diversas maneras las juzgaban, porque así como el caso grande era, así como la su mucha discreción el secreto era guardado, como aquél que en su fuerte corazón todas las cosas de virtud encerradas tenía.

Mas ya no pudiendo su atribulado corazón tanta pena sufrir, demandó licencia a la muy hermosa reina con sus compañeros y en el camino donde el rey Lisuarte estaba se pudo, no sin gran dolor y angustia de aquélla que más que a sí lo amaba.

Pues algunos días con gran deseo caminando, la fortuna, porque así le plugo, con mayor tardanza que él quisiera ni pensaba lo quiso estorbar, como ahora oiréis, que hallando en el camino una ermita, entrando en ella a hacer oración vieron una doncella hermosa y otras dos doncellas y cuatro escuderos que la guardaban, la cual, ya de la ermita saliera, y ellos esperando en el camino, cuando a ella llegaron les preguntó adónde era su camino. Amadís le dijo:

—Doncella, a casa del rey Lisuarte vamos, y si allá os place ir acompañaros hemos.

—Mucho os lo agradezco —dijo ella—, mas yo voy a otra parte, mas porque os vi andar así armados como los caballeros que las aventuras demandan acordé de os atender si quería ir alguno de vosotros a la Ínsula Firme por ver las extrañas cosas y maravillas que ahí son, que yo allá voy y soy hija del gobernador que ahora la Ínsula tiene.

—¡Oh, Santa María! —dijo Amadís—, por Dios, muchas veces oí decir de las maravillas de esta Ínsula, y por dicho me tenía de las ver, y hasta ahora no se me aparejó.

—Buen señor, no os pese por lo haber tardado —dijo ella—, que otros muchos tuvieron ese deseo y cuando lo pusieron en obra no salieron de allí tan alegres como entraron.

—Verdad decís —dijo él—, según lo que dende he oído, mas decidme: ¿rodearemos mucho de nuestro camino si por ende fuésemos?

—Rodearíais dos jornadas —dijo ella.

—Contra esta parte de la gran mar es esta Ínsula Firme —dijo él— donde es el arco encantado de los leales amadores, donde ningún hombre ni mujer entrar pueden si erró a aquélla o a aquél que primero comenzó a amar.

—Ésta es, por cierto —dijo la doncella—, que así eso como otras muchas cosas de maravillar hay en ella.

Entonces dijo Agrajes a sus compañeros:

—Yo no sé lo que vosotros haréis, mas yo ir quiero con esta doncella y ver las cosas de aquella Ínsula.

Ella le dijo:

—Si sois tan leal amador que so el arco encantado entráis, allí veréis las hermosas imágenes de Apolidón y Grimanesa y vuestro nombre escrito en una piedra donde hallaréis otros dos nombres escritos, y no más, aunque hay cien años que aquel encantamiento se hizo.

—A Dios vais —dijo Agrajes—, que yo probaré si podré ser el tercero.

Amadís, que no menos esperanza tenía de aquella aventura acabar según en su corazón sentía, dijo contra sus hermanos:

—Nosotros no somos enamorados, mas tendría por bien aguardásemos a nuestro primo que lo es y lozano de corazón.

—En el nombre de Dios —dijeron ellos—, a él plega que sea por bien.

Entonces, movieron todos cuatro juntos con la doncella camino de la Ínsula Firme. Don Florestán dijo a Amadís:

—Señor, vos sabéis algo de esta Ínsula que yo nunca de ella, aunque muchas tierras he andado, he oído hasta ahora nada decir.

—A mí me hubo dicho —dijo Amadís —un caballero mancebo, que yo mucho amo, que es Arbán, rey de Norgales, que muchas aventuras ha probado, que él ya estuvo en esta Ínsula cuatro días y que pugnara de ver estas aventuras y maravillas que en ella son, mas que ninguna pudiera dar cabo, y que se partió de allí con gran vergüenza, mas esta doncella os lo puede muy bien decir, que es allí moradora y según dice es hija del morador que la tiene.

Don Florestán dijo a la doncella:

—Amiga, señora, ruégoos por la fe que a Dios debéis, que me digáis todo lo que de esta Ínsula sabéis, pues que la largueza del camino a ello nos da lugar.

—Eso haré yo de grado, como lo aprendí de aquéllos en quien la memoria les quedó.

Entonces le contó todo lo que la historia os ha relatado, sin faltar ninguna cosa, de que no solamente maravillados de oír cosas tan extrañas fueron, mas muy deseosos de las probar, como aquéllos que siempre sus fuertes corazones no eran satisfechos, sino cuando las cosas en que los otros fallecían, ellos las probaban, deseándolas acabar sin ningún peligro temer.

Pues así como oís, anduvieron tanto, que fue puesto el Sol, y entrando por un valle vieron en un prado tiendas armadas y gentes cabe ellas que andaban holgando, mas entre ellos era un caballero ricamente vestido que les pareció ser el mayor de todos ellos. La doncella les dijo:

—Bueno, señores, aquél que allí veis es mi padre, y quiero a él ir porque os haga honra.

Entonces se partió de ellos, y diciendo al caballero la demanda de los cuatro compañeros, vínose así a pie con su compaña a los recibir, y desde que se hubieron saludado, rogóles que en una tienda se desarmasen y que otro día podrían subir al castillo y probar aquellas aventuras. Ellos lo tuvieron por bien, así que desarmados y cenando, siendo muy bien servidos, holgaron allí aquella noche, y otro día de mañana, con el gobernador y otro de los suyos, se fueron al castillo, por donde toda la Ínsula demandaba, que no era sino aquella entrada que sería una echadura de arco de tierra firme, todo lo ál estaba de la mar rodeado, aunque en la Ínsula había siete leguas en largo y cinco en ancho, y por aquello que era Ínsula, y por lo poco que de tierra firme tenía llamáronla Ínsula Firme.

Pues allí llegados, entrando por la puerta vieron un gran palacio, las puertas abiertas, y muchos escudos en él puestos en tres maneras y bien ciento de ellos estaban acostados a unos poyos y sobre ellos estaban diez más altos, y en otro poyo sobre los diez, estaban dos, y el uno de ellos estaba más

20

alto que el otro, más de la mitad. Amadís preguntó que por qué los pusieran así, y dijeron que así era a la bondad de cada uno, cuyos los escudos eran, que en la cámara defendida quisieron entrar y los que no llegaron al padrón de cobre estaban los escudos en tierra y los diez que llegaron al padrón estaban más altos, y de aquellos dos, el más bajo pasó por el padrón de cobre, mas no pudo llegar al otro y el que estaba más alzado llegó al padrón de mármol y no pasó más adelante. Entonces, Amadís se llegó a los escudos, por ver si conocería alguno de ellos, en que cada uno había un rótulo de cuyo fuera y miró los diez y entre ellos estaba uno más alto buena parte, y tenía un campo negro y un león así negro, pero había las uñas blancas y los dientes y la boca bermeja y conoció que aquél era Arcalaus y miró los escudos que más alzados estaban y el más bajo había el campo indio y un gigante en él figurado y cabe él un caballero que le cortaba la cabeza y conoció ser aquél del rey Abies de Irlanda, que allí viniera dos años antes que con Amadís se combatiera, y cató al otro y también había el campo indio y tres flores de oro en él, y aquél no lo pudo conocer, mas leyó las letras que en sí había que decían:

—Este escudo es de don Cuadragante, hermano del rey Abies de Irlanda, que no había más de doce días que aquella aventura probara y llegara al padrón de mármol donde ningún caballero había llegado y él era venido de su tierra a la Gran Bretaña por se combatir con Amadís por vengar la muerte del rey Abies, su hermano.

Desde que Amadís vio los escudos mucho dudó aquella aventura pues que tales caballeros no lo acabaron. Y salieron del palacio y fueron al arco de los leales amadores y llegando al sitio que la entrada defendía Agrajes se llegó al mármol y descendiendo de su caballo y encomendándose a Dios dijo:

—Amor, si os he sido leal membraos de mí —y pasó el marco, y llegando so el arco la imagen que encima estaba comenzó un son tan dulce que Agrajes y todos los que lo oían sentían gran deleite, y llegó al palacio donde las imágenes de Apolidón y de Grimanesa estaban, que no le pareció sino propiamente vivas, y miró al jaspe y vio allí dos nombres escritos y el suyo y el primero que vio decía:

—Esta aventura acabó Mandanil, hijo del duque de Borgoña —y el otro decía:

—Éste es el nombre de don Bruneo de Bonamar, hijo de Vallados, el marqués de Troque —el suyo decía:

—Éste es Agrajes, hijo de Languines, rey de Escocia, y este Mandanil amó a Guinda Flamenca, señora de Flandes, y don Bruneo no había más de ocho días que aquella aventura acabara y aquélla que él amara era Melicia, hija del rey Perión de Gaula, hermana de Amadís.

Entrando Agrajes, como oís, el arco de los leales amadores, dijo Amadís a sus hermanos:

—¿Probaréis vosotros esta aventura?

—No —dijeron ellos—, que no somos tan sojuzgados a esta pasión que la merezcamos acabar.

—Pues vos sois dos —dijo Amadís—, haceos compañía, y si yo pudiere la haré a mi primo Agrajes.

Entonces, dio su caballo y sus armas a su escudero Gandalín y fuese adelante lo más presto que él pudo, sin temor ninguno, como aquél que sentía no había errado a su señora, no solamente por obra, mas por pensamiento, y como fue so el arco, la imagen comenzó a hacer un son mucho más diferenciado en dulzura que a los otros hacía, y por la boca de la trompa lanzaba flores muy hermosas que gran olor daban y caían en el campo muy espesas, así que nunca a caballero que allí entrase fue lo semejante hecho y pasó donde eran las imágenes de Apolidón y Grimanesa. Con mucha afición los estuvo mirando, pareciéndole muy hermosas y tan frescas como si vivas fuesen, y Agrajes, que algo de sus amores entendía, vino contra él, de donde por la huerta andaba mirando las extrañas cosas que en ella había y abrazándolo le dijo:

—Señor primo, no es razón que de aquí adelante nos encubramos nuestros amores, mas Amadís no le respondió y tomándole por la mano se fueron mirando aquel lugar que muy sabroso y deleitoso era de ver.

Don Galaor y Florestán, que de fuera los atendían y viendo que tardaban, acordaron de ir a ver la cámara defendida y rogaron a Ysanjo, el gobernador, que se la mostrase. Él les dijo que le placía, y tomándolos consigo fue con ellos y mostróles la cámara por de fuera y los padrones que ya oísteis y don Florestán dijo:

—Señor hermano, ¿qué queréis hacer?

—Ninguna cosa —dijo él—, que nunca hube voluntad de acometer las cosas de encantamiento.

—Pues holgaos —dijo don Florestán—, que yo ver quiero lo que hacer podré.

Entonces, encomendándose a Dios y poniendo su escudo delante y la espada en la mano, fue adelante y entrando en lo defendido sintióse herir de todas partes con lanzas y espadas de tan grandes golpes y tan espesos, que le semejaba que ningún hombre lo podría sufrir, mas como él era fuerte y valiente de corazón no quedaba de ir adelante, hiriendo con su espada a una y otra parte, y parecíale en la mano que serían hombres armados y que la espada no cortaba. Así pasó el padrón de cobre y llegó hasta el de mármol y allí cayó, que no pudo ir más adelante, tan desapoderado de toda su fuerza, que no tenía más sentido que si muerto fuese y luego fue lanzado fuera del sitio como lo hacían a los otros.

Don Galaor, que así lo vio, hubo de él mucho pesar y dijo:

—Comoquiera que mi voluntad de esta prueba apartada estuviese no dejaré de tomar mi parte del peligro, mandando a los escuderos y al enano que de él no se partiesen y le echasen del agua fría por el rostro, tomó sus armas y encomendándose a Dios fuese contra la puerta de la cámara y luego se hirieron de todas partes de muy duros y grandes golpes, y con gran cuita, llegó al padrón de mármol y abrazóse con él y detúvose un poco, mas cuando un paso dio adelante fue tan cargado de golpes que no lo pudiendo sufrir, cayó en tierra, así como don Florestán, con tanto desacuerdo que no sabía si era muerto ni si vivo, y luego fue lanzado fuera, así como los otros.

Amadís y Agrajes, que gran pieza había andado por la huerta, tornáronse a las imágenes y vieron allí en el jaspe su nombre escrito, que decía:

—Éste es Amadís de Gaula, el leal enamorado, hijo del rey Perión de Gaula.

Y así estando leyendo las letras con gran placer, llegó al marco, Ardián, el enano, dando voces, dijo:

—Señor Amadís, acorred, que vuestros hermanos son muertos.

Y como esto oyó salió de allí presto y Agrajes tras él y preguntando al enano qué era lo que decía, dijo:

—Señor, probaron de vuestros hermanos en la cámara y no la acabaron y quedaron tales como muertos.

Luego, cabalgaron en sus caballos y fueron donde estaba y hallólos tan maltrechos como ya oísteis, aunque ya más acordados. Agrajes, como era de gran corazón, descendió presto del caballo y al mayor paso que pudo se fue con su espada en la mano contra la cámara hiriendo a una y a otra parte, mas no bastó su fuerza de sufrir los golpes que le dieron y cayó entre el padrón de cobre y el mármol y aturdido como los otros lo llevaron fuera. Amadís comenzó a maldecir la venida que allí hicieran y dijo a don Galaor, que ya casi en su acuerdo estaba:

—Hermano, no puedo excusar mi cuerpo de lo no poner en el peligro que los vuestros.

Galaor lo quisiera detener, mas él tomó presto sus armas y fuese adelante rogando a Dios que le ayudase, y cuando llegó al lugar defendido, paró un poco y dijo:

—¡Oh, mi señora Oriana!, de vos me viene a mí todo el esfuerzo y ardimiento; membraos, señora, de mí a esta sazón en que tanto vuestra sabrosa membranza me es menester —y, luego, pasó adelante y sintióse herir de todas partes duramente y llegó al padrón de mármol, y pasando de él parecióle que todos los del mundo eran a lo herir y oía gran ruido de voces como si el mundo se fundiese y decía:

—Si este caballero tornáis no hay ahora en el mundo otro que aquí entrar pueda —pero él con aquella cuita no dejaba de ir adelante, cayendo a las veces de manos y otras de rodillas, y la espada con que muchos golpes diera había perdido de la mano y andaba colgada de una correa que no la podía cobrar. Así, luego, a la puerta de la cámara y vio una mano que le tomó por la suya y lo metió dentro y oyó una voz que dijo:

—Bien venga el caballero, que pasando de bondad aquél que este encantamiento hizo, que en su tiempo par no tuvo, será de aquí señor.

Aquella mano le pareció grande y dura como de hombre viejo, y en el brazo tenía vestida una manga de jamete verde y como dentro en la cámara fue, soltóle la mano que no la vio más, y él quedó descansado y cobrado en toda su fuerza, y quitándose el escudo del cuello y el yelmo de la cabeza, metió la espada en la vaina y agradeció a su señora Oriana aquella honra que por su causa ganara.

A esta sazón todos los del castillo que las voces oyeran de cómo le otorgaban el señorío y le vieran dentro, comenzaron a decir en alta voz:

—Señor, hemos cumplido a Dios loor, lo que tanto deseado teníamos.

Los hermanos que más acordados eran y vieron cómo Amadís acabara lo que todos habían faltado fueron alegres por el gran amor que le tenían, y como estaban, se mandaron llevar a la cámara, y el gobernador con todos los suyos llegaron a Amadís y por señor le besaron las manos. Cuando vieron las cosas extrañas que dentro de la cámara había de labores y riquezas, fueron espantados de lo ver, mas no era nada con un apartamento que allí se hacía, donde Apolidón y su amiga albergaban, que éste era de tal forma que no solamente ninguno podría alcanzar a hacer lo más ni entenderlo cómo hacer se podría, y era de tal forma, que estando dentro podían ver claramente lo que de fuera se hiciese, y los de fuera por ninguna guisa verían nada de dentro. Allí, estuvieron todos una gran pieza con gran placer los caballeros, porque en su linaje hubiese tal caballero que pasase de bondad a todos los del mundo presentes y cien años a zaga, los de la Ínsula por haber cobrado tal señor con quien esperaban ser bienaventurados y señorear desde allí otras muchas tierras.

Ysanjo, el gobernador, dijo a Amadís:

—Señor, bien será que comáis y descanséis y mañana serán aquí todos los hombres buenos de la tierra y os harán homenaje, recibiéndoos por señor.

Con esto se salieron, y entrados en un gran palacio, comieron aquéllo que aderezado estaba, y holgando aquel día, luego, el siguiente, vinieron allí asonados todos los más de la Ínsula, con grandes juegos y alegrías y quedando ellos por sus vasallos, tomaron a Amadís por su señor, con aquellas seguridades que en aquel tiempo y tierra se acostumbraban.

Así como la historia ha contado, fue la Ínsula Firme por Amadís ganada en cabo de cien años que aquel hermoso Apolidón la dejó con aquellos encantamientos, que verdaderos testigos fueron que en todo este medio tiempo nunca allí aportó caballero que a la su bondad pasase. Pues si de esto tal gloria y fama alcanzó, júzguenlo, aquéllos que las grandes cosas con las armas trataron vencedores y vencidos, los primeros sintiendo en si lo que este caballero Amadís sentir pudo y los otros la victoria esperando, al contrario convertida la desventura suya llorando. Pues que estos dos extremos, ¿cuál habremos el mejor? Por cierto digo, que el primero según la flaqueza humana, que medida no tiene, puede traer con soberbia grandes pecados, y el segundo, gran desesperación. ¿Quién se pondrá entre ellos que lo mejor lleve, aquel juicio razonable dado del Señor verdadero a los hombres sobre todas las cosas vivas, que conoce lo próspero y adverso no ser durable, doctrinado y esforzando el corazón a que uno y otro sojuzgue? Este podría alcanzar el medio bienaventurado, ¿pues tomará este medio Amadís de Gaula en lo que ahora la movible fortuna le apareja mostrando los venenos y ponzoñas que en medio de estas tales alegrías de esta tan grande alteza escondidos tenía? Yo creo que no, antes así como sin medida las cosas hasta allí favorables le acorrieron sin entrevalo alguno ni combate que con la fortuna habido hubiese, así sin comparación su corazón y discreción serán de ellas vencidos y sojuzgados, no le valiendo ni remediando las fuertes armas la sabrosa membranza de su señora, la braveza grande del corazón, mas la gran piedad de aquel señor que por reparo de los pecadores y de los atribulados en este mundo vino, como ahora lo triste y después lo alegre se os contará.

Como ya se dijo antes de esto, en la primera parte de esta grande historia, cómo siendo Oriana por las palabras que al enano oyó de las piezas de la espada a la ira y saña sojuzgada y puesta en tan gran alteración que muy poco fruto sacaron Mabilia ni la doncella de Dinamarca de los verdaderos consejos que por ella le fueron dados y ahora se os contará lo que sobre esto hizo ella, desde aquel día siempre dando lugar a que la su pasión suya creciese, mudada su acostumbrada condición que era estar en la compañía de aquéllas, apartándose con mucha esquiveza todo lo más del tiempo estaba sola pensando cómo podría en venganza de su saña dar la pena que mereciera aquél que la causara, y acordó que pues la presentía apartada era que en ausencia todo su pensamiento por escrito manifiesto le fuese, y hallándose sola en su cámara tomando de su cofre tinta y pergamino, una carta le escribió que decía así:

Carta que la señora Oriana envió a su amante Amadís

Mi rabiosa queja acompañada de sobrada razón da lugar a que la flaca mano declare lo que el triste corazón encubrir no puede, contra vos, el falso y desleal caballero Amadís de Gaula, pues ya es conocida la deslealtad y poca firmeza que contra mí, la más desdichada y menguada de ventura sobre todas las del mundo, habéis mostrado, mudando vuestro querer de mí, que sobre todas las cosas os amaba, poniéndole en aquélla que según su edad para la amar ni conocer su discreción basta y pues otra venganza mi sojuzgado corazón tomar no puede, quiero, todo el sobrado y mal empleado amor que en vos tenía, apartarlo. Pues gran yerro sería querer a quien, a mí desmandado, todas las cosas desame por le querer y amar. ¡Oh, qué mal empleé y sojuzgué mi corazón, pues en pago de mis suspiros y pasiones burlada y desechada fui! Y pues que este engaño es ya manifiesto no parezcáis ante mí ni en parte donde yo sea. Porque sé cierto que el muy encendido amor que os había es tornado, por vuestro merecimiento, en muy rabiosa y cruel saña y con vuestra quebrantada fe y sabidos engaños id a engañar a otra cautiva mujer como yo, que así me vencí de vuestras engañosas palabras, de las cuales ninguna salva ni excusa serán recibidas, antes sin os ver plañiré con mis lágrimas mi desastrada ventura y con ellas daré fin a mi vida, acabando mi triste planto.

Acabada la carta, cerróla con sello que Amadís muy conocido, puso en el sobrescrito:

—Yo soy la doncella herida de punta de espada por el corazón, y vos sois el que me heristeis.

Y hablando en gran secreto con un doncel que Durín se llamaba, hermano de la doncella de Dinamarca, le mandó que no holgase hasta llegar al reino de Sobradisa, donde hallaría a Amadís, y aquella carta le diese y que mirase el leer de ella su semblante y que aquel día le aguardase, no tomando de él respuesta aunque dársela quisiese.

Capítulo 45. De cómo Durín se partió con la carta de Oriana para Amadís, y vista de Amadís la carta, dejó todo lo que

tenía emprendido y se fue con una desesperación a una selva escondidamente

Pues Durín, cumpliendo el mandato de Oriana, partió luego en un palafrén muy andador, así que en cabo de diez días fue llegado en Sobradisa, donde la hermosa reina Briolanja era, la cual, siendo él en su presencia llegado, le parecía la más hermosa mujer (después de Oriana) que él había visto y sabido de ella cómo dos días antes que él llegase, Amadís y sus hermanos y su cohermano Agrajes de allí se partieran.

Él, tomando su rastro, tanto anduvo que a la Ínsula Firme llegó al tiempo que Amadís entraba debajo del arco de los leales amadores y vio que la imagen hizo por él más que por los otros había hecho, y comoquiera que cuando Amadís de allí salió por las nuevas que de sus hermanos le dijeran y lo vio con Gandalín no le dio la carta, ni después hasta que en la cámara defendida entró, y de todos los de la Ínsula por señor fue recibido, y esto hizo él por consejo de Gandalín, que sabiendo ser la carta de Oriana, temiendo lo que en ella venir podría, ora que fuese alegre o triste, que entre su señor hubiese recibido aquel señorío que otra alguna alteración o entrevalo le viniese, que bien cierto era él, que no solamente aquello, mas el mundo que suyo fuese, dejaría luego por cumplir lo que por ella le fuese mandado.

Mas, después que las cosas sosegadas fueron, Amadís mandó llamar a Durín por le preguntar nuevas de la corte del rey Lisuarte y venido a su mando y paseando con él por una huerta asaz deleitosa y apartado de sus hermanos una pieza y de todos los otros que ende estaban, le fue preguntando si venía de la corte del rey Lisuarte, que le dijese las nuevas que de ella sabía. Durín le respondió y dijo:

—Señor, yo dejo la corte en la disposición que era cuando de allá os partisteis, pero yo a vos vengo con mandado de mi señora Oriana, y por esta carta veréis la causa de mi venida.

Amadís tomó la carta y aunque su corazón grande alegría sintiese con ella, temiendo que Durín nada de su secreto sabría, encubriólo lo más que pudo y la tristeza no pudo hacer que, habiendo leído las fuertes y temerosas palabras que en ella venían, no bastó el esfuerzo ni el juicio, que claramente no mostrase ser llegado a la cruel muerte, con tantas lágrimas, con tantos suspiros, que no parecía sino ser hecho pedazos su corazón, quedando tan desmayado y fuera de sentido como si ya el ánima de las carnes partida fuera. Durín, que mucho sin sospecha de esto estaba, cuando aquello vio, llorando muy fuertemente, maldecía a sí y a su aventura y a la muerte, porque antes que allí llegase no le había sobrevenido. Amadís, no pudiendo estar en pie, sentóse en la hierba que allí estaba y tomó la carta que se le había de las manos caído y cuando vio el sobrescrito que decía:

—Yo soy la doncella herida a punta de espada por el corazón, y vos sois el que me heristeis —su cuita fue tan sin medida que por una pieza estuvo amortecido, de que Durín fue muy espantado y quiso llamar a sus hermanos, pero como él vio el secreto que para tal cosa se requería tener, hubo recelo que a Amadís haría gran enojo, mas siendo él ya recordado dijo con gran dolor:

—Señor Dios, ¿por qué os plugo de me dar muerte sin merecimiento? —y después dijo:

—¡Ay, lealtad!, que mal galardón dais a aquél que os nunca faltó, hicisteis a mi señora que me falleciese, sabiendo vos cuántas mil veces por la muerte pasaría que pasar su mandado —y tornando a tomar la carta, dijo:

—Vos sois la causa de mi doloroso fin y porque más presto me sobrevenga iréis conmigo —y metióla en su seno y dijo a Durín:

—¿Mandáronte otra cosa que me dijeses?

—No —dijo él.

—Pues llevarás mi mandato —dijo Amadís.

—No, señor —dijo él—, que me defendieron que no lo llevase.

—¿Y Mabilia y tu hermana no te dijeron algo que me dijeses?

—No supieron —dijo Durín— de mi venida, que mi señora me mandó que de ellas la encubriese.

—¡Ay, Santa María, valme! —dijo Amadís—. Ahora veo que la mi desventura es sin remedio.

Entonces se fue a un arroyo, que salía de una fuente y lavóse el rostro y los ojos y dijo a Durín que llamase a Gandalín y que viniesen solos. Él así lo hizo, y cuando a él llegaron halláronlo como muerto, y así estuvo una gran pieza cuidando y cuando acordó dijo que le llamasen a Ysanjo, el gobernador, y como él vino, díjole:

—Quiero que como leal caballero me prometáis que hasta mañana después que mis hermanos oyeren misa no diréis ninguna cosa de cuanto ahora veréis.

Él así lo prometió y otra tal fianza tomó de aquellos dos escuderos. Luego mandó a Ysanjo que le hiciese tener secretamente abiertas las puertas del castillo y Gandalín que sacase sus armas y caballo fuera sin que persona lo sintiese. Ellos se fueron a cumplir lo que les mandaba y él quedó pensando en un sueño que aquella noche pasada soñara que le pareciera hallar encima de un otero cubierto de árboles en su caballo y armado, y al derredor de él, mucha gente que hacía grande alegría, y que llegaba por entre ellos un hombre que le decía:

—Señor, comed de esto que en esta bujeta traigo —y que le hacía comer de ello y parecíale gustar la más amarga cosa que hallarse podría y sintiéndose con ellos muy desmayado y desconsolado, soltaba la rienda del caballo e íbase por donde él quería y parecíale que la gente, que antes alegre estaba, se tornaba tan triste que él había duelo de ella. Mas el caballo se alongaba con él lejos y le metía por entre unos árboles donde veía un lugar de unas piedras que de agua eran cercadas y dejando el caballo y las armas se metía allí como que por ello esperaba descanso y que venía a él un hombre viejo, vestido de paños de orden y le tomaba por la mano llegádolo a sí mostrando piedad, y decíale unas palabras en lenguaje que no las entendía y con esto despertara y ahora le parecía que comoquiera que por vano lo había tenido, que como verdadero lo hallaba y cuando así en esto pensando estuvo una pieza, tomando a Durín consigo, hablando con él, y escondiendo el rostro de sus hermanos y de la otra gente, porque su pasión no sintiesen, se fue a la puerta del castillo, donde halló los hijos de Ysanjo, que la puerta abierta tenían e Ysanjo que fuera estaba, Amadís le dijo:

—Id vos conmigo y queden vuestros hijos y haced que no digan de esto ninguna cosa.

Entonces, se fueron ambos a la ermita que al pie de la peña estaba, y allí iba ya con ellos Gandalín y Durín. Amadís iba suspirando y gimiendo con tanta angustia y dolor que los que lo veían eran puestos en dolor en así lo ver y demandando las armas se armó y preguntó a Ysanjo que de qué santo era aquella iglesia. Él le dijo que de la Virgen María y que allí muchas veces se hacían milagros. Él entró dentro e hincados los hinojos en tierra, llorando, dijo:

—Señora Virgen María, consoladora y reparadora de los atribulados: a vos Señora, me encomiendo, que me acorráis con vuestro glorioso Hijo, que haya piedad de mí, y si su voluntad es de me no remediar el cuerpo, haya merced de esta mi ánima en este mi postrimero tiempo, que otra cosa, si la muerte, yo no espero —y luego llamó a Ysanjo y díjole:

—Quiero que como leal caballero prometáis de hacer lo que aquí os diré —y volviéndose a Gandalín le tomó entre sus brazos llorando fuertemente y así lo tuvo una pieza, sin que hablarle pudiese y díjole:

—Mi buen amigo Gandalín, yo y tú fuimos en uno y a una leche criados, y nuestra vida siempre fue de consuno y yo nunca fui en afán ni en peligro en que tú no hubieses parte, y tu padre me sacó de la mar tan pequeña cosa, como de esa noche nacido, y criáronme como buen padre y madre a hijo mucho amado. Y tú, mi leal amigo, nunca pensaste sino en me servir y yo esperando que Dios me daría alguna honra con que algo de tu merecimiento satisfacer pudiese, ha me venido esta gran desventura, que por más cruel de la propia muerte la tengo, donde conviene que nos partamos y yo no tengo que te dejar sino solamente esta Ínsula y mando a Ysanjo y a todos los otros, por el homenaje que me tienen hecho, que tanto que de mi suerte sepan, te tomen por señor, y comoquiera que este señorío tuyo sea, mando que lo gocen tu padre y madre en sus días y después a ti libre quede. Esto por cuanta crianza en mí hicieron, que mi ventura no me dejó llegar a tiempo de les satisfacer lo que ellos merecen y lo que yo deseaba.

Entonces, dijo a Ysanjo que de las rentas de la Ínsula, que guardadas, tenía, tomase tanto para que allí en aquella ermita pudiese hacer un monasterio a honra de la Virgen María, en que pudiesen bien vivir treinta frailes y les diesen renta para se sostener. Gandalín le dijo:

—Señor, nunca vos cuita hubisteis en que de vos yo fuese partido, ni ahora lo seré por ninguna cosa, y si vos muriereis yo no quiero vivir, que después de la vuestra muerte nunca Dios me dé honra ni señorío, y éste que a mí me dais, dadlo a alguno de vuestros hermanos que yo no lo tomaré ni los he menester.

—Cállate, por Dios —dijo Amadís—, no digas tal locura ni me hagas pesar, pues lo nunca hiciste, y cúmplase lo que yo quiero, que mis hermanos son tan bienaventurados y de tan alto hecho de armas que bien podrán ganar grandes tierras y señoríos para sí y aun para lo dar a otros.

Entonces dijo:

—¡Ay, Ysanjo!, y buen amigo, mucho pesar tengo por no ser a tiempo que os pudiese honrar como vos lo merecéis, pero yo os dejo entre tales que lo cumplirán por mí.

Ysanjo le dijo llorando:

—Señor, pídoos que me llevéis con vos y yo pasaré lo que vos pasaréis y esto demando en pago de la voluntad que me tenéis.

—Mi amigo —dijo Amadís—, así tengo que lo haríais, pero esta mi dolencia no la puede socorrer sino Dios y a Él quiero que me guíe por la su piedad sin llevar otra compañía —y dijo a Gandalín:

—Amigo, si quisiereis ser caballero, sélo luego con estas mis armas, que pues tan bien las guardaste con razón deben ser tuyas, que a mí ya poco me hacen menester, sino hágate mi hermano don Galaor y dígaselo Ysanjo de mi parte y sírvelo y guárdalo en mi lugar, que sábete que a éste amé yo siempre sobre cuantos son en mi linaje y de él llevo gran pesar en mi corazón, más que de todos los otros, y esto es con razón porque vale más y me fue siempre muy humilde, por donde ahora me pone en doblada tristeza y dile que le encomiendo yo a Ardián, el mi enano, que le traiga consigo y no le desampare y di al enano que viva con él y lo sirva.

Cuando ellos esto oyeron hacían gran duelo sin le responder ninguna cosa por le no hacer enojo. Amadís lo abrazó diciendo:

—A Dios os encomiendo que nunca pienso de jamás os ver, y defendiéndoles que en ninguna manera fuesen en pos de él, puso las espuelas a su caballo sin se le acordar tomar el yelmo ni escudo ni lanza, y metióse muy presto por la espesa montaña, no a otra parte sino donde el caballo lo quería llevar, y así anduvo hasta más de la medianoche sin sentido ninguno hasta que el caballo topó en un arroyuelo de agua que de una fuente salía, y con la sed se fue por él arriba hasta que llegó a beber en ella y dando las ramas de los árboles a Amadís en el rostro recordó en su sentido y miró a una y otra parte, mas no vio sino espesas matas y hubo gran placer creyendo que muy apartado y escondido estaba, y tanto que su caballo bebió apeóse de él y atándole a un árbol se sentó en la hierba verde para hacer su duelo, mas tanto había llorado que la cabeza tenía desvanecida, así que se adormeció.

Capítulo 46. De cómo Gandalín y Durín fueron tras Amadís, en rastro del camino que había llevado, y lleváronle las armas que había dejado, y de cómo lo hallaron y se combatió con un caballero y le venció

Gandalín, que en la ermita quedara con los otros que oísteis, cuando así vio ir a Amadís dijo muy fieramente llorando:

—No estaré que no vaya en pos de él, aunque me lo defendió y llevarle he sus armas —y Durín le dijo:

—Yo te quiero hacer compañía esta noche y mucho me placería que con mejor acuerdo lo hallásemos.

Y luego, cabalgando en sus caballos se despidieron de Ysanjo, y se metieron por la vía que él fuera e Ysanjo se fue al castillo y echóse en su lecho con muy gran pesar; mas Gandalín y Durín, que por la floresta se metieron, anduvieron a todas partes y la ventura que los guió cerca de donde Amadís estaba, relinchó su caballo que los otros sintió y luego conocieron que allí era y fueron muy paso por entre las matas, porque no los sintiese, que no osaban ante él aparecer, y siendo más cerca del encubierto y llegó a la fuente y vio que Amadís dormía sobre la hierba, y tomando su caballo se tornó con él donde Durín quedara y quitándoles los frenos dejáronlos pacer y comer en las ramas verdes y estuvieron quedos, mas no tardó mucho que Amadís no despertó, que con el gran sobresalto del corazón no era el sueño reparo y levantóse en pie y vio que la Luna se ponía y que aún había buen rato de la noche por pasar y por ser la floresta espesa estuvo quedo, y tornándose a sentar dijo:

—¡Ay, ventura, cosa liviana y sin raíz!, ¿por qué me pusiste en tan gran alteza entre los otros caballeros, pues tan ligeramente de ella me descendiste? Ahora veo bien que más tu mal en una hora puede dañar, que tu bien aprovechar en mil años, porque si deleites y placeres en los tiempos pasados me diste, cruelmente me los robando me has dejado en mucha mayor amargura que la muerte, y pues que así, ventura, te placía hacer debieras igualar lo uno con lo otro, que bien sabes tú si alguna holganza y descanso en lo pasado me otorgaste, que no fue sin ser mezclado con grandes angustias y congojas. Pues que en esta crudeza de que ahora me atormentas, siquiera reservaras en ella alguna esperanza donde esta mi cuitada vida en algún rinconcillo se pudiera recoger, mas tú has usado de aquel oficio que establecida fuiste, que es al contrario del pensamiento de los hombres mortales, que teniendo por ciertas y durables aquellas honras, pompas y vanas glorias perecederas que de ti nos vienen, como firmes las tomamos, no nos acordando que demás de los tormentos que nuestros cuerpos reciben en las sostener las almas son en la fin en gran peligro y duda de su salvación puestas. Mas si con aquellos claros ojos del entendimiento, que el Señor muy alto nos dio, siendo oscurecidos con nuestras pasiones y aficiones, tus mudanzas mirar quisiésemos por mucho mejor lo adverso que lo tuyo próspero deberíamos tener, porque lo próspero, siendo a nuestras calidades y apetitos conforme, abrazándonos con aquellas dulzuras que adelante se nos representan, en el fin de grandes amarguras y honduras sin ningún remedio somos caídos, y lo adverso siendo al contrario, no de la razón, mas de la voluntad, si lo que ella codicia desechásemos, seríamos subidos de lo bajo a lo alto en perpetua gloria, mas yo triste sin ventura, ¿qué haré? Que ni el juicio ni mis flacas fuerzas bastan a resistir tan grave tentación que si todo lo del mundo siendo mío me quitarás solamente la voluntad de mi señora dejando, ésta bastaba para me sostener en alteza bienaventurada, pero ésta faltando, no pudiendo yo sin ella la vida sostener, digo que sin comparación es contra mí tu crueldad. Yo te ruego, en pago de te haber sido tan leal servidor, que por cada momento y hora la muerte no trague, si a ti es otorgado con los tormentos la vida quitar, me la quites, habiendo piedad de aquello que tú sabes que viviendo padezco, y desde que esto hubo dicho callóse, y estuvo desmayado una pieza del mucho llorar, que no sabía parte de sí —y dijo:

—¡Oh, mi señora Oriana!, vos me habéis llegado a la muerte por el defendimiento que me hacéis, que yo no tengo de pasar vuestro mandado pues guardándole no guardo la vida. Esta muerte recibo a sin razón, de que mucho dolor tengo, no por la recibir, pues con ella vuestra voluntad se satisface, que no podría yo en tanto la vida tener que por la menor cosa que a vuestro placer tocase no fuese mil veces por la muerte trocada. Si esta saña vuestra con razón se tomara, mereciéndolo llevar a la pena, yo y vos, mi señora, el descanso en haber ejecutado vuestra ira justamente y esto os hiciera vivir tan alegre vida que mi alma doquiera que vaya de vuestro placer en sí sentiría gran descanso, mas como yo sin cargo sea, siendo por vos sabido ser la crudeza que contra mi se hace, más con pasión que con. razón, desde ahora, lo que en esta vida durare y después en la otra comienzo a llorar y plañir la cuita y grande dolor que por mi causa sobrevendrá y mucho más por no le quedar remedio, siendo yo de esta vida partido —y además de esto dijo:

—¡Oh, rey Perión de Gaula!, mi padre y mi señor, cuán poca razón tenéis vos no sabiendo la causa de mi muerte de os ella doler. Antes, según vuestro grande valor y de vuestros preciados hijos debéis tomar consuelo porque siendo yo obligado a seguir vuestras grandes proezas, aborrecido, desesperado como caballero cautivo, que los duros golpes de la fortuna resistir no puedo, yo mismo por consuelo y remedio la muerte tome, pero sabiendo la razón de ello cierto soy yo que no me culparéis, mas a Dios plega que no lo sepáis, pues que vuestro dolor al mío remediar no puede, antes, siendo por mí sentido en muy mayor cantidad acrecentado sería.

Esto así dicho, estuvo un poco que no habló, mas luego con gran llanto y fuertes gemidos dijo:

—¡Oh, bueno y leal caballero!, mi amo Gandales, de vos llevo yo gran pesar porque mi contrario fortuna no me dejó os galardonase aquel beneficio tan grande que de vos recibí, porque vos, mi buen amo, me sacasteis de la mar tan pequeña cosa como de esa noche nacido, dísteisme vida y crianza como a propio hijo, y así como los mis primeros días en vuestros días se aumentaron, los postrimeros en ellos feneciesen muy holgada la mi ánima de este mundo se partiría, lo cual hacer no se pudiendo siempre de vos en gran deseo seré, y asimismo habló en el su leal amigo Angriote de Estravaus y en el rey Arbán de Norgales y en Guillán el Cuidador y los otros sus grandes amigos —y al cabo dijo:

—¡Oh, Mabilia, mi prima y señora, y vos, buena doncella de Dinamarca!, donde tardó tanto la vuestra ayuda y socorro que así me dejasteis matar, cierto, mis buenas amigas, no me tardara yo habiendo menester mi ayuda en os socorrer, ahora veo yo bien, pues vos me desamparasteis, que todo el mundo es contra mí, y todos son tratadores en la mi muerte.

Y callóse, que no dijo más dando muy grandes gemidos, y Gandalín y Durín que lo oían hacían gran duelo, mas no osaban ante él aparecer.

Pues ellos así estando pasaba por un camino que cerca de ellos era un caballero cantando, y cuando cerca de donde estaba Amadís llegó, comenzó a decir:

—¡Amor, amor!, mucho tengo que os agradecer por el bien que de vos me viene y por la grande alteza en que me habéis puesto sobre todos los otros caballeros, llevándome siempre de bien en mejor, que vos me hicisteis amar a la muy hermosa reina Sardamira, creyendo yo tener su corazón extrañamente con la honra que de esta tierra llevaré y ahora por me poner en muy mayor bienaventuranza me hicisteis amar la hija del mejor rey del mundo y ésta es aquella hermosa Oriana, que en el mundo par no tiene; amor, ésta me hicisteis vos amar, y daisme esfuerzo para la servir, y desde que esto hubo dicho fuese so un árbol grande que cerca del camino estaba, que allí quería él atender hasta la mañana, mas de otra guisa le avino —que Gandalín dijo a Durín:

—Quedaos, y yo quiero ir a ver lo que Amadís querrá hacer, y yendo donde él estaba hallóle que se levantara ya y andaba buscando su caballo, que no hallaba —y como vio a Gandalín dijo:

—¿Quién eres tú, que ende andas?, por merced que me lo digas.

—Señor —dijo él—, soy Gandalín, que os quiero traer vuestro caballo.

Él le dijo:

—¿Quién te mandó venir a mí sobre mi defendimiento? Sábete que me has hecho gran pesar y daca, dame mi caballo y vete tu vía no te detengas aquí más, si no harásme que mate a ti y a mí.

—Señor —dijo Gandalín—, por Dios, dejaos de eso y decidme si oísteis las locuras que dijo un caballero que allí está.

Y esto le decía por le poner en alguna saña que la otra algo hiciese olvidar. Amadís le dijo:

—Bien oí cuanto dijo y por eso quiero yo mi caballo en que me vaya de aquí, que mucho he tardado.

—¿Cómo —dijo Gandalín—, no haréis más contra el caballero?

—¿Y qué tengo yo de hacer? —dijo Amadís.

—Que os combatáis con él —dijo Gandalín— y le hagáis conocer su locura, y Amadís le dijo:

—Como eres loco en esto que dices, sábete que no tengo seso ni corazón ni esfuerzo, que todo es partido cuando perdí la merced de mi señora que de ella y no de mí me venía todo, y así ella lo ha llevado, y sabes que tanto valgo para me combatir cuanto un caballero muerto, que en toda la Gran Bretaña no hay tan cautivo ni tan flaco caballero que ligeramente no me matase si con él me combatiese, que te diré que soy el más vencido y desesperado de todos los que en el mundo son.

Gandalín le dijo:

—Señor, mucho me pesa de a tal tiempo fallecer vuestro corazón y gran bondad y por Dios hablad paso, que allí está Durín que oyó el duelo que hicisteis y todo lo que el caballero dijo.

—¿Cómo —dijo Amadís—, aquí está Durín?

—Sí —dijo él—, que entrambos vinimos juntos y pienso que viene por ver lo que hacéis, porque lo sepa contar a quien acá lo envió.

Amadís le dijo:

—Pésame de lo que me has dicho —pero, sabiendo que allí estaba Durín, crecióle el corazón y esfuerzo, y dijo:

—Ahora me dad el caballo y guíame al caballero.

Gandalín se lo trajo y las armas y él cabalgó y tomó las armas y Gandalín fue a le mostrar el caballero, y no tardó que le vieron estar debajo de un árbol y tenía el caballo por las riendas y llegóse cerca de él Amadís y díjole:

—Vos, caballero, que estáis holgando, conviene que os levantéis y que veamos cómo sabéis mantener amor de quien vos tanto loáis.

El caballero se levantó y dijo:

—¿Quién eres tú que tal me preguntas? Ahora verás cómo mantendré amor si conmigo te osares combatir, que te haré poner espanto a ti y a todos los que de amor son desamparados.

—Ahora lo veremos —dijo Amadís—, que yo soy de aquellos desamparados de él y soy solo el que jamás en él fiara, porque con grandes servicios que le hice me dio mal galardón no lo mereciendo, a vos don caballero enamorado, diré más, que nunca en él hallé tanta verdad que siete tanto de mentira no hallase. Ahora venid, mantened su razón, veamos si ganó más en vos que perdió en mí, y cuando esto decía ensañóse como aquél a quien contra toda razón su señora le dejara.

El caballero cabalgó y tomó sus armas y dijo:

—Vos, caballero, desesperado de amor y despreciador de todo bien en que hablar no debíais, que si amor os desamparó hizo ende gran razón, que tal como vos no era para le acompañar ni servir. Y viendo él que no le valíais os apartó de sí e idos luego, no estéis más aquí, que solamente de os ver me toma gran enojo y cualquiera arma que en vos pusiese la despreciaría por ello, y quísose ir.

Y Amadís le dijo:

—Caballero, o vos no queréis defender amor sino con palabras, o vos vais con cobardía.

—¿Y cómo, caballero —dijo él—, yo te dejaba por no te preciar nada y tú cuidas que por temor? Gran demandador eres de tu daño, ahora te guarda, si pudieres.

Entonces, corrieron los caballos a todo poder uno contra otro, lo más recio que pudieron e hiriéronse de las lanzas en los escudos, así que los falsaron y detuvieron en los arneses que eran muy fuertes, mas el caballero que era enamorado fue a tierra sin ningún detenimiento y al caer llevó las riendas en la mano y cabalgó luego en su caballo así como aquél que era valiente y ligero y Amadís le dijo:

—Si mejor no mantenéis amor de la espada que de la lanza, mal empleado es en vos el buen galardón que os ha dado.

El caballero no respondió ninguna cosa, mas metió mano a la espada muy sañudo y fuese para él y Amadís que ya la espada en la mano tenía, movió contra él e hiriéronse ambos y el caballero lo hirió en el brocal del escudo, así que el golpe fue en soslayo y metió por él un palmo de la espada y cuando la quiso sacar no pudo y Amadís apretó la espada en la mano y alzóse sobre los estribos y diole un gran golpe por encima del yelmo, así que tajó cuanto alcanzó del almófar del arnés y cortóle la cabeza hasta el casco y la espada bajó y dio en el cuello del caballo y cortó la mitad de él, así que entrambos fueron al suelo y el caballo murió luego. Y el caballero quedó tan desacordado que no sabía de sí. Amadís, que lo vio estar, atendió un poco por ver si acordaría, que pensaba que muerto era, y cuando algo más acordado le vio díjole:

—Caballero, cuando en vos ganó el amor y con vos con él sea vuestro y suyo que yo irme quiero.

Y partiéndose de él llamó a Gandalín y vio a Durín que con él estaba, que todo lo pasado había visto y díjole:

—Amigo Durín, el mi desamparamiento no ha par, ni la mi cuita y soledad no es de sufrir, y conviene que muera y a Dios plega que cedo sea, y la muerte me haría ya holganza según de este tan esquivo y cruel dolor soy atormentado. Ahora vete en buenaventura y salúdame mucho a Mabilia, mi buena prima, y a la buena doncella de Dinamarca, tu hermana, y diles que se duelan de mí, que voy a morir a la mayor sinrazón que nunca en el mundo caballero murió y diles que gran cuita llevo en el mi corazón por ellas, que tanto me amaban y tanto por mí hicieron sin que de mí ningún galardón hubiesen.

Esto decía él llorando muy fieramente a maravilla, y Durín estaba delante de él llorando, así que no le podía responder. Amadís lo abrazó y encomendólo a Dios y besóle la halda del ames y despidióse de él.

Entonces aparecía el alba y Amadís dijo a Gandalín:

—Si quieres ir conmigo no me estorbes de ninguna cosa que yo haga, ni diga, sino luego dende aquí te ve —él le respondió que así lo haría y dándole las armas mandóle que sacase la espada del escudo y la diese al caballero, y se fuese en pos de él.

Capítulo 47. Que recuenta quién era el caballero vencido de Amadís, y de las cosas que le habían antes acaecido que fuese vencido por Amadís

Este caballero herido, de que ya os contamos, había nombre Patín y era hermano de don Sidón que a la sazón era emperador de Roma y era el mejor caballero en armas de todas aquellas tierras, tanto, que de todos los del imperio era muy temido, y el emperador había mucha vejez y no tenía heredero ninguno, que todos pensaban que este Patín sucedería en el imperio. Él amaba una reina de Cerdeña llamada Sardamira, que era mujer muy apuesta y hermosa doncella, que siendo sobrina de la emperatriz se había criado en su casa y tanto la sirvió, que le hubo de prometer si de casar hubiese, que antes casaría con él que con otro. El Patín oyendo esto, tomando consigo mayor orgullo que el de su primo natural tenía, que no era poco, díjole:

—Mi amiga, yo he oído decir que el rey Lisuarte tiene una hija que por el mundo de gran hermosura es loada y yo quiero ir a su corte y diré que no es tan hermosa como vos y que esto combatiré a los dos mejores caballeros que lo contrario dijeren, que me dicen que los hay allí muy preciados en armas y si no los venciere en un día quiero que aquel rey me mande tajar la cabeza.

—Eso no hagáis vos —dijo la reina—, que si aquella doncella es muy hermosa, no me quita a mí la parte que Dios me dio si alguna es, y en otra cosa de más razón y menos soberbia podéis mostrar vuestra bondad, que esta demanda en que os ponéis de más de no ser honesta para hombre de tan alto lugar como vos, según es fuera de razón y soberbiosa, no debéis de ella esperar buen fin.

—Comoquiera que avenga —dijo él—, esto que digo cumpliré en vuestro servicio y amor grande que os tengo, en señal que así como vos sois la más hermosa mujer del mundo, sois amada del mejor caballero que en él hallarse podría.

Y así se despidió de ella, y con sus ricas armas y diez escuderos pasó en la Gran Bretaña y fuese luego donde supo que el rey Lisuarte era, el cual, como así acompañado le vio, pensó que sería hombre de manera y recibiólo muy bien y desde que fue desarmado, todos lo miraban como era grande de cuerpo y que por razón debía en sí tener gran valentía. El rey le preguntó quién era. Él le dijo:

—Rey, yo os lo diré, que no vengo a vuestra casa me en cubrir, sino para me os hacer conocer, sabed que yo soy el Patín, hermano del emperador de Roma y tanto que vea a la reina y a su hija Oriana, sabréis la causa de mi venida.

Cuando el rey oyó ser hombre de tan alto lugar abrazólo y díjole:

—Buen amigo, mucho nos place con vuestra venida y a la reina y a su hija y a todas las otras de mi casa veréis cuando os pluguiere.

Entonces, lo sentó consigo a la mesa, donde comieron como en mesa de tal hombre. El Patín miraba a todas partes y como veía tantos caballeros, maravillábase de los ver, y no tenía en tanto como nada la casa del emperador, su hermano, ni ninguna otra que él hubiese visto. Don Grumedán lo llevó a su posada por mandado del rey, y le hizo mucha honra. Otro día, después de haber oído misa, el rey tomó consigo a Patín y a don Grumedán, y fuese para la reina, que ya sabía quién era por el rey. Recibido de ella hízolo sentar ante sí y cabe su hija que muy menoscabada era de la hermosura que tener solía, por la saña que ya oísteis. Cuando el Patín la vio fue espantado y entre sí decía que todos los que la loaban no decían la mitad de lo que ella era hermosa, así que fue su corazón mudado de aquello porque viniera y puesto en haberla con todas sus fuerzas, y pensó que siendo él de tal gran guisa y tan bueno en sí y que habría el imperio que si la demandase en casamiento que no le sería negada y apartando al rey y a la reina les dijo:

—Yo soy venido a vuestra casa por casamiento mío y de vuestra hija y esto es por la bondad vuestra y por la su hermosura, que si otras yo quisiese de tan gran guisa hallaría según quien yo soy y lo que espero tener.

El rey le dijo:

—Mucho os agradecemos lo que dicho habéis, mas yo y la reina hemos prometido nuestra hija de no la casar contra su voluntad, y convendrá que la hablemos antes de os responder.

Esto decía el rey porque no fuese de él desavenido, mas no tenía en corazón de la dar a él ni otro que de aquella tierra donde ella había de ser señora la sacase. De esta respuesta que fue el Patín muy contento y esperó allí cinco días pensando recaudar aquello que tanto deseaba, mas el rey ni la reina teniéndolo por desvario no dijeron nada a su hija, mas el Patín preguntó un día al rey cómo le iba en su casamiento. Él le dijo:

—Yo hago cuanto puedo, mas menester es que habléis con mi hija y le roguéis que baga mi mandado.

El Patín se fue a Oriana y díjole:

—Señora Oriana, yo os quiero rogar una cosa, que será mucha vuestra honra y provecho.

—¿Qué cosa es? —dijo ella.

—Que hagáis mandado de vuestro padre —dijo él. Ella, qué no sabía por cuál razón se lo decía, dijo:

—Eso haré yo muy de grado, que bien cierta soy que se ganen estas dos cosas que decís: honra y provecho.

El Patín fue muy ledo de tal respuesta, que bien cuidó que ya la había ganado, y dijo:

—Yo quiero ir por esta tierra a buscar las aventuras y antes de mucho oiréis hablar de tales cosas que no con más razón os hará otorgar lo que yo deseo —y así lo dijo al rey que luego se quería partir por ver las maravillas de aquella su tierra.

El rey le dijo:

—En vos es eso, mas si me creyereis dejaros habíais de ello, que hallaréis grandes aventuras y peligrosas y muy fuertes y recios caballeros usados en armas.

—De todo eso —dijo él— me place mucho, que si ellos son fuertes y ardides no me hallarán flaco ni laso, lo que mis obras os dirán.

Y despedido de él fuese su camino muy alegre de la respuesta de Oriana y por esta causa lo iba cantando, como ya oísteis, cuando la su contraria fortuna lo guió a aquella parte donde Amadís hacía su duelo.

Ésta es la razón por donde este caballero vino de tierra tan lueñe. Pues ahora sobre el propósito tornando, que después que Durín se apartó de Amadís, siendo ya de día claro pasó por donde el Patín estaba llagado y él había de la cabeza quitado lo que del yelmo le quedara y tenía todo el rostro y el pescuezo lleno de sangre y como vio a Durín, díjole:

—Buen doncel, decidme, que Dios os haga hombre bueno, si sabéis aquí cerca algún lugar donde pudiese haber remedio de esta llaga.

—Sí sé —dijo él—, más en los que allí son es la tristeza tan sobrada que en ál no paran miente.

—¿Por qué es eso? —dijo el caballero.

—Por un caballero —dijo Durín—, que habiendo ganado aquel señorío y visto las imágenes y cosas secretas de Apolidón y su amiga, lo que otro ninguno hasta ahora ver pudo, es de allí partido con tan gran pesar que de ello no se espera si su muerte no.

—A mí me parece —dijo el caballero— que habláis de la Ínsula Firme.

—Verdad es —dijo Durín.

—¿Cómo —dijo el caballero—, ya tiene señor? Por Dios pésame que allá iba yo por me probar ende y ganar el señorío.

Durín se sonrió y dijo:

—Cierto, caballero, si de vuestra bondad algo no traéis encubierta cuanto por la que aquí mostrasteis, poca pro os tuviera y antes creo que fuera vuestra deshonra.

El caballero se levantó así como pudo y quísole echar mano de la rienda, mas Dúrín se arredró de él y como no lo pudo tomar dijo:

—Doncel, decidme quién fue el caballero que la Ínsula Firme ganó.

—Decidme vos primero quién sois —dijo Durín.

—Por eso no quedará —dijo él—. Sabed que yo soy el Patín, hermano del emperador de Roma.

—A Dios merced —dijo Durín—, que sois más alto de linaje que de bondad de armas ni de mesura; ahora sabed que el caballero por quien preguntáis es aquél que de vos se partió, que según lo que en él visteis bien podréis creer que mereció ser digno de ganar lo que ganó, y partiéndose de él se fue su vía y tomó el derecho camino de Londres, con gran gana de contar a Oriana todo lo que viera de Amadís.

Capítulo 48. Cómo don Galaor y Florestán y Agrajes se fueron en busca de Amadís, y de cómo Amadís, dejadas las armas y mudado el nombre, se retrasó con un buen viejo en una ermita a la vida solitaria

Como Amadís se partió con gran cuita de la Ínsula Firme, ya se os dijo que fue tan encubierto que don Galaor y don Florestán, sus hermanos, y su primo Agrajes no lo sintieron y como tomó seguridad de Ysanjo que se lo no dijese hasta que otro día después de haber oído misa. Pues Ysanjo así lo hizo, que habiendo oído la misa ellos preguntaron por Amadís y él les dijo:

—Armaos y deciros he su mandado —y desde que armados fueron Ysanjo comenzó a llorar muy fieramente y dijo:

—¡Oh, señores!, qué cuita y qué dolor vino sobre nosotros en nos durar tan poco nuestro señor.

Entonces les contó cómo Amadís se partiera del castillo y la cuita y el duelo que hiciera y todo cuanto les mandara decir y lo que a él mandaba hacer de aquella tierra, y cómo les rogaba que no fuesen en pos de él, que no podían por ninguna manera ponerle remedio ni darle conorte y que por Dios no tomasen pesar por la su muerte.

—¡Oh, Santa María, val! —dijeron ellos—, a morir va el mejor caballero del mundo, menester es que pasando su mandato lo vayamos a buscar y si con nuestra vida no le pudiéramos dar consuelo, será nuestra muerte en compañía de la suya.

Ysanjo dijo a don Galaor cómo le rogaba que hiciesen caballero a Gandalín y trajese consigo a Ardián, el enano. Y esto decía Ysanjo haciendo muy gran duelo y por ellos por el semejante. Galaor tomó entre sus brazos al enano, que hacía gran duelo y daba con la cabeza en una pared, y díjole:

—Ardián, vete conmigo como lo mandó tu señor, que de lo que mí fuera será de ti.

El enano le dijo:

—Señor, yo os aguardaré, mas no por señor, hasta que sepa nuevas ciertas de Amadís.

Entonces cabalgaron en sus caballos y mostrándoles Ysanjo el camino que Amadís llevara por él, todos tres se metieron y anduvieron todo el día sin que hallasen a quien preguntar y llegaron donde estaba el Patín llagado y su caballo muerto y sus escuderos que eran venidos y andaban cortando madera y ramas en que lo llevasen, que estaba muy desmayado de la mucha sangre que perdiera y no les pudo decir nada e tuzóles señal que lo dejasen y preguntaron a los escuderos que quién hiriera a aquel caballero, ellos dijeron que no sabían sino tanto que cuando ellos a él llegaron que les dijo que había justado con un caballero que de la Ínsula Firme venía y que lo derribara del primer encuentro muy ligeramente y que luego tornara a cabalgar y de un solo goloe de la espada le hiciera aquella llaga y le matara el caballo, y desde que se de él partió dijo que había sabido de un doncel que aquel caballero era el que ganó el señorío de la Ínsula Firme. Don Galaor les dijo:

—Buenos escuderos, ¿visteis vos a la parte que ese caballero fue?

—No —dijeron ellos—, pero antes que allí llegásemos vimos por esta floresta ir un caballero armado encima de un gran caballo llorando y maldiciendo su ventura y un escudero en pos de él que las armas le llevaba y el escudo había el campo de oro y dos leones cárdenos en él y asimismo el escudero muy fuertemente llorando.

Ellos dijeron:

—Aquél es.

Entonces se fueron contra aquella parte a más andar y a la salida de aquella floresta hallaron un gran campo en que había muchas carreras a todas partes en las que había rastros, así que no podían en el suyo atinar. Entonces acordaron de se partir y que, para saber lo que cada uno había en aquella demanda buscado y por las tierras que anduviera, fuesen juntos en el día de San Juan en casa del rey Lisuarte y si hasta entonces su ventura les fuese tan contraria que de él no supiesen, que allí tomarían otro acuerdo y luego se abrazaron llorando y se partieron de en uno llevando muy firme en sus corazones de tomar todo el afán que en la demanda ocurrir pudiese hasta la acabar, mas esto fue en vano, que comoquiera muchas tierras anduvieron en que grandes cosas y muy peligrosas en armas pasaron, como aquéllos que de fuertes y bravos corazones eran y sufridores de mucho afán, no fue su ventura de saber ninguna nueva, las cuales no serán aquí recontadas, porque de la demanda fallecieron no la acabando y la causa de ellos fue que Amadís se partió donde llegado dejó al Patín, anduvo por la floresta y a la salida de ella halló un campo en que había muchas carreras y desvióse de él, porque de allí no tomasen rastro y metióse por un valle y por una montaña e iba pensando tan fieramente que el caballo se iba por donde quería, y a la hora del mediodía llegó el caballo a unos árboles que eran en una ribera de un agua que de la montaña descendía y con el gran calor y trabajo de la noche paró allí y Amadís recordó de su cuidado y miró a todas partes y no vio poblado ninguno, de que hubo placer. Entonces se apeó y bebió del agua, y Gandalín llegó, que tras él iba, y tomando los caballos y poniéndolos donde paciesen de la hierba se tomó a su señor y hallólo tan desmayado que más semejaba muerto que vivo, mas no le osó quitar de su cuidado y echóse delante de él.

Amadís acordó de su pensar a tal hora que el Sol se quería poner y levantándose dio del pie a Gandalín y dijo:

—¿Duermes, o qué haces?

—No duermo —dijo él—, mas estoy pensando en dos cosas que os atañen y si me quisiereis oír, decírosla he, si no dejarme de ello.

Amadís le dijo:

—Ve, ensilla los caballos e irme he, que no querría que me hallasen los que me buscan.

—Señor —dijo Gandalín—, vos estáis en lugar apartado y vuestro caballo según que está laso y cansado, si le no dais algún reposo no os podrá llevar.

Amadís le dijo llorando:

—Haz lo que por bien tuvieres, que holgando ni andando no tengo yo de haber descanso.

Gandalín curó de los caballos y tomó a él y rogóle que comiese de una empanada que traía, mas no lo quiso hacer y díjole:

—Señor, ¿queréis que os diga las dos cosas en que pensaba?

—Di lo que quisieres —dijo él—, que ya, por cosa cosa que se diga ni se haga, no doy nada, ni querría más vivir en el mundo de cuanto a confesión llegado fuese.

Gandalín dijo:

—Todavía, señor, os ruego que me oigáis.

Entonces dijo:

—Yo he pensado mucho en esta carta que Oriana os envió y en las palabras que el caballero con que os combatisteis dijo, y como la firmeza de muchas mujeres sea muy liviana mudando su querer de unos en otros, puede ser que Oriana os tiene errado y quiso antes que lo vos supieseis fingir enojo contra vos. Y la otra cosa es que yo la tengo por tan buena y tan leal que no así se movería sin alguna cosa que falsamente de vos le habrán dicho que por verdadera ella la tendrá, sintiendo por su corazón que tan firme os ama, que así el vuestro debía hacer a ella, y pues que vos sabéis que la nunca errasteis, y si algo le fue dicho que se ha de saber la verdad en que seréis sin culpa, por donde no solamente se arrepentirá de lo que hizo, mas con mucha humildad os demandará perdón y tornaréis con ella a aquellos grandes deleites que vuestro corazón desea, ¿no es mejor que esperando este remedio comáis y toméis tal consuelo, con que la vida sostenerse pueda, que muriendo con tan poca esperanza y corazón perdáis a ella y perdáis la honra de este mundo y aun el otro que tengáis en condición?

—¡Por Dios, cállate! —dijo Amadís—, que tal locura y mentira has dicho que con ello se enojarara todo el mundo y tú dícesmelo por me conortar, lo que no pienses que pueda ser. Oriana, mi señora, nunca erró en cosa ninguna y si yo muero es con razón, no porque lo yo merezca, mas porque con ello cumplo su voluntad y mando, y si yo no entendiese que por me conortar lo has dicho, yo te tajaría la cabeza, y sábete que me has hecho muy gran enojo y de aquí adelante no seas osado de me decir lo semejante, y quitándose de él se fue paseando por la ribera ayuso pensando tan fuertemente que ningún sentido en sí tenía.

Gandalín adormecióse, como aquél que había dos días y una noche que no durmiera, y tornando Amadís partió ya de su cuidado, y viendo cómo tan sosegadamente dormía, fue a ensillar su caballo y escondió la silla y el freno de Gandalín entre unas espesas matas porque no pudiese ir en pos de él, y tomando sus armas se metió por lo más espeso de la montaña, con gran saña de Gandalín por lo que le dijera. Pues así anduvo toda la noche y otro día hasta vísperas. Entonces, entró en una gran vega, que al pie de una montaña estaba y en ella había dos árboles altos que estaban sobre una fuente y fue allá por dar agua a su caballo, que todo aquel día anduviera sin hallar agua, y cuando a la fuente llegó, vio un hombre de orden, la cabeza y barbas blancas, y daba de beber a un asno y vestía un hábito muy pobre de lana de cabras. Amadís le saludó y preguntóle si era de misa; el hombre bueno le dijo que bien había cuarenta años que lo era:

—A Dios merced —dijo Amadís—. Ahora os ruego que holguéis aquí esta noche por el amor de Dios, y oírme habéis de penitencia, que mucho lo he menester.

—En el nombre de Dios —dijo el buen hombre. Amadís se apeó y puso las armas en tierra, desensilló el caballo y dejólo pacer por la hierba, y él desarmóse e hincó los hinojos ante el buen hombre y comenzóle a besar los pies. El hombre bueno lo tomó por la mano y alzándolo lo hizo sentar cabe sí y vio cómo era el más hermoso caballero que en su vida visto había, pero viole descolorido y las faces y los pechos bañados en lágrimas que derramaba, y hubo de él duelo y dijo:

—Caballero, parece que habéis gran cuita y si es por algún pecado que habéis hecho y estas lágrimas de arrepentimiento de vos vienen, en buena hora nacisteis, mas si os lo causan algunas temporales cosas que según vuestra edad y hermosura por razón no debéis ser muy apartado de ellas, membraos de Dios —y alzó la mano y bendíjole y díjole:

—Ahora decid todos los pecados que se os acordaren.

Amadís así lo hizo diciéndole toda su hacienda, que nada faltó. El hombre bueno le dijo:

—Según vuestro entendimiento y el linaje tan alto donde venís no os deberíais matar ni perder por ninguna cosa que os aviniese, cuanto más por hecho de mujeres que se ligeramente gana y pierde y os aconsejo que no paréis en tal cosa mientes y os quitéis de tal locura, que lo hagáis por amor de Dios a quien no place de tales cosas y aún por la razón del mundo se debería hacer, que no puede hombre, ni debe, amar a quien le no ama.

—Buen señor —dijo Amadís—, yo soy llegado al punto que no puedo vivir sino muy poco y ruégoos por aquel Señor poderoso cuya fe vos mantenéis que os plega de me llevar con vos este poco de tiempo que durare y habré con vos consejo de mi alma, pues que ya las armas ni el caballo no me hacen menester, dejarlo he aquí e iré con vos de pie haciendo aquella penitencia que me mandares y si esto no hacéis erraréis a Dios porque andaré perdido por esta montaña sin hallar quien me remedie.

El buen hombre que lo vio tan apuesto y de todo corazón para hacer bien, díjole:

—Ciertamente, señor, no conviene a tal caballero como vos sois, que así se desampare como si todo el mundo le falleciese, y muy menos por razón de mujer, que su amor no es más de cuanto sus ojos lo ven y cuanto oyen algunas palabras que les dicen y pasado aquello, luego olvidan, especialmente en aquellos falsos amores que contra el servicio de tal Señor se toman, que aquel mismo pecado que los engendra haciéndolos al comienzo dulces y sabrosos, aquél los hace revisar con tan cruel y amargoso parto como ahora vos tenéis; mas vos, que sois tan bueno y tenéis señorío y tierra sobre muchas gentes y sois leal abogado y guardador de todos y todas aquéllas que sin razón reciben y tan mantenedor de derecho, y sería gran mala ventura y gran daño y pérdida del mundo, si vos así lo fueseis desamparado, y yo no sé quién es aquélla que os a tal estado ha traído, mas a mi parece que si en una mujer sola hubiese toda la bondad y hermosura que hay en todas las otras, que por ella tal hombre como vos no se debería perder.

—Buen señor —dijo Amadís—, yo no os demando consejo en esta parte, que a mí no es menester, mas demándoos consejo de mi alma y que os hiciereis no tengo otro remedio sino morir en esta montaña.

Y el hombre bueno comenzó a llorar con gran pesar que de él había, así que las lágrimas le caían por las barbas, que eran largas y blancas, y díjole:

—Mi hijo, señor, yo moro en un lugar muy esquivo y trabajoso de vivir, que es en una ermita metida en la mar bien siete leguas en una peña muy alta y es tan estrecha la peña, que ningún navío a ella se puede llegar, sino es el tiempo del verano, y allí moro yo ha treinta años y quien allí morare conviénele que deje los vicios y placeres del mundo, y mi mantenimiento es de limosnas que los de la tierra me dan.

—Todo eso —dijo Amadís— es a mi grado, y a mí place de pasar con vos tal vida, esta poca que me queda, y ruégoos, por amor de Dios, que me lo otorguéis.

El hombre bueno se lo otorgó mucho contra su voluntad, y Amadís le dijo:

—Ahora me mandad, padre, lo que haga, que en todo os seré obediente.

El hombre bueno le dio la bendición y luego dijo vísperas, y sacando de una alforja pan y pescado dijo a Amadís que comiese, mas él no lo hacía aunque pasaran ya tres días que no comiera. Él dijo:

—Vos habéis de estar a mi obediencia y mándoos que comáis, si no vuestra alma sería en gran peligro si así murieseis.

Entonces comió, pero muy poco, que no podía de sí partir aquella grande angustia en que estaba, y cuando fue hora de dormir el buen hombre se echó sobre su manto y Amadís a sus pies, que en todo lo más de la noche no hizo con la gran cuita sino revolverse y dar grandes suspiros y ya cansado y vencido del sueño adormecióse, y en aquel dormir soñaba que estaba encerrado en una cámara oscura, que ninguna vista tenía y no hallando por do salir quejábasele el corazón y parecíale que su prima Mabilia y la doncella de Dinamarca a él venían y ante ellas estaba un rayo de Sol que quitaba la oscuridad y alumbraba la cámara y decían:

—Señor, salid a este gran palacio —y parecíale que había gran gozo, y saliendo veía a su señora Oriana cercada alrededor de una gran llama de fuego y él que daba grandes voces diciendo:

—¡Santa María!, acórrela —y pasaba por medio del fuego que no sentía ninguna cosa y tomándola entre sus brazos la ponía en una huerta, la más verde y hermosa que nunca viera y a las grandes voces que él dio despertó el hombre bueno y tomóle por la mano diciéndole qué había. Él dijo:

—Mi señor, yo hube ahora, durmiendo, tan gran cuita que a pocas fuera muerto.

—Bien pareció en las vuestras voces —dijo él—, mas tiempo es que nos vayamos, y luego cabalgó en su asno y entró en el camino.

Amadís se iba a pie con él, mas el buen hombre le hizo cabalgar en su caballo con gran premia que le puso y así fueron de consuno, como oís. Y Amadís le rogó que le diese un don en que no aventuraría ninguna cosa. Él se lo otorgó de grado y Amadís le pidió que en cuanto con él morase no dijese a ninguna persona quién era, ni nada de su hacienda y que no le llamase por su nombre, mas por otro, cual él le quisiese poner y de que fuese muerto que lo hiciese saber a sus hermanos, porque le llevasen a su tierra.

—La vuestra muerte y la vida es en Dios —dijo él—, y no habléis más en ello que él os dará remedio si le conocéis y amáis y servís como debéis, mas decidme: ¿qué nombre os place tener?

—El que vos por bien tuviereis —dijo él. El hombre bueno lo iba mirando como era tan hermoso y de tan buen talle, y la gran cuita en que estaba y dijo:

—Yo os quiero poner un nombre que será conforme a vuestra persona y angustia en que sois puesto, que vos sois mancebo y muy hermoso y vuestra vida está en grande amargura y en tinieblas, quiero que hayáis nombre Beltenebros.

A Amadís plugo de aquel nombre y tuvo al buen hombre por entendido en se le haber con tan gran razón puesto y por este nombre fue él llamado en cuanto con él vivió y después muy gran tiempo, que no menos que por el de Amadís fue loado, según las grandes cosas que hizo, como adelante se dirá.

Pues hablando en esto y en otras cosas, llegaron a la mar siendo ya noche cerrada y hallaron ahí una barca en que habían de pasar al hombre bueno a su ermita, y Beltenebros dio su caballo a los marineros y ellos le dieron un pelote y un tabardo de gruesa lana parda y entraron en la barca y fuéronse contra la peña, y Beltenebros preguntó al buen hombre cómo llamaban aquélla su morada y él cómo había nombre.

—La morada —dijo él— es llamada la Peña Pobre, porque allí no puede morar ninguno sino en gran pobreza y mi nombre es Andalod, fui clérigo asaz entendido y pasé mi mancebía en muchas vanidades, mas Dios por la su merced puso en pensar que los que lo han de servir tienen grandes inconvenientes y entrevalos contratando con las gentes, que según nuestra flaqueza antes a lo malo que a lo bueno inclinados somos y por esto acordéme retraer a este lugar tan solo, donde ya pasan de treinta años que nunca de él salí, sino ahora que vine a un enterramiento de una mi hermana.

Mucho se pagaba Beltenebros de la soledad y esquiveza de aquel lugar y en pensar de allí morir recibía algún descanso. Así fueron avengando en su barca hasta que a la Peña llegaron. El ermitaño dijo a los marineros que se volviesen y ellos se tornaron a tierra con su barca, y Beltenebros, considerando aquella estrecha y santa vida de aquel hombre bueno, con muchas lágrimas y gemidos, no por devoción, mas por gran desesperación, pensaba juntamente con él sostener todo lo que viniese, que a su pensar sería muy poco.

Así como oís, fue encerrado Amadís con nombre de Beltenebros en aquella Peña Pobre, mas metida siete leguas del mar, desamparado del mundo y la honra y aquellas armas con que en tan grande alteza puesto era, consumiendo sus días en lágrimas y en continuos lloros, no habiendo memoria de aquel valiente Golpano y de aquel fuerte Abies de Irlanda y del soberbio Dardán, ni tampoco aquel famoso Apolidón que en su tiempo ni en cien años después nunca caballero hubo que a la su bondad pasase, los cuales por su fuerte brazo vencidos y muertos fueron con otros muchos que la historia os ha contado. Pues si les fuese preguntado la causa de tal destrozo, que respondiera no otra cosa, salvo que la ira y la sana de una flaca mujer, poniendo en su favor aquel fuerte Hércules, aquel valiente Sansón, aquel sabio Virgilio, no olvidando entre ellos al rey Salomón, que de esta semejante pasión atormentados y sojuzgados fueron, y otros que decir podría. ¿Con esto sería sin culpa? Ciertamente no, porque los yerros ajenos son de tener en la memoria, no para los seguir, mas para huirlos y castigar en ellos, pues, ¿era razón que de un caballero tan vencido, tan sojuzgado con causa tan liviana, piedad de se hubiese para de allí le sacar con dobladas victorias que las pasadas? Diría yo que no, si las cosas por él hechas en tan gran peligro suyo no se redundasen en tanto provecho de aquéllos que después de Dios otro reparo si el suyo no tenían, así que aviniendo de estos tales mayor mancilla que de aquél que venciendo a todos a sí mismo vencer ni sojuzgar pudo, contaremos en qué forma, cuando más sin esperanza, cuando ya llegado al estrecho de la muerte, el Señor del mundo le envió milagrosamente el reparo.

Pero porque al orden de la historia así cumple, antes os contaremos algo de lo que en aquel medio tiempo acaeció.

Gandalín, que durmiendo en la montaña quedara cuando Amadís, su señor, de él se partió, a cabo de gran pieza despertando y mirando a todas partes, no vio sino su caballo y levantóse presto y comenzó a dar voces llorando y buscando por las espesas matas, mas de que no halló a Amadís ni su caballo, luego fue cierto que de él se había partido y volvió para cabalgar e ir en pos de él, mas no halló la silla ni el freno. Entonces, se comenzó a maldecir a sí y a su ventura y el día en que naciera y andando a una y otra parte hallólo metido en una mata muy espesa y ensillando su caballo cabalgó en él y anduvo cinco días albergando en los yermos y en poblado, preguntando por su señor; pero todo afán era perdido y a los seis días, la ventura lo guió a la fuente donde Amadís dejara sus armas y halló cabe ella una tienda armada y dos doncellas en ella y Gandalín descendió y preguntóles si vieran un caballero que traía un escudo de oro y dos leones cárdenos en él. Ellas le dijeron:

—No vimos tal caballero, mas ese escudo y todo guarnimiento de caballero asaz bueno hallamos cabe esta fuente sin que ninguno lo guardase.

Cuando él esto oyó, dijo, mesando sus cabellos:

—¡Oh, Santa María, val!, muerto es o perdido mi señor y el mejor caballero del mundo —y comenzó a hacer tan gran duelo que a las doncellas puso en gran mancilla y comenzó a decir:

—Señor mío, que mal os guardé, que de todos los del mundo debía ser con razón aborrecido, ni el mundo en sí me debía tener, pues os yo a tal tiempo fallecí. Vos, señor, erais aquél que a todos amparabais, y ahora de todos sois desamparado, que ya el mundo y los que en él son os fallecen y yo, cautivo malaventurado sobre todos los que nacieron, por mengua de mi aguardamiento, os desamparé al tiempo de la vuestra dolorosa muerte —y dejóse caer de rostros en el suelo así como muerto. Las doncellas dieron voces diciendo:

—¡Santa María!, muerto es este escudero —y fueron a él por le acordar y nunca podían, que muchas veces se les traspasaba, mas tanto estuvieron con él echándole agua por el rostro que le hicieron acordar y dijéronle:

—Buen escudero, no os desesperéis por lo que no sabéis, cierto que no hacéis pro de vuestro señor, y más os conviene buscarlo hasta saber su muerte o su vida, que los buenos con las grandes cuitas se han de esforzar y no se dejar morir como desesperados.

Gandalín se esforzó con aquellas palabras de las doncellas y acordó de le buscar por todas partes hasta que la muerte en ello le tomase y dijo a las doncellas:

—Señoras, ¿dónde visteis las armas?

—Eso os diremos de grado —dijeron ellas—. Sabed que nosotras andamos en compañía de don Guilán el Cuidador que nos sacó y a otras más de veinte doncellas y caballeros de la prisión de Gandinos el Follón; que Guilán hizo tanto en armas que venciendo todas las costumbres de su castillo y al fin a él, nos sacó de prisión a todos y a él hizo jurar que jamás mantendría aquella costumbre y los caballeros y doncellas donde les plugo y nosotras venimos con Guilán a esta parte donde venimos, y bien ha cuatro días que llegamos a esta fuente. Y cuando Guilán vio el escudo por quien preguntáis, hubo gran pesar y descendió de su caballo y dijo que no era para estar allí el escudo del mejor caballero del mundo y alzó del suelo llorando de corazón y púsolo en aquel brazo de aquel árbol y díjonos que lo guardásemos en tanto que él buscaba aquél cuyo era. Nosotras hicimos traer estas tiendas y don Guilán anduvo tres días por esta tierra y no halló nada, y esta noche muy tarde llegó aquí, y a la mañana dio el guarnimiento a los escuderos y ciñó la espada y tomó el escudo y dijo: «¡Por Dios!, escudo, mal trueco es éste, en dejar a vuestro señor por ir conmigo», y dijo que se iba a la corte del rey Lisuarte para dar aquellas armas a la reina Brisena, que las mandase guardar, y nos allá vamos, y así lo harán todos aquéllos que estábamos presos a pedir merced a la reina que agradezca a don Guilán aquello que por nosotros hizo, y los caballeros al rey.

—Pues a Dios quedéis —dijo Gandalín—, que yo tomando vuestro conorte voy a buscar aquél en quien mi vida y muerte está, como el más cautivo y desventurado hombre que nunca nació.

Capítulo 49. De cómo Durín tornó a su señora con la respuesta del mensaje que había traído para Amadís, y del llanto que ella hizo viendo la nueva

Después que Durín se partió de Amadís en la floresta donde el Patín llagado quedaba, como lo hemos contado, entró en el camino de Londres, donde el rey Lisuarte era, y quejóse de andar porque Oriana supiese aquellas desventuradas nuevas de Amadís, porque si ser pudiese, remediase algo en aquello que su carta tanto mal había hecho, y tanto anduvo, que a los diez días llegó a Londres, y descabalgando en su posada se fue al palacio de la reina, y cuando Oriana lo vio el corazón le saltaba, que no lo podía sosegar y luego fue a su cámara y acostóse en su lecho y mandó a la doncella de Dinamarca que le llamase a Durín, su hermano, y ella guardase que no la viese alguno. La doncella le llamó y salióse donde Mabilia estaba. Oriana le dijo:

—Amigo, ahora me di, ¿adónde has andado y dó hallaste a Amadís, y lo que hizo cuando le diste mi carta y si viste a la reina Briolanja? Cuéntamelo todo, que no falte nada.

—Señora —dijo Durín—, todo lo diré, aunque no es poco de contar, que muchas cosas maravillosas y extrañas he visto y dígoos que yo llegué a Sobradisa y vi a Briolanja, que es tan hermosa y tan apuesta y de tal donaire que dejando a vos creo que en el mundo no hay tan hermosa mujer como ella, y allí hallé nuevas de Amadís y de sus hermanos, que eran para acá partidos y siguiendo yo su rastro supe cómo desviaron del camino y fueron con una doncella a la Ínsula Firme por probarse en las extrañas aventuras que allí son, y cuando yo allí llegué entraba Amadís so el arco de los leales amadores, donde ninguno no puede entrar si ha errado a la mujer que primero comenzó a amar.

—¿Cómo —dijo Oriana—, osado fue él de probar tal aventura, sabiendo que la acabar no podía?

—No pareció así —dijo Durín—, que pasó de esa manera, antes él la acabó con la mayor lealtad que otro que allí fuese, porque por él se deshizo en su recibimiento las señales que hasta allí nunca se hicieran.

Cuando ella esto oyó, en su corazón sintió grande alegría en saber que aquello que por sano y por tan cierto tenía, tanto al contrario era del su pensamiento y asimismo le contó cómo don Galaor y Florestán y Agrajes probando la aventura de la cámara defendida no la pudieran acabar y quedaron tan tullidos como si muertos fueran y cómo después la probó Amadís y la acabó, ganando el señorío de aquella Ínsula, que era la más hermosa del mundo y más fuerte, y cómo habían entrado todos en la cámara que era la más extraña y rica que hallarse podría.

Oído esto por Oriana, dijo:

—Cállate un poco —y alzando las manos al cielo comenzó a rogar a Dios que Él por la su piedad enderezase como ella, presto, pudiese estar en aquella cámara con aquél que por su gran bondad la ganara. Entonces le dijo:

—Ahora me di, ¿qué hizo Amadís cuando mi carta le diste?

A Durín le vinieron las lágrimas a los ojos y díjole:

—Señora, yo os aconsejaría que no lo quisieseis saber porque habéis hecho la mayor crudeza y diablura que nunca doncella en el mundo hizo.

—¡Ay, Santa María, val! —dijo Oriana—, ¿qué me dices?

—Dígoos —dijo Durín— que matasteis a la mayor sinrazón que ser podría con vuestra saña, el mejor y más leal caballero que nunca hubo mujer, ni habrá en tanto que el mundo durare. Maldita fue la hora en que tal cosa fue pensada y maldita sea la muerte que antes no me mató, porque nunca con tal mensaje fuera que si yo supiera lo que llevaba, antes me fuera a perder por el mundo que ante él parecer, pues que vos en lo mandar y yo en lo llevar fuimos causa de su muerte.

Entonces, le contó lo que Amadís hizo y dijo cuando la carta le diera, y cómo se salió de la Ínsula Firme y lo que dijo en la ermita, y cómo de allí se partió de ellos solo y se metió por la montaña, y que siguiéndole él y Gandalín contra su defendimiento lo hallaron cabe la fuente, no osando aparecer ante él y el dolorido llanto que allí hizo, cómo pasó por allí el Patín cantando y las palabras que dijo y la batalla que Amadís con él hubo y después se partió de él diciendo a Gandalín que no le estorbase la muerte, sino que no fuese con él, así que no quedó cosa que no le dijese como pasara y él lo viera.

Cuando Oriana esto oyó en mayor grado que de la ira y la saña vencida, quebrada la braveza del su corazón, de la piedad sojuzgada fue, causándolo aquel gran señorío que la verdad sobre la mentira tiene. Así que juntó en su pensamiento la culpa suya, con la cual aquél que sin ella estaba padecía; tal fuerza tuvieron que casi muerta sin ningún sentido la dejaron, sin sola una palabra poder decir.

Durín, como así la vio, piedad hubo de ella, pero bien vio que lo merecía y fuese a Mabilia y a la doncella de Dinamarca y díjoles:

—Acorred a Oriana, que bien le hace menester, que paréceme, si erró, su parte le cabe —y fuese a su posada y ellas se fueron a Oriana, y viéndola tan desacordada, cerraron la puerta de la cámara y echándole agua por el rostro, la hicieron acordar, y como habló dijo:

—Ay, cautiva sin ventura!, que maté la cosa del mundo que más amaba. ¡Ay, mi señor!, yo os maté a gran tuerto y con gran razón moriré yo por vos, aunque vuestra muerte será mal vengada con la mía, que vos, mi señor, siendo leal no seréis satisfecho en que la desleal y malaventurada muera.

Esto decía ella con tanto dolor y angustia, como si el corazón se le despedazase, mas aquellas sus servidoras y amigas, enviando por Durín y sabiendo todo lo que pasara enteramente, acorrieron con aquella medicina que ellos ambos habían menester para su remedio, que después de le haber dado muchos consuelos le hicieron escribir una carta con palabras muy humildes y ruegos muy ahincados, como adelante más por extenso se dirá, para Amadís, que dejadas todas las cosas se viniese a ella, que en el su castillo de Miraflores, donde su gran yerro sería enmendado, le atendía, la cual se encomendó a la doncella de Dinamarca que con mucho placer todo el afán que venirle pudiese tomaría por dar reparo a las dos personas que ella más amaba, porque sin sospecha de ninguna cosa aquel viaje mejor hacer pudiese.

Habiendo dicho Durín que Amadís en su llanto mentara mucho a su amo don Gandales, creyendo que antes allí que en otra parte estaría, acordaron que la doncella llevase dones a la reina de Escocia y le dijese nuevas de Mabilia, su hija, y de la reina a ella las trajese.

Oriana habló con la reina, su madre, haciéndole saber cómo enviaban aquella doncella con aquel mandado. Ella lo tuvo por bien, asimismo envió con ellas sus donas.

Esto así concertado, tomando consigo a Durín, su hermano, y a un sobrino de Gandales, que Enil se llamaba, que nuevamente allí para buscar su señor era venido, caminando hasta un puerto que llamaban Vegil, que es de la Gran Bretaña, hacia Escocia, entraron en una barca y en cabo de siete días que navegaron fue arribada en una villa que se llamaba Poligez y desde allí se fue derechamente al castillo de Gandales y hallóle que andaba a caza con sus escuderos y fuese para él y él vino contra ella y saludáronse, y don Gandales vio en su lenguaje que era extranjera, y preguntóle de dónde era y ella le dijo:

—Soy mensajera de unas doncellas que mucho os aman, que envían conmigo dones a la reina de Escocia.

—Buena doncella —dijo él—, decidme, si os pluguiere, quién son.

—Oriana, la hija del rey Lisuarte y Mabilia, que vos conocéis.

—Señora —dijo él—, vos seáis muy bien venida y vamos a mi casa y holgaréis y desde allí os llevaré a la reina.

Ello lo tuvo por bien y fuéronse de consuno y hablando de algunas cosas, preguntóle Gandales por Amadís, su criado, de que ella fue muy triste, considerando que allí no estaba y por no le hacer pesar no le dijo cómo era perdido, mas que después que de la corte partió por vengar a Briolanja no tornara a ella, antes pensaban allá, cuando yo partí, que era venido a esta tierra con Agrajes, su primo, por ver a vos que lo criasteis y a la reina, su tía. Yo le traía cartas de la reina Brisena y de otras sus amigas con que habría placer.

Esto decía ella porque si encubierto estuviese, sabiendo lo que ella decía tendría por bien de la ver y hablar. Mas Gandales no sabía nada de él y fue muy honrada y servida de todos y de la mujer de Gandales, que muy noble dueña era y luego se fue donde la reina estaba y diole las cartas y dones que le enviaban.

Capítulo 50. De cómo Guilán el Cuidador tomó el escudo y tas armas de Amadís, que halló a la Fuente de la Vega sin guardia ninguna, y las trajo a la corte del rey Lisuarte

Después que don Guilán el Cuidador se partió de la fuente donde halló las armas de Amadís, como se os ha contado, anduvo siete días por el camino contra la corte del rey Lisuarte y siempre llevaba el escudo de Amadís a su cuello, que nunca lo quitó salvo en dos lugares, que le fue forzado de se combatir, que lo daba a sus escuderos y tomaba el suyo, y el uno fue que se encontró con dos caballeros, sobrinos de Arcalaus, y conocieron el escudo y quisiéronselo tomar diciendo que lo llevarían a su tío o la cabeza de aquél que lo traía; mas don Guilán, sabiendo que del linaje de tan mal hombre eran, dijo:

—Ahora os tengo en menos —y luego se acometieron bravamente, que los dos caballeros eran mancebos y recios. Mas don Guilán, aunque de más días fuese, era más valiente y usado en armas. Y comoquiera que la batalla alguna pieza duró, al cabo mató uno de ellos y el otro huyó contra la montaña, y don Guilán quedó herido, pero no mucho, y fuese su camino como antes, y esa noche albergó en casa de un caballero que conocía e hízole mucha honra y a la mañana diole una lanza, que la suya fue quebrada en la justa pasada que había habido, y anduvo tanto por su camino que llegó a un río, que se llama Guiñón, y el agua era grande, y había en él una puente de madera tan ancha como pudiese venir un caballero e ir otro, y al cabo de él vio estar un caballero que la puente quería pasar, que tenía un escudo verde, y una banda blanca en él, y conociólo, que era Ladasín, su primo, y a la otra parte estaba un caballero que defendía el pasaje y a grandes voces decía:

—Caballero, no entréis en el puente, si no queréis justar.

—Por vuestra justa —dijo Ladasín—, no dejaré yo de pasar.

Entonces, embrazando el escudo se metió por el puente. Y el otro caballero que a la puente guardaba estaba en un caballo bayo grande y a su cuello tenía un escudo blanco y un león pardo en él y el yelmo otrosí, y el caballero era grande de cuerpo y cabalgaba muy apuesto, y como vio a

Ladasín en la puente dejóse ir a él al más correr de su caballo, y justaron ambos en la entrada de la puente y así vino que Ladasín y su caballo cayeron del puente en el agua y él echó mano de unas ramas de sauces que alcanzó y con grande afán salió a la orilla, que cayera de alto y más el peso de las armas y el que lo derribó tomóse por el puente su paso y púsose donde antes estaba, y don Guilán llegó a su primo y él y sus escuderos sacáronlo del agua y quitáronle el escudo y el yelmo y díjole:

—Ciertamente, primo, a pocas fuerais muerto si vuestro gran corazón no lo estorbara en vos asir a estas ramas y todos los caballeros deberían dudar las justas de los puentes, porque los que las guardan tienen ya sus caballos amaestrados, ganan honra más por ellos que por sus valentías, Por mi grado antes rodearía ahora por otro cabo, mas pues así os aconteció, conviene que os vengue si pudiere, y en tanto pasó el caballo de Ladasín de otra parte y el caballero mandólo tomar a sus hombres y metiéronlo en una torre que estaba en medio del río, que era hermosa fortaleza y pasaban a ella por un puente de piedra.

Don Guilán quitó el escudo de Amadís y dio a sus escuderos y tomó el suyo y su lanza y fuese a la puente, mas el otro caballero que lo guardaba, vino luego contra él y corrieron el uno contra el otro al más ir de sus caballos, y el encuentro fue tan grande que el caballero fue movido de la silla y cayó en el río, y Guilán cayó en el puente y por poco cayera en el agua si no se tuviera a los maderos, y el caballero, que en el agua cayó, asióse al caballo de Guilán, que cabe si lo halló y sacólo fuera y los escuderos de Guilán tomaron el caballo del otro y Guilán miró y vio estar al caballero al pie del puente, y tenía su caballo por las riendas y estábase sacudiendo del agua y díjole:

—Mandadme dar mi caballo e irnos hemos.

—¿Cómo —dijo el caballero—, con tanto os pensáis ir de aquí?

—Con tanto —dijo Guilán—, que ya hicimos en el pasaje lo que debíamos.

—Eso puede ser —dijo él—, que ambos caímos, la batalla no es partida hasta que a las espadas vengamos.

—¿Cómo —dijo don Guilán—, por fuerza queréis que me combata con vos? ¿No basta el enojo que nos habéis hecho, que los puentes a todos son comunes para por ellos pasar?

—No me curo yo de eso —dijo él—, que todavía conviene que sintáis cómo corta mi espada o por fuerza o de grado.

Y entonces saltó en el caballo, sin poner pie en el estribo, tan ligero, que era maravilla de lo ver, y enderezó su yelmo muy prestamente y fuese poner en camino por donde Guilán había de pasar y díjole:

—Don caballero, decidme antes que nos combatamos si sois natural de la tierra del rey Lisuarte o de su corte.

—¿Por qué lo preguntáis? —dijo Guilán.

—Ahora pluguiese a Dios que yo tuviese al rey Lisuarte como tengo a vos —dijo el caballero—, que yo juro por la mi cabeza que nunca él más reinase.

Don Guilán fue de esto muy sañudo y dijo:

—Cierto, sí, mi señor, el rey Lisuarte aquí estuviese como yo, presto castigaría esa vuestra locura, que de mí os digo que soy natural y morador en Su casa y por lo que dijisteis tengo gana de me combatir con vos, lo que antes no tenía, y si yo puedo haré que de vos no reciba enojo ni de servicio ese rey que decís.

El caballero se rió como en desdén y dijo:

—Yo te prometo que antes de mediodía serás puesto en tal estrecho que muy escarnecido le llevarás mi mandado y quiero que sepas quién yo soy y qué de mi parte le darás.

Don Guilán, que con la gran saña le, quería acometer, sufrióse por saber quién era.

—Ahora —dijo él—, sábete que he nombre Gandalod y soy hijo de Barsinán, señor de Sansueña, aquél que el rey Lisuarte mató en Londres, y los dones que tú le llevarás son las cabezas de cuatro caballeros de su casa que yo allí tengo presos en mi torre, y el uno de ellos es Giontes, su sobrino y la tu mano derecha cortada al tu cuello.

Don Guilán metió mano a su espada y dijo

—Asaz hay en ti amenaza, si con ella me espantase —y fue para él, y el otro asimismo, y acometiéronse con gran saña, comenzando su batalla tan brava y de tanta crudeza, que maravilla era los ver, que ellos se herían de todas partes de tan duros y esquivos golpes, sin que holganza alguna en sí tomasen, que Ladasín y los escuderos que miraban eran espantados y creían que ninguno de ellos podría quedar tal, aunque vencedor fuese que pudiese escapar de la muerte, mas lo que les guarecía era que como ambos fuesen muy usados en las armas, guardábanse mucho de los golpes y aunque las armas se cortaban, las armas no padecían, y cuando ellos así andaban, no pensando sino en se matar, oyeron sonar un cuerno encima de la torre, de que Gandalod fue maravillado y cuitóse de dar fin a su batalla por saber lo que sería y juntado con don Guilán echó los brazos en él y asiéronse tan reciamente, que movidos de las sillas cayeron de los caballos en tierra y anduvieron abrazados un rato revolviéndose en el campo, mas cada uno apretó bien su espada en la mano y don Guilán se desenvolvió de él, y levantóse primero y diole dos golpes, mas el otro levantado, comenzaron su batalla muy más fuerte y peligrosa que de antes, porque estando a pie llegábase el uno al otro muy mejor que de caballo, y cuitábanse mucho por le dar fin, y don Guilán cuidó que el cuerno se tañía para socorrer a Gandalod y Gandalod creía que alguna traición era en la fortaleza, así que cada uno sin holgar ni descansar probaba toda su fuerza contra el otro, mas después, que a pie fueron don Guilán comenzó a mejorar mucho, de que Ladasín hubo muy gran placer y sus escuderos que lo miraban, porque ya Gandalod no se podía cubrir bien de eso que del escudo tenía, ni herir con la espada golpe que dañar pudiese, tanto andaba aguardando y diole en descubierto un golpe en el brazo que se lo cortó con la mano, así que le cayó en tierra y la su espada que tenía en el, y Gandalod dio una gran voz y quiso huir contra la torre, mas Guilán lo alcanzó y tiróle tan recio por el yelmo, que se lo sacó de la cabeza y dio con él a sus pies, y púsole la espada en el rostro diciendo:

—Conviene que veáis al rey Lisuarte con aquellos dones que a mí señalasteis, mas serán de otra guisa que vos lo teníais pensado, y si esto no hacéis, vuestra cabeza será partida del cuerpo.

—Yo lo haré —dijo Gandalod—, que más quiero atender la misericordia del rey que morir ahora en tal sazón.

Entonces, tomó de él fianza y fuese contra la torre, que oyó una gran revuelta y cabalgó en el caballo y Ladasín con él y hallaron que los caballeros presos se habían suelto, y salidos del aljibe se habían armado encima de la torre de armas que allí hallaron y ellos tocaron el cuerno y quedando el uno de ellos, los otros descendieran ayuso y mataban cuantos podían alcanzar. Pues llegados don Guilán y Ladasín vieron sus compañeros en somo de la puerta y un caballero con siete peones que salía de la torre huyendo y se acogían a un bosque, y los de arriba les dijeron que los matasen, especial al caballero. Ellos fueron luego y los tres se le fueron, mas el caballero fue preso y traídos a sus compañeros. Don Guilán les habló y dijo:

—Señores, yo no me puedo aquí detener, que me voy a la reina, mas quede con vos mi primo Ladasín y llevad estos caballeros al rey Lisuarte, que haga de ellos lo que por bien tuviere, haced de manera que esta fortaleza quede a mi mando.

—Así lo haremos —dijeron ellos.

Entonces don Guilán quitó su escudo, que poco valía según era cortado por muchos lugares, y tomó el de Amadís llorando de sus ojos. Aquellos caballeros, que el escudo conocieron y a él vieron llorar, fueron maravillados y preguntáronle cómo lo llevaba. Y les contó la forma que a la Fuente de la Vega lo halló con las otras armas todas, y cómo había buscado a Amadís por toda aquella comarca y nunca de él pudiera saber nuevas. Ellos hubieron muy gran pesar, creyendo que algún grande mal le había venido. Con esto se partió de ellos y sin entrevalo que le viese, llegó donde el rey era, que ya sabía cómo Amadís acabara las aventuras todas de la Ínsula Firme, y había ganado el señorío de ella, y cómo se partiera escondidamente con gran cuita, mas la causa de ello no la sabía ninguno, si no aquéllos o aquéllas que se os ha dicho.

Cuando don Guilán llegó, todos se llegaron por ver el escudo de Amadís y saber algo de él, y el rey dijo:

—Por Dios, don Guilán, decidnos lo que de Amadís sabéis.

—Señor —dijo él—, no sé ninguna cosa, que nunca oí de él, mas cómo me aconteció con el escudo os contaré delante de la reina, si os pluguiere.

Entonces, lo llevó el rey consigo, y llegando a la reina, hincó los hinojos ante ella y llorando le dijo:

—Señora, yo hallé en una que llaman la Fuente de la Vega todas las armas de Amadís, adonde este su escudo estaba desamparado, de que hube gran pesar y poniéndole en un árbol, dejándolo a guardar a unas doncellas que en mi compañía traía, anduve por todas aquellas comarcas buscando a Amadís y no fue mi ventura de lo hallar, ni nuevas de él, y yo conociendo el valor de aquel caballero, y que su deseo era de lo poner en vuestro servicio hasta la muerte, acordé, pues a él no podía traer, que sus armas os diesen testimonio de lo que a vos y a él obligado era; mandadlas poner en parte donde todos las vean así para que algunos que de muchas partes a esta vuestra corte vienen podrán algo de su dueño saber, como para ser recordadores a los que buenos ser quisieren, que sigan aquel alto prez, que su señor con ellas en su tiempo extremadamente, entre tantos caballeros ganó.

—Mucho me pesa —dijo la reina—, de la pérdida de tal hombre que tanta mengua en el mundo hará y a vos, don Guilán, agradezco yo mucho lo que hicisteis y así lo haré a todos aquéllos que armas traen, si trabajaren de buscar aquél por quien la orden de la caballería y las dueñas y doncellas tan preciadas y defendidas eran.

Mucho pesó de estas nuevas al rey y a todos los de la corte, creyendo que Amadís muerto fuese, mas sobre todos fue Oriana, que no pudiendo estar allí con su madre, se acogió a su cámara donde con muchas lágrimas maldijo su ventura por haber sido causa de tanto mal, donde ella, si la muerte no, otra cosa no atendía. Mas todos los consuelos de Mabilia y la esperanza de la venida de su doncella que le traería buenas nuevas, le daban algún consuelo. Y en cabo de cinco días llegaron allí a la corte los caballeros y las doncellas que don Guilán sacara de la prisión, que venían al rey y a la reina a les pedir merced que le agradeciesen lo que por ellos había hecho, y allí venían las doncellas que dijeron el duelo que vieron hacer a Gandalín, no porque su nombre supiesen, mas diciendo que era su escudero que preguntaba por el señor del escudo y de las armas, Luego llegaron allí los caballeros que traían preso a Gandalod y contaron al rey la batalla que don Guilán con él hubo y por cuál razón, y todas las palabras que entre ellos hubo y cómo los tenía a ellos presos y por qué guisa se soltaron. El rey le dijo:

—En este lugar maté a tu padre por la gran traición que me hizo y aquí morirás tú por la que me querías hacer.

Entonces, los mandó a entrambos despeñar de una torre, al pie de la cual fue quemado Barsinán, su padre, como la primera parte lo cuenta.

Capítulo 51. Que recuenta en qué manera, estando Beltenebros en la Peña Pobre, arribó ahí una nao en que venía Corisanda, en busca de su amante don Florestán, y de

las cosas que pasaron y de lo que recontó en la corte del rey Lisuarte

Beltenebros, estando en la Peña Pobre, como os ya contamos, el ermitaño le hizo sentar en un día cabe sí en un poyo que a la puerta de la ermita estaba y dijo:

—Hijo, ruégoos que me digáis, ¿qué es lo que os hizo dar tan grandes voces entre sueños, cuando en la Fuente de la Vega estábamos?

—Eso os diré, buen señor, yo de grado y ruégoos, por Dios, que me digáis lo que de ello se os entendiere que sea de mi placer o de mi pesar.

Entonces, le contó el sueño, como ya oísteis, sino tanto que el nombre de las doncellas no le dijo. El hombre bueno que lo oyó estuvo una pieza mucho pensando y tornóse, contra él riendo y de buen talante y dijo:

—Beltenebros, buen hijo, mucho me habéis alegrado y dísteisme gran placer con esto que me decís, y así lo sed vos que con gran razón lo debéis ser y quiero que sepáis como lo yo entiendo. Sabed que la cámara oscura en que os veíais y no podíais de ella salir significa esta cuita en que ahora estáis y todas las doncellas que la puerta abrían, éstas son algunas vuestras amigas que hablan con aquéllas que más amáis en vuestra hacienda y en tal guisa harán que os sacarán de aquí y de esta cuita en que ahora sois, y el rayo de Sol que iba ante ella es mandado que os enviarán de nuevas de alegría con que os iréis de aquí, y el fuego que veíais a vuestra amiga es significanza de gran cuita de amor en que será por vos, así como vos por ella sois y de aquel fuego que significa amor, la sacaréis vos, que será de la su cuita cuando os viere y la hermosa huerta donde la llevabais, esto muestra gran placer, en que con vuestra vista será puesta. Bien conozco que según mi hábito no debiera hablar en semejantes cosas, pero entiendo que es más servicio de Dios deciros la verdad con que seáis consolado que callando la vuestra vida en condición esté con muerte desesperada.

Beltenebros hincó los hinojos ante él y besábale las manos agradeciendo a Dios que en tan gran cuita y dolor le diera persona que así aconsejarlo supiese y rogándole con lágrimas que por la su piedad hiciese verdaderas las palabras de aquel santo hombre, su siervo. Entonces, le rogó que le dijese qué significaba el sueño que la noche antes que Durín le diera la carta soñara, estando en la Ínsula Firme. El hombre bueno le dijo:

—Eso muy claro se os muestra, que ya por todo ello pasasteis; dígoos que aquel otero cubierto de árboles en que os veíais y la mucha gente que haciendo alegría alrededor de vos estaban, esto muestra aquella Ínsula Firme que entonces ganasteis, en que metisteis en muy gran placer a todos los moradores de ella y el hombre que a vos venía con la bujeta del letuario amargo, es el mensajero de vuestra amiga que os dio la carta; que el grande amargor de sus palabras, vos, mejor que ninguno, que lo probasteis, lo sabéis y la tristeza en que veíais a las gentes que alegres estaban, son los mismos de la Ínsula que por causa vuestra son gran cuita y soledad y los paños que os desnudabais son las armas que os dejasteis, y aquel lugar pedregoso donde os escondisteis en medio del agua, esta peña en que estáis lo muestra y el hombre de orden que os hablaba en lenguaje que no entendíais. yo soy, que os dije las palabras santas de Dios, las cuales antes no sabíais ni en ellas pensabais.

—Ciertamente —dijo Beltenebros—, muy gran verdad me decís en este sueño, que todo así me acaeció, en lo cual mucha esperanza tomó en lo por venir, mas no fue tan cierta ni tan grande que le quitase aquellas angustias en que la desesperanza de su señora tenía le habían puesto y miraba mucho a menudo contra la tierra acordándosele los vicios y grandes honras que en ella hubiera, y viéndolo todo con tanta crudeza, al contrario tomando muchas veces llegaba a tal estrecho, que si no por los consejos de aquel hombre bueno, su vida fuera en gran peligro, el cual por le apartar algo de sus muy grandes pensamientos y congojas hacíale muchas veces en compañía de dos mozuelos, sus sobrinos, de aquel hombre bueno que consigo tenía ir a pescar a una ribera que ahí cerca estaba, con varas, dónde tomaban pescado asaz.

Así como oís estaba Beltenebros haciendo su penitencia con mucho dolor y grandes pensamientos que de continuo tenía, creyendo que si Dios por su piedad no le acorriese con la merced de su señora, que la muerte tenía muy cerca, más que la vida y todas las más noches albergaba debajo de unos muy espesos árboles que en una huerta eran allí cerca de la ermita, por hacer su duelo y llorar sin que el ermitaño ni los mozos lo sintiesen. Y acordándosele la lealtad que siempre con su señora Oriana tuviera y las grandes cosas que por la servir había hecho y sin causa ni merecimiento suyo haberle dado tan mal galardón, hizo esta canción, con gran saña que tenía, la cual decía así:

Pues se me niega victoria
do justo me era debida,
allí do muere la gloria
es gloria morir la vida.
Y con esta muerte mía
morirán todos mis daños,
mi esperanza y mi porfía,
el amor y sus engaños,
mas quedará en mi memoria
lástima nunca perdida
que por me matar la gloria
me mataron gloria y vida.

Pues habiendo hecho esta canción que oís, le avino que estando una noche debajo de aquellos árboles, como solía, haciendo gran duelo, llorando muy fieramente, pasada ya gran parte de la noche oyó tañer unos instrumentos allí cerca muy dulcemente, así que él había gran sabor de lo oír y maravillóse de ello, que bien pensaba él que en aquel lugar no había más compañía que el ermitaño y él y los mozos, y levantándose de donde estaba se fue encubierto por saber qué sería, y vio dos doncellas sobre la fuente, que los instrumentos tenían en sus manos y oyólas tañer y cantar muy sabrosamente, y a cabo de una pieza que las estuvo escuchando, díjoles:

—Buenas doncellas, a Dios quedéis, que con vuestro muy dulce tañer me hicisteis perder los maitines —y ellas se maravillaron qué hombre sería y dijéronle:

—Amigo, decidnos por cortesía ¿qué lugar es éste donde arribado habemos, y qué hombre sois que nos habláis?

—Señoras —dijo él—, a este lugar llaman la Peña del Ermitaño, por una ermita y un ermitaño que aquí hay y yo soy un hombre muy pobre que con él moro y vivo, haciendo grande y muy áspera penitencia de mis grandes males y pecados.

Entonces dijeron ellas:

—Amigo, ¿podríamos haber aquí alguna casa en que albergase una dueña muy doliente que aquí traemos, que es de alta guisa y muy rica, que anda muy maltrecha de amor, para en que dos o tres días holgase?

Cuando Beltenebros esto oyó dijo:

—Aquí hay una casa muy pequeña en que yo albergo y si el ermitaño os la da, yo dormiré en el campo, como muchas noches me acaece, por os hacer placer.

Las doncellas le dieron muchas gracias por lo que había dicho y se lo tuvieron en gran merced.

Ellos en esto estando, venía ya el alba y vio Beltenebros debajo de los otros árboles en una hermosa y muy rica cama la dueña que le dijeran y cuatro caballeros armados en la ribera de la mar, que aguardándole estaban y dormían y cinco hombres que yacían cabe ellos, los cuales armas no tenían, y vio una nao en la mar y muy apuesta de lo que menester había, y estaba sobre una áncora, y la dueña le pareció asaz moza y muy hermosa, que él tuvo placer de la mirar.

Entonces, se fue al ermitaño que se vestía para decir misa y díjole:

—Padre, gente extraña habemos, bien será que con la misa los atendáis.

—Así lo haré —dijo el hombre bueno. Entonces, se fueron entrambos saliendo de la ermita, y Beltenebros le mostró la nao y vieron cómo los caballeros y los otros hombres subían la dueña doliente donde ellos estaban y las sus doncellas con ella.

Y dijeron al ermitaño si habría allí alguna casa donde la pusiesen. Él dijo:

—Allí hay dos casas: en la una, moro yo, y por mi voluntad nunca en ella mujer entrará; en la otra, alberga este hombre bueno pobre, que aquí su penitencia hace y no se la quitaría yo sin su grado.

Beltenebros dijo:

—Padre, bien se la podéis dar, que yo albergaré so los árboles, como muchas veces lo acostumbro.

Con esto entraron todos en la capilla a oír misa y Beltenebros, que miraba las doncellas y los caballeros y se le acordó de sí y de su señora y de la vida pasada y comenzó a llorar muy reciamente, e hincando los hinojos delante del altar rogaba a la Virgen María que le socorriese en aquella gran cuita en que estaba, y las doncellas y los caballeros que así lo veían llorar tan de corazón, pensaban que era hombre de buena vida y maravillándose de su edad y hermosura cómo en tal parte la quería emplear por ningún pecado que grave fuese, según en todas partes la misericordia de Dios alcanza, habiendo los hombres verdadero arrepentimiento.

Desde que la misa fue dicha, llevaron la dueña a la cámara y echáronla en un lecho asaz rico que le hicieran, y ella lloraba y apretaba las manos, una con otra, con gran cuita que le aquejaba. Beltenebros, que así la vio, preguntó a las doncellas que ya tomaban sus instrumentos para le hacer solaz, qué había, o por qué mostraba tan gran congoja. Ellas le dijeron:

—Amigo, esta dueña es muy rica y de gran guisa y hermosa, aunque su mal ahora se lo menoscaba y la cuita aunque a otros no se dijese decirse, ha a vos que lo guardéis. Sabed que es de muy gran amor que la atormenta y va a buscar aquél a quien ama a casa del rey Lisuarte, y quiera Dios que allí lo halle, porque algo de su pasión amansada sea.

Cuando él oyó decir de la casa del rey Lisuarte y que la dueña moría de amor así como él, las lágrimas le vinieron a los ojos y díjole:

—Ruégoos, señora, que me digáis el que ama ¿cómo ha nombre?

—Este caballero —dijeron ellas—, que os decimos no es de esta tierra y es uno de los mejores caballeros del mundo, salvando dos solos que mucho preciados son.

—Ahora os ruego —dijo él—, por la fe que a Dios debéis que me digáis su nombre y de esos dos que decís.

—Decíroslo hemos por pleito que nos digáis si sois caballero que en todo lo parecéis y cómo habéis nombre.

—Hacerlo he —dijo él— por saber lo que os pregunto.

—En el nombre de Dios —dijeron ellas—. Ahora sabed que el caballero que la dueña ama ha nombre Florestán, hermano del buen caballero Amadís de Gaula y de la condesa de Selandia.

—¡A Dios gracias, ahora sé que decís verdad de su hacienda y de su bondad, y creo que no diréis tanto de bien de él que más no haya!

—¿Cómo —dijeron ellas— conocéislo vos?

—Yo lo vi no ha mucho tiempo —dijo él— en casa de Briolanja y vi la batalla que Amadís hubo y su primo Agrajes con Abiseos y sus hijos y vi el fin que hubieron hasta que llegó Florestán, y parecióme muy mesurado y de su gran bondad de armas oí hablar mucho a don Galaor, su hermano, que con él se combatiera, según decía.

—Por esa batalla de ellos —dijeron las doncellas— se partió de allí Florestán, que en ella se conocieron por hermanos.

—¿Cómo —dijo él—, ésta es la dueña, señora de la Ínsula donde la batalla de ambos fue?

—Ésta es —dijeron ellas.

—Entiendo —dijo él— que ha nombre Corisanda.

—Verdad decís —dijeron ellas.

—Ahora no he tanto duelo de su mal —dijo él—, que bien sé que él es tan mesurado y de tan buen talante que siempre hará lo que ella mandare.

—Pues ahora nos decid —dijeron las doncellas—, ¿quién sois?

—Buenas señoras —dijo—, yo soy caballero y me fue mejor que ahora me va en las cosas vanas de este mundo, lo cual ahora estoy pagando, y mi nombre es Beltenebros.

—A Dios merced —dijeron ellas—, ahora quedad con Dios y nos iremos consolar nuestra señora con estos instrumentos.

Y así lo hicieron, que entrando donde ella estaba y habiendo tañido y cantado una pieza, dijéronle todo lo que a Beltenebros oyeran de don Florestán.

—¡Ay! —dijo ella—, llamádmelo luego, que algún buen hombre debe ser, pues a don Florestán vio y lo conoció.

Y la una de las doncellas lo trajo consigo, y la dueña le dijo:

—Estas doncellas me dicen que visteis a don Florestán y lo amáis; ruégoos, por la fe que a Dios debéis, que me digáis lo que de él sabéis.

Y le contó todo lo que a las doncellas dijera, y que sabía que él y sus hermanos y su primo Agrajes se fueron a la Ínsula Firme y que después no lo viera más.

—Ahora me decid —dijo Corisanda—, si os pluguiere, si le habéis algún deudo, que a mi me parece que lo amáis.

—Señora —dijo él—, yo le amo por su valor y porque su padre me hizo caballero, por donde a él y a sus hijos soy obligado, y soy muy triste por unas nuevas que de Amadís oí antes que aquí viniese.

—Y ¿qué es eso? —dijo ella.

—Cuando yo me venía a este lugar vi una doncella —dijo él— en una floresta, cabe el camino que yo andaba, y decía una canción muy sabrosa de oír y preguntéle quién la había hecho.

—Hízola —dijo ella— un caballero a quien Dios dé más alegría que al tiempo que la hizo tuvo.

—Que, según las palabras de ella, grande agravio de amor recibía y mucho de él y en ella se queja. Yo moré con la doncella dos días, hasta que la aprendí, y decíame que Amadís se la mostraba llorando y haciendo gran duelo.

—Mucho os ruego —dijo la dueña— que esta canción que decís la mostréis a mis doncellas, porque en los instrumentos la canten y tañan.

—Pláceme —dijo él— de lo hacer por vuestro amor y aquél que vos más amáis, aunque ahora no esté en tiempo de cantar ni de hacer cosa que de alegría ni placer sea.

Entonces se fue con las doncellas a la capilla, mostróles la cántica, que él tenía muy extraña voz, y la gran tristeza y pena suya se la hacía más dulce y acordada. Las doncellas la aprendieron muy bien y la cantaban a su señora, que gran placer había de la oír. Pues allí estuvo Corisanda cuatro días, y al quinto se despidió del ermitaño y de Beltenebros, y díjole si estaría allí mucho tiempo.

—Señora —dijo él—, hasta que muera.

Entonces entráronse en su nao y fuéronse su camino a Londres, donde el rey Lisuarte era, que allí esperaba saber nuevas, antes que en otra parte, de don Florestán. Mucho fue bien recibido del rey y de la reina y de todos, sabiendo que era dueña de alta guisa, e hiciéronla aposentar en su palacio. La reina le preguntó la razón de su venida y que ella sería en la ayudar con el rey, si a él con alguna necesidad era llegada.

—No, señora —dijo Corisanda—; yo os lo tengo en merced, mas mi demanda en buscar a don Florestán, y porque en esta su corte venían nuevas de todas partes, querría en ella estar algún tiempo, hasta que algo de él supiese.

La reina le dijo:

—Buena amiga, eso podéis hacer vos cuando os pluguiere, pero hasta ahora no se sabe de él otra cosa sino que es ido en busca de Amadís, su hermano, que no sabe por cuál razón es ido a perder.

Y contóle cómo don Guilán le trajera las armas y que de él no pudiera saber ninguna cosa. Oído esto por Corisanda, comenzó a llorar fieramente, diciendo:

—¡Oh, Dios Señor!, ¿qué será de mi amigo y mi señor don Florestán?, que, según él, ama aquel hermano; si no le halla, también será él perdido, que yo nunca jamás lo veré.

La reina la consoló y pesóle con las nuevas que le dijera. Oriana, que cabe su madre estaba oyendo la razón de la dueña cómo amaba a don Florestán, hermano de Amadís, hubo sabor de la honrar, y haciéndola compaña, la llevó a su aposentamiento, donde supo toda su hacienda enteramente. Pues hablando con ella en muchas cosas, Corisanda les contó a ella y a Mabilia cómo estuviera en la Peña Pobre y hallara un caballero haciendo penitencia, que a sus doncellas mostrara una canción que Amadís había hecho en tiempo de gran cuita que en sí tenía y que así debía ello ser, según las palabras de la canción. Mabilia le dijo:

—Mi buena amiga y señora, mucho por merced os ruego que la mandéis cantar a vuestras doncellas, que muy gran placer habré de la oír por la haber hecho aquel caballero cuya prima yo soy.

—Eso haré yo de grado —dijo ella—, que no menos alegría mi corazón siente en la oír, por el gran deudo que con mi señor don Florestán tiene.

Entonces vinieron las doncellas y cantáronla con sus instrumentos, muy dulcemente, que era muy grande alegría de la oír, según con la gracia que dicha era, más dolor a quien la oía.

Oriana paró mientes en aquellas palabras, y bien vio, según ella le había errado, que con gran razón Amadís se quejaba, y vínole muy gran queja al corazón, de manera que allí no pudiendo estar, se fue a su cámara con vergüenza de las muchas lágrimas que a los ojos le venían. Mabilia dijo a Corisanda:

—Amiga, ya veis cómo Oriana es doliente y por os hacer placer y honra está aquí más de lo que le convenía; quiero ir a la poner remedio y ruégoos que me digáis qué hombre es ése que en la Peña Pobre está, que la canción mostró a vuestras doncellas y si sabe algunas nuevas de Amadís.

Ella le contó cómo lo hallara y cuanto le dijera y que nunca viera hombre doliente y flaco tan hermoso, ni tan apuesto en su pobreza y que nunca viera un hombre tan mancebo que tan entendido fuese. Mabilia pensó luego que aquél era Amadís, que con su gran desesperación en lugar tan estrecho y apartado se pusiera, huyendo de todos los del mundo, y fuese a Oriana, y estaba en su cámara muy pensativa y llorando de sus ojos muy reciamente, y llegó riendo y de buen talante, y díjole:

—Señora, en preguntar hombre algunas veces saber más de lo que piensa, sabed que, según lo que he sabido de Corisanda, aquel caballero doliente que se llama Beltenebros y está en la Peña Pobre por razón debe ser Amadís, que se apartó allí de todos los del mundo y quiso cumplir vuestro mandato en no aparecer ante vos ni ante otro ninguno; por ende, sed alegre y consolaos, que mi corazón me dice ser aquél sin duda ninguna.

Oriana alzó las manos, y dijo:

—¡Oh, Señor del mundo!, plegaos que así sea verdad, y vos, mi buena amiga, aconsejadme lo que haga, que en tal estado soy que no tengo juicio ni seso ninguno, y por Dios habed de mi duelo, así como de aquella cautiva desaventurada que por su locura y airada saña perdió todos sus bienes y placeres.

Mabilia hubo de ella duelo, así que las lágrimas a los ojos le vinieron, y volvió el rostro porque se las no viese, y díjole:

—Señora, el consejo es que esperemos a la vuestra doncella, y si ésta no se halla, dejad a mí el cargo, que yo tendré manera como de él sepamos, que todavía me esfuerzo que es aquél que Beltenebros se llama.

Capítulo 52. De cómo la doncella de Dinamarca fue en busca de Amadís, y acaso de ventura, después de mucho trabajo, aportó a la Peña Pobre, donde estaba Amadís, que se llamaba Beltenebros

La doncella de Dinamarca estuvo con la reina de Escocia diez días, y no tanto por su placer como que de la mar enojada y maltrecha estaba, y más en no haber hallado nuevas de Amadís en aquella tierra, donde con mucha esperanza de las saber viniera, creyendo que la muerte de su señora en el mal recaudo que ella llevaba estaba, y despidiéndose de la reina, llevando los dones que para la reina Brisena y Oriana y Mabilia, su hija, le dio, se tomó a la mar para no volver con aquel despacho sin ventura, no sabiendo más que hacer. Mas aquel Señor del mundo, que cuando las personas sin esperanza, sin reparo les parece estar, queriendo mostrar algo de su poder, dando a entender a todos que ninguno, por sabio ni discreto que sea, sin su ayuda, ayudado ser no puede, mudó su viaje, con gran miedo y tribulación de ella y de todos los de la nave, dándoles al fin con aquella alegría y buena ventura que ella buscaba; y esto fue que la mar embravecida, la tormenta sin comparación les ocurrió, así que andando por la mar sin gobernalle, sin concierto alguno, perdido de todo el tino de los mareantes, no teniendo fucia alguna de sus vidas, en la fin, una mañana, al punto del alba, al pie de la Peña Pobre, donde Beltenebros era, arribaron, la cual fue luego conocida de los de la nave, que algunos de ellos sabían ser allí Anadalod el santo ermitaño, que en la ermita suso su vida hacía. Lo cual dijeron a la doncella de Dinamarca, y ella, como salida de tal peligro, tornada así de muerte a vida, mandó que suso a la Pena la subiesen, porque oyendo misa de aquel hombre bueno pudiese a la Virgen María dar gracias de aquella merced que su glorioso Hijo les había hecho.

A esta sazón, Beltenebros estaba en la fuente debajo de los árboles que ya oísteis, donde aquella noche albergara, y era ya su salud tan allegada al cabo que no esperaba vivir quince días, y del mucho llorar, junto con la su gran flaqueza, tenía el rostro muy descamado y negro, mucho más que si de gran dolencia agraviado fuera, así que no había persona que conocerlo pudiese, y desde que hubo mirado una pieza la nave y vio que la doncella y los dos escuderos subían suso la Peña, como ya su pensamiento en él no estuviese sino en demandar la muerte, todas las cosas que hasta allí había tratado con mucho placer, que era ver personas extrañas, así para las conocer como para las remediar en sus fortunas aquéllas y todas las semejantes de él con mucha desesperación eran aborrecidas, y partiéndose de allí a la ermita se fue, y dijo al ermitaño:

—Gente me parece que de una fusta salen y se vienen para vos.

Y púsose de rodillas ante el altar, haciendo su oración rogando a Dios que del alma le hubiese merced, que presto sería a dar la cuenta. El ermitaño se vistió para decir misa, y la doncella, con Durín y Enil, entró por la puerta, y haciendo oración le quitaron los antifaces que delante el rostro traía. Beltenebros, habiendo estado una pieza, levantóse y volvió el rostro contra ellos, y mirando los conoció luego a la doncella y a Durín, y la alteración fue tan grande que, no pudiendo estar en pie, cayó en el suelo como si muerto fuese. Cuando el ermitaño esto vio, pensó que ya estaba en el postrimero punto de su vida, y dijo:

—¡Oh, Señor poderoso!, ¿por qué no has querido haber piedad de éste, que tanto en tu servicio pudiera hacer? —y las lágrimas le caían en mucha cantidad por las blancas barbas, y dijo:

—Buena doncella, haced a esos hombres que me ayuden a llevar a este hombre a su cámara, que entiendo que éste será el postrimero beneficio que hacérsele puede.

Entonces, Enil y Durín, con el ermitaño, lo llevaron a la casa donde albergaba y lo pusieron en una cama asaz pobre, que por ninguno de ellos nunca fue conocido.

Pues la doncella oyó la misa, y queriéndose ir a comer en tierra, que de la mar muy enojada andaba acaso, preguntó al ermitaño qué hombre era aquél que de tan gran dolencia agraviado era. El hombre bueno le dijo:

—Es un caballero que aquí hace penitencia.

—Mucho culpado debe ser —dijo ella—, pues en parte tan áspera hacerla quiso.

—Así es que vos decís —dijo él—, pues que más por las cosas vanas y perecederas de este mundo que por servicios de Dios lo hace.

—Quiero le ver —dijo la doncella—, pues me decís que es caballero, y de las cosas que en la nave traigo le dejaré con algo que pueda ser reparado.

—Hacedlo —dijo el buen hombre—; pero entiendo que su muerte, a que tanto llegado es, os quitará de ese cuidado.

La doncella entró sola en la cámara donde Beltenebros estaba, el cual pensando qué hiciese no se sabía determinar, que si se le hiciese conocer pasaba el mandamiento de su señora, y si no, si aquélla quiera todo el reparo de su vida de allí se fuese no le quedaba esperanza ninguna. En la fin, creyendo que muy más duro para él sería enojar a su señora que padecer la muerte, acordó de se le no hacer conocer en ninguna manera.

Pues la doncella, llegada cerca de la cama, dijo:

—Buen hombre, del ermitaño he sabido cómo sois caballero, y porque las doncellas a todos los más caballeros somos muy obligadas por los grandes peligros que en nuestra defensa se ponen, acorde de os ver y dejar aquí del bastimento de la nao todo lo que para vuestra salud en ella se hallare.

Él no respondió ninguna cosa, antes estaba con grandes sollozos y gemidos llorando. Así que la doncella pensó que el alma de las carnes se le partía, de que hubo gran piedad y porque en la cámara poca luz había, abrió una lumbrera que cerrada estaba y llegóse a la cama por ver si era muerto, y comenzóle a mirar, y él a ella, todavía llorando y sollozando, y así estuvo por una pieza que la doncella nunca le conoció, porque su pensamiento bien descuidado era de hallar en tal parte aquél que buscaba; mas viéndole en el rostro un golpe que Arcalaus el Encantador le hizo con la cuchilla de la lanza cuando le fue por él quitada Oriana, como se os ha dicho en el libro primero, hízola recordar en lo que antes ninguna sospecha tenía y claramente conoció ser aquél Amadís y dijo:

—¡Ay, Santa María!, ¿qué es esto que veo? ¡Ay, Señor!, vos sois aquél por quien mucho afán he tomado.

Y cayó de bruces sobre el lecho, e hincando los hinojos le besó las manos muchas veces, y díjole:

—Señor, aquí es menester piedad y perdón contra aquélla que os erró, que si por su mala sospecha os ha puesto injustamente en tal estrecho, ella, con mucha causa y razón, padece la vida más amarga que la propia muerte.

Beltenebros la temó entre sus brazos y juntóla consigo sin ninguna cosa le poder hablar. Ella, dándole la carta, le dijo:

—Ésta os envía vuestra señora, y por mí os hace saber que si vos sois aquel Amadís que ser solía, a quien ella tanto ama, que poniendo en olvido lo pasado, luego seáis con ella en el su castillo de Miraflores, donde con mucho vicio serán enmendados los dolores y angustias a que el sobrado amor que os tiene han causado.

Él tomó la carta, y después de la besar muchas veces, púsola encima del corazón, y dijo:

—¡Oh, atribulado corazón que tanto tiempo, con tan grandes angustias, derramando tantas lágrimas, te has podido sostener hasta ser llegado en el estrecho de la cruel muerte, recibe esta medicina, que para la tu salud ninguna otra bastar pudiera, quita aquellas nieblas de gran tenebrura que hasta aquí cubierto estabas; toma esfuerzo con que pudieras servir a aquélla tu señora la merced que en te quitar de la muerte te hace.

Entonces abrió la carta por la leer, que así decía:

Carta de Oriana a Amadís

Si los grandes yerros que con enemistad se hacen, vueltos en humildad son dignos de ser perdonados, pues qué será de aquéllos que con gran sombra de amor se causaron, ni por eso niego yo, mi verdadero amigo, no merece mucha pena, porque debiera considerar que en las prósperas y alegres cosas son las asechanzas de la fortuna para en mezquindad las poner, y con razón debiera yo considerar vuestra discreción y vuestra honestidad, que hasta aquí en ninguna cosa erró, y sobre todo la gran sujeción de mi triste corazón, que no le vino sino de aquélla en que el vuestro es encerrado, que si por ventura algo de sus encendidas llamas resfriadas fueran, el mío, lo sintiendo, algún descanso a los mortales deseos por él deseados fueran causa de acarrear, mas yo erré como aquéllas que estando en mucha buena ventura y con gran certenidad de aquéllos que aman, no cabiendo en ellas tanto bien, por sospechas, más por voluntad que con razón, tomadas por palabras de personas inocentes, o maldicientes de poca verdad y menos virtud, quieren aquella grande alegría oscurecer con niebla de poco sufrimiento; así que, muy leal amigo, como de persona culpada que con humildad su yerro conoce, sea recibida esta mi doncella, que más de la carta le hará saber en el extremo que mi vida queda, de la cual, no porque ella lo merezca, mas por el reparo de la vuestra, se debe haber piedad.

Leída la carta, la alegría de Beltenebros fue tan sobrada, que, así como con la pasada tristeza, con ella desmayado fueron cayendo las lágrimas por sus mejillas sin las sentir. Y luego fue acordado por ellos que dando a entender a todos los que allí venían que la doncella, por servicio de Dios, le sacaba de aquel lugar, donde para su salud aparejo ninguno no había, que en la hora, tornados a la nave, saliesen en tierra, lo cual así se hizo.

Pero antes, Beltenebros se despidió del ermitaño, haciéndole saber cómo aquella doncella, por la piedad de Dios, por grande aventura allí por su salud era aportada, y rogándole mucho que él tomase cargo de le reformar el monasterio que al pie de la Pena de la Ínsula Firme prometiera de hacer, y por él otorgado se metió en la mar sin que de otro, sino de la doncella sola, conocido fuese. Pues salidos en tierra y despedidos los mareantes de la doncella y ella quedando en su compaña, la vía donde su señora estaba comenzó a caminar, y hallando un lugar metido en una ribera de agua mucho sabrosa y hermosos árboles, porque la gran flaqueza de Beltenebros en alguna manera reparada fuese, a su ruego de ella allí se hizo reposar. Donde ni la soledad que de su señora tenía tanto no le atormentase, tuviera la más gentil vida para su salud que en ninguna otra parte que en el mundo fuese, porque debajo de aquellos árboles, al pie de los cuales las fuentes nacían, les daban de comer y cenar, acogiéndose en las noches a su albergue que en el lugar tenían.

Así hablaban entrambos en las cosas pasadas. Allí le contaba la doncella los llantos y los dolores que su señora Oriana hiciera cuando Durín la nueva le trajo y cómo nunca ella ni Mabilia habían sabido de lo que ella hizo en la carta que le envió, y Beltenebros asimismo le contaba las fortunas por que pasó y la vida que en la Peña Pobre tuviera y los muchos y diversos pensamientos que a su memoria cada día le acorrían y cómo viniera por allí Corisanda, la amiga de don Florestán, su hermano, y la gran cuita de amor que por él sufría, que fue causa, viendo cómo aquélla moría por su amigo, y él a tan sin razón ser de la suya desechado y aborrecido de le llegar más presto a la muerte y cómo le mostró a sus doncellas la canción que hiciera y otras muchas cosas, que largas serían de contar, de las cuales, siendo ya libre de la cruel muerte que esperaba, recibía muy gran gloria, tanto que en diez días que allí se detuvieron fue tan mejorado, que ya su corazón le demandaba que a las armas tornase, pues allí se hizo conocer a Durín y tomó por su escudero a Enil, sobrino de don Gandales, su amo, sin que él supiese quién era ni a quién servía, mas de ser contento de él por la su graciosa palabra, y partiendo de allí en cabo de cuatro días que caminaron, llegaron a un monasterio de monjas que cerca de una buena villa estaba, donde fue acordado que la doncella y Durín se fuesen, y él, quedando allí con Enil, atendiese el mandato de su señora, y así se hizo, que dejando ella a Beltenebros tanto dinero cuanto para armas y caballo y cosas de vestir necesario era y alguna parte de los dones que llevaba a sabiendas como olvidadas para que, con achaque de ellas, Durín le volviese con la respuesta, se fue su camino derecho de Miraflores, donde su señora Oriana hallar pensaba, según antes que de allá se partiese le había oído decir.

Capítulo 53. De cómo don Galaor y Florestán y Agrajes se partieron de la Ínsula Firme en busca de Amadís, y de cómo anduvieron gran tiempo sin poder haber rastro de él, y así se vinieron con todo desconsuelo a la corte do el rey Lisuarte estaba

Contado se os ha cómo don Galaor y don Florestán y Agrajes partieron de la Ínsula Firme en la demanda de Amadís y cómo anduvieron muchas tierras, partidos cada uno a su parte, haciendo grandes cosas en armas, así en los lugares poblados como por las florestas y montañas, de las cuales porque la demanda no acabaron no se hace mención, como ya dijimos.

Pues en cabo de un año que ninguna cosa saber pudieron, tomáronse al lugar donde acordado tenían, que era una ermita a media legua de Londres, donde el rey Lisuarte era, creyendo que allí, antes que en otra parte, por las muchas y diversas gentes que continuo ocurrían, podrían saber algunas nuevas de su hermano Amadís, y el primero que a la ermita llegó fue don Galaor, y luego, Agrajes, y a poco rato, don Florestán, y Gandalín con él. Cuando se vieron juntos, con gran placer se abrazaron, mas sabiendo unos de otros el poco recaudo que hallado habían, comenzaron fieramente a llorar, considerando que pues ellos, siendo tan bienaventurados en acabar todas las cosas, haber en aquélla fallecido que muy poco remedio ni esperanza en lo venidero les quedaba; mas Gandalín, a quien no menos le dolía, esforzábalos que dejaba el llanto, que poco o nada aprovechaba a la demanda comenzada, tornasen, trayéndoles a la memoria lo que su señor por cada uno de ellos haría viéndolos en cuita y cómo perdiéndolo perdían hermano y el mejor caballero del mundo.

Así que, teniéndolo por bien, acordaron de primero entrar en la corte, y si allí recaudo de alguna nueva no hallasen, de buscar todas las partes del mundo de tierras y mares hasta saber su muerte o su vida. Pues con este acuerdo, habiendo oído la misa que el ermitaño les dijo, cabalgaron y fuéronse el camino de Londres. Esto era el día de San Juan, y llegando cerca de la ciudad, vieron a la parte donde ellos iban al rey que aquella fiesta, con muchos caballeros cabalgando por el cambio, honraba, así por el Santo ser tal como porque en semejante día fuera él por rey alzado. Y como el rey vio los tres caballeros, bien cuidó que serían andantes, y fue contra ellos por los honrar, como aquél que a todos honraba y preciaba, y como lo vieron contra sí ir, desarmaron las cabezas y mostraron a don Florestán cuál era el rey, que hasta entonces nunca lo viera, y llegando más cerca, mucho hubo que conocieron a don Galaor y Agrajes, mas no conocieron a don Florestán, pero que muy hermoso les pareció, y antes que llegasen por Amadís lo tenían, y el rey así lo pensó, que éste semejaba a Amadís en la cara más que ninguno de sus hermanos, y cuando llegaron, al rey pusieron a don Florestán delante por le dar honra, y el rey dijo a Galaor:

—Entiendo que éste es vuestro hermano don Florestán.

—Sí es, señor —dijo él. Y queriéndole besar las manos, no se las quiso dar, antes con mucho amor lo abrazó y después a los otros, y con gran placer se metió entre ellos y se fue a la ciudad.

Gandalín y el enano, que aquel recibimiento vieron donde su señor con tanta honra de todos recibido y mirado era, habiéndolo perdido, hacían muy gran duelo, tanto que así el rey como a todos los otros ponían en haber de ellos gran piedad y más de su señor, a quien mucho amaban. El rey iba preguntando a los tres compañeros si habían sabido algunas nuevas de Amadís, su hermano; mas ellos, con lágrimas en los ojos, le decían que no, aunque grandes tierras habían andado en su busca. El rey los consolaba diciendo que las cosas del mundo tales eran, aunque a aquéllos que huyendo de las afrentas y peligros con gran cuidado sus personas guardar de ellas pensaban, cuanto más a los que su estilo y oficio era buscarlas, ofreciendo sus vidas hasta las poner mil veces al punto de la muerte, y que tuviesen esperanza en Dios, que no le había hecho a Amadís tan bienaventurado en todas las cosas para así le desamparar.

Las nuevas de la venida de estos caballeros sonaron en casa de la reina, de que así ella como todas las otras fueron muy alegres, especialmente

Olinda la mesurada, amiga de Agrajes, sabiendo ya cómo él había acabado la ventura del Arco de los leales amadores, y Corisanda, la amiga de don Florestán, que allí lo atendía como antes se os contó.

Mabilia, que muy alegre estaba con la venida de Agrajes, su hermano, fuese a Oriana, que estaba muy triste a una finiestra de su cámara, leyendo en un libro y díjole:

—Señora, idos a vuestra madre, que vendrá ende ahora don Galaor y Agrajes y Florestán.

Ella le respondió, llorando y suspirando como si las cuerdas del corazón le quebraran:

—Amiga, ¿dónde queréis que vaya?; que estoy fuera de mi entendimiento, en manera que más soy muerta que viva, y tengo el rostro y los ojos, de llorar, tales como ves. Y de más de esto, ¿cómo podré yo ver aquellos caballeros, en compañía de los cuales solía ver a mi señor Amadís y mi amigo? ¡Por Dios!, ¿queréis me matar?, que más grave es pasar la muerte demás de esto —dijo llorando—. ¡Ay, Amadís!, mi buen amigo, ¿qué hará la cautiva desventurada cuando os no viere entre vuestros hermanos y amigos que vos tanto amas; con quien os solía ver? Por Dios, mi señor, la vuestra soledad será causa de mi muerte, y esto será con gran razón, que yo hice por donde ambos muriésemos, y no pudiendo estar en pie, cayó en un estrado.

Mabilia la esforzaba cuanto podía, poniéndola en esperanza que la doncella le traería buenas y alegres nuevas. Oriana le dijo:

—Cuando estos caballeros tan bien andantes en sus demandas, habiéndolo buscado tanto tiempo con tanta afición de él no han sabido, ¿cómo la doncella, que no irá sino a una parte, lo podrá hallar?

—Esto no penséis —dijo Mabilia—, que según él iba a todos los del mundo huirá, y vuestra doncella saldrá él a se de ella conocer donde escondido estuviere, como a persona que todo el secreto de vos y de él sabe y que el reparo de su vida le puede llevar.

Oriana, algo con esto esforzada y consolada, levantóse como mejor pudo y lavó sus ojos y mandó llamar a Olinda que fuese con ellas donde la reina, su madre, estaba. Y cuando los tres caballeros compañeros la vieron hubieron gran placer y fueron a ella y recibiéronse muy bien. El rey dijo entonces a don Galaor:

—Veis cómo anda maltrecha y muy doliente vuestra amiga Oriana.

—Señor —dijo él—, mucho pesar he yo de ello y gran razón es que todos la sirvamos en aquellas cosas que más salud le pueden atraer.

Oriana le dijo, riendo:

—Mi buen amigo don Galaor, Dios, aquél que repara las dolencias y las fortunas, y así le pluguiere hará lo mío y lo de vosotros, que tan gran pérdida os ha venido en perder a vuestro hermano, que si Dios me salve, mucho me pluguiera que los trabajos y peligros que nos dicen que por le buscar habéis pasado, que sacarán algún fruto que lo que deseabais, así por vosotros como porque el rey mi señor era siempre muy servido de él.

—Señora —dijo don Galaor—, yo fío en Dios que presto habremos de él buenas nuevas, que él no es hombre que desmaya por gran cuita, que no hay caballero en el mundo que mejor contra todo peligro mantenerse sepa.

Mucho fue Oriana consolada con aquello que le oyó a don Galaor, y tomando a él y a don Florestán consigo, se sentó en un estrado y había gran sabor de mirar a don Florestán, que mucho a Amadís parecía; pero hacíale gran soledad de otro tanto que el corazón le quebraba. Mabilia llamó a Agrajes, su hermano, y sentóle cabe sí y cabe Olinda, su amiga, que muy leda y alegre estaba en saber que por su amor había sido so el Arco encantado de los amadores, que bien se lo dio a entender con el amoroso recibimiento que le hizo, mostrándole muy buen talante; mas Agrajes, que más que a sí la amaba, agradecióselo con mucha humildad, no le pudiendo besar las manos, porque el secreto de sus amores manifiesto no fuese.

Y estando así hablando, oyeron unas voces y ruido que en el palacio se hacía, y preguntando el rey qué era aquello, dijéronle que Gandalín y el enano, habiendo visto el escudo y las sus armas de aquel famoso caballero Amadís, hacían muy gran duelo y que los caballeros los consolaban.

—¿Cómo —dijo el rey—, aquí es Gandalín?

—Sí, señor —dijo Florestán—; que bien ha dos meses que le hallé al pie de la montaña de Sanguín, que andaba por saber algunas nuevas de su señor, y díjele que yo había ya andado toda la montaña a todas partes y que no hallaba nuevas ningunas, y tuvo por bien de se andar conmigo porque se lo rogué.

El rey dijo:

—Yo tengo a Gandalín por uno de los mejores escuderos del mundo, y razón será que lo consolemos.

Entonces se levantó y fue para allá donde estaba, y cuando Oriana oyó hablar de Gandalín y del duelo que hacia, perdió la color, que no se podía en los pies tener, más don Galaor y don Florestán la sostuvieron, alzándola por las manos para ir con el rey, y Mabilia, que conoció la causa de su desmayo, llegóse a ella y tomóla los brazos sobre su cuello, y Oriana dijo a Galaor y a don Florestán:

—Mis buenos amigos, si os no viere y honrare como debo, no a la voluntad, más a la gran dolencia que yo tengo, poned la culpa que lo causa.

—Señora —dijeron ellos—, con mucha razón se debe así creer, que, según el gran deseo nuestro es de os servir en todas las cosas, no sería razón que algún galardón de vuestra gran virtud y bondad no se nos siguiese.

Y dejándola, se fueron para el rey, y Oriana se acogió a su cámara, donde echada en su lecho, con grandes gemidos y congojas se revolvía, con gran deseo de saber y entender de aquél que más por voluntad que por razón y concierto alguno de sí había apartado y de todo alejado.

Oriana habló con Mabilia, diciendo:

—Mi verdadera amiga, después que en esta ciudad de Londres entramos, nunca me han faltado dolores y angustias, así que tendría por bien, si a vos parece, que al mi castillo de Miraflores, que es muy sabrosa morada, nos fuésemos algunos días, que comoquiera que mi pensamiento tengo firmé, no haber en ninguna parte mi triste corazón reposo, mas allí que en otro cabo mi voluntad se otorga que lo hallaría.

—Señora —dijo Mabilia—, debéislo hacer, así por eso como porque si la doncella de Dinamarca os trae las nuevas que deseamos, podáis sin entrevalo alguno, no solamente gozar del placer de ellas, mas darlo a aquél que con mucha razón, según la su tristeza pasada, le debe hacer; lo que aquí estando, de lo uno ni de lo otro gozar no podríais.

—¡Ay!, por Dios, mi amiga —dijo Oriana—, hagámoslo luego sin más tardar.

—Menester es —dijo Mabilia— que lo habléis a vuestro padre y madre, que, según vuestra salud desean, toda cosa que os agradare harán.

Este castillo de Miraflores estaba a dos leguas de Londres y era pequeño, mas la más sabrosa morada era que en toda aquella tierra había, que su asiento era en una floresta a un cabo de la montaña y cercada de huertas y muchas frutas llevaban y de otras grandes arboledas, en las cuales había hierbas y flores de muchas guisas, y era muy bien labrado a maravilla y dentro había salas y cámaras de rica labor y en los patios muchas fuentes de aguas muy sabrosas, cubiertas de árboles que todo el año tenían flores y frutas, y un día fue allí el rey a cazar y llevó a la reina y a su hija, y porque vio que su hija mucho se pagaba de aquel castillo por ser tan hermoso, dióselo por suyo. Y ante la puerta de él había a un techo de ballestas un monasterio de monjas, que Oriana mandó hacer después que suyo fue, en que había mujeres de buena vida. Y esa noche habló con el rey y la reina, demandándoles licencia para estar algunos días allí, la cual de grado le fue por ellos otorgada.

Pues estando el rey a su mesa, teniendo cabe sí a don Galaor y Agrajes y Florestán, les dijo:

—Yo fío en Dios, mis buenos amigos, que presto habremos buenas nuevas de Amadís, porque yo tengo enviados a buscar treinta caballeros de los buenos de mi casa, y si tales no las trajesen, tomad vosotros todos los que más quisiereis e idlo a buscar por donde viereis que con razón se debe tomar el trabajo. Pero tanto os ruego que esto sea después que pase una batalla que aplazada tengo con el rey Cildadán de Irlanda, que es muy preciado rey en armas y era casado con una hija del rey Abies, aquél que Amadís había muerto, y que la batalla había de ser ciento por ciento, y la razón de ella era por ciertas parias que aquel reino era obligado a dar a los reyes de la Gran Bretaña, y que eran convenidos que si él venciese que las parias fuesen dobladas y el rey Cildadán quedase por su vasallo, y si fuese vencido, quedase quito de todo para siempre, y que según había sabido de la gente que para lo ser contrario se aparejaba, que habrían bien menester todos los suyos y sus amigos.

Por esto que aquellos tres compañeros oyeron al rey quedaron aún mucho contra su voluntad, que más quisieran tornar luego a la demanda de Amadís, que mucho deseaban de él saber y con mucha razón, mas hubieron gran vergüenza no servir y ayudar al rey en una cosa tan señalada y de tan grande afrenta.

Después que los manteles alzaron, don Florestán mandó a Gandalín que fuese a ver a Mabilia, que se lo rogara, y él así lo hizo, y cuando ambos se vieron no pudieron excusar que no llorasen, y Gandalín le dijo:

—¡Oh, señora!, qué gran sinrazón ha hecho Oriana a vos y a vuestro linaje, que os quitó el mejor caballero del mundo. ¡Ay, qué mal empleado fue cuando la vos servísteis, qué gran sinrazón de ella habéis recibido y más aquél que nunca en hecho ni en dicho le erró! Mal empleó Dios tal hermosura y todas las otras bondades, pues que en ella había traición; pero este mal que hizo bien sé yo que ninguno perdió tanto como ella.

—¡Ay, Gandalín! —dijo ella—; ruégote ahora que no digas esto ni lo creas que errarás, que ella lo hizo con gran cuita y pesar de unas palabras que le dijeron, que con gran razón pudo tomar sospecha en que siendo ya ella en olvido puesta de tu señor, a otra por mucha afición amaba, y conmoviera que la carta fue con gran saña escrita, enviada no pensó que a tanto mal redundara, y del yerro que en esto hubo puedes creer que fue causa el sobrado y demasiado amor que le tiene.

—¡Oh, Dios! —dijo Gandalín—, cómo faltó el buen entendimiento de Oriana y vuestro y de la doncella de Dinamarca en pensar que mi señor había de hacer tal yerro contra aquélla que por la menor palabra sañuda que en ella sentía, según el gran temor que de la enojar tiene, se metiera so la tierra vivo. Y ¿qué palabras podían ser éstas que el gran juicio y virtud de vosotras así turbase para hacer morir el mejor caballero que nunca nació?

—Ardián, el enano —dijo Mabilia—, pensando que la honra de su señor se acrecentaba, lo ha causado.

Entonces le contó todo lo que había pasado de las tres piezas de la espada, como el primer libro cuenta, y...

—No creas, Gandalín —dijo ella—, que yo ni la doncella de Dinamarca pudimos más hacer, que la saña de Oriana fue tal en pensar que hombre a quien tanto ella ama que por otra la dejase, que nunca su corazón sosegar pudo hasta enviar aquella carta sin nuestra sabiduría, que a todos nos llega el punto de la muerte, pero puedes creer que después que de Durín supo lo que Amadís hizo, ella ha quedado con tan gran cuita y dolor que esto nos da consuelo del pesar que por Amadís haber debemos.

A todas estas razones que Mabilia pasaba con Gandalín, Oriana estaba escuchando dentro en una parte de su cámara y oyó todo lo que hablaron, y como vio que ya en ello no hablaban, salió a ellos como si nada oído hubiese, y como vio a Gandalín, estremeciósele el corazón y no se pudo tener que en un estrado no cayese, y dijo llorando muy reciamente que apenas podía hablar:

—¡Oh, Gandalín! Así Dios te guarde y te haga bienaventurado, haz ahora lo que debes y cumplirás aquello a que muy obligado eres.

—Señora —dijo él, llorando—, ¿qué mandáis que yo haga.

—Que me mates —dijo ella—, que yo maté a tu señor a muy gran sinrazón y tú debes vengar la su muerte, que vengaría él la tuya si te alguno matase.

Y en esto quedó tan desacordada como si el alma salirle quisiese.

Gandalín hubo gran pesar que no quisiera allí, por ninguna cosa, ser venido. Y Mabilia, tomando del agua, se la echó por el rostro, y así que acordarla hizo suspirando y apretando muy fuertemente sus manos, una contra otra, y dijo ella:

—¡Oh, Gandalín!, ¿por qué tardas de hacer lo que debes? Por Dios no tardaría tu padre dé hacer lo que debiese.

—Señora —dijo Gandalín—, Dios me guarde de tal deslealtad hacer, que si lo pensase sería la mayor traición del mundo, y no solamente una, más dos, siendo vos mi señora y Amadís mi señor, que sé yo bien cierto que después de vuestra muerte no viviría él una hora y nunca pensé que de vos, señora, fuera yo tan mal aconsejado. Cuanto más que mi señor Amadís no es muerto, porque aunque la tristeza y angustia que por vuestra saña tomó fue en su mano de la pasar no le es la muerte, sino cuando Dios lo tuviere por bien, que si tal cabo le había de dar no le hiciera en el comienzo tan bienaventurado, y vos, señora, así lo tened, que hombre tan señalado en el mundo como éste no querrá Dios que a tan sinrazón muera.

Esto y otras muchas cosas le dijo por la conortar, que bien le aprovecharon sus razones para en algo la conortar, y ella dijo:

—Mi buen amigo Gandalín, yo me voy mañana a Miraflores, donde quiero esperar la vida o la muerte, según las nuevas me vinieren, y tú venos a ver, que Mabilia enviará por ti, que mucho me quitas de la tristeza que en mi corazón está.

—Señora —dijo Gandalín—, así lo haré, y todo lo que me mandareis.

Con esto se quitó de ellas, y pasando por donde la reina estaba llamólo e hízolo estar delante sí, y estuvo con él hablando mucho en la hacienda de Amadís y del gran pesar que por él tenía, y veníanle las lágrimas a los ojos, y díjole Gandalín:

—Señora, si os de él doléis, es gran derecho, que mucho es vuestro servidor.

—Mas buen amigo —dijo la reina— y buen defendedor, a Dios plega de nos traer de él buenas nuevas con que recibamos alguna consolación.

Y así estando Gandalín vio a una parte del palacio estar a don Galaor y Florestán, y Corisanda entre ellos, muy alegre, y parecióle muy hermosa dueña, que él nunca hasta entonces la había visto, ni sabía quién fuese, y preguntó a la reina que quién era aquella tan hermosa dueña que con tanto placer con aquellos dos hermanos hablaban. Y la reina le dijo quién era y por cuál razón había a la corte venido y cómo amaba a don Florestán, por amor del cual había morado, atendiéndole algún tiempo. Cuando esto oyó Gandalín, dijo:

—Si ella lo ama, bien se puede loar que va empleado en aquél que ha toda bondad y mesura, y pocos pueden hablar, aunque todo el mundo ande, que igual de él sean en armas, y, señora, si bien conocieseis a don Florestán, no preciaríais a ningún caballero más que a él, que en gran manera es de alto hecho de armas y en todas las otras buenas maneras.

—Así lo parece él —dijo la reina—, que hombre que tal deudo tiene con tan nobles caballeros y tan hacedores en armas, sinrazón grande sería que no pareciese a ellos mucho, según su disposición.

Así estuvo la reina hablando con Gandalín y don Florestán con su amiga, mostrándole mucho amor, porque demás de ser muy hermosa y rica le amaba tanto, sin que a otro ninguno su amor otorgado hubiese, venida de los más nobles y más altos condes que en toda la Gran Bretaña había, y allí habló con ella ante don Galaor, cómo se tornase a su tierra y que él y don Galaor y Agrajes la llevarían dos jornadas, y que en oyendo algunas nuevas ciertas de Amadís y pasando la batalla que el rey Lisuarte aplazada tenía, si él vivo quedase, se iría para ella y moraría en su tierra un gran tiempo.

—A Dios plega, por su merced —dijo ella—, de os guardar y traer buenas nuevas de Amadís, porque podáis cumplir lo que prometéis, que mucho soy en ello consolada.

Entonces se fueron al rey, y Gandalín con ellos. Pues Oriana demandó licencia esa noche al rey y a la reina, porque otro día se quería ir a Miraflores; ellos se la dieron y mandaron a don Grumedán que al alba del día saliese con ella y con Mabilia y con las otras dueñas y doncellas y las pusiese en el castillo y luego se tomase, dejando los servidores que les eran necesarios y porteros que las puertas del castillo guardasen. Don Grumedán hizo aderezar todo lo que el rey mandó, y antes que el día viniese tomó a Oriana y a todas las otras, y bien de mañana llegó con ellas a Miraflores, donde viendo Oriana lugar tan sabroso y tan fresco de flores y rosas y aguas de caños y fuentes, gran descanso, su afanado y atribulado ánimo sintió, confiando en la merced de Dios que allí vendría aquél a reparar su vida, que sin él la cruel muerte no se le podía excusar. Pues así llegada envió a mandar a Adanasta, la abadesa del monasterio, que le enviase las llaves del castillo, y de unos postigos por donde una hermosa huerta que con él se contenía, salía, y dándole a los porteros que el padre allí enviara, les mandó que cada día tuviesen cargo de cerrar las puertas y postigos y diesen las llaves de la abadesa que de noche las guardase.

Cuando Oriana se vio en aquel lugar tan sabroso, alzó las manos al cielo y dijo entre sí:

—¡Ay! ¡Amadís, mi amigo, éste es el lugar adonde yo os deseo siempre tener conmigo, y de aquí jamás seré partida hasta que os vea. Y si esto por alguna guisa no puede ser, aquí me matará la vuestra soledad. Por ende mi amigo válgame la vuestra mesura y acorredme que muero, y si en algún tiempo y sazón me fuiste bien mandado y nunca me faltasteis, ahora que más me es menester os ruego y mando que me socorráis y me libréis de la muerte, y, mi buen amigo, no tardéis, que yo os lo mando, por aquel señorío que yo sobre vos he.

Y así estuvo una gran pieza amortecida hablando con Amadís, y en tal guisa como si delante sí lo tuviese; mas Mabilia la tomó por las manos y la hizo sentar en un estrado que cabe una hermosa fuente le mandó hacer, y de allí se acogió a su aposento en que muy ricas cámaras había y un patio pequeño ante la puerta de su cámara con tres árboles que todo lo cubrían, sin que en él ningún Sol entrar pudiese. Oriana dijo a Mabilia:

—Sabes que mandé que las llaves nos trajesen de día, porque quiero que Gandalín nos haga otras tales, porque si mi ventura tal fuese que Amadís venga lo podamos aquí meter por la huerta y por los postigos.

—Buen acuerdo tomasteis —dijo Mabilia.

Así holgaron y descansaron aquel día y la noche, aunque con gran sobresalto a la doncella de Dinamarca esperaban. Pues otro día llegó Gandalín, y el portero díjole a Mabilia que aquel escudero le quería hablar. Oriana dijo:

—Ábranle a Gandalín, que muy buen escudero es y con nosotras fue criado, cuanto más que es hermano de leche de Amadís, a quien Dios guarde de mal.

—Dios lo haga así —dijo el portero—, que mucho sería gran pérdida y muy grande daño del mundo si tan bueno y virtuoso caballero y diestro en las armas se perdiese.

—Tú dices verdad —dijo Oriana—, y ahora te ve y haz que entre Gandalín —y volviéndose a Mabilia le dijo:

—Amiga, ¿no veis cómo es amado y preciado Amadís de todos y aun de los hombres simples que de las cosas poco conocimiento han?

—Bien lo veo —dijo Mabilia.

—Pues qué haré yo —dijo ella— sino morir, aquél que siendo tan amado y preciado de todos a mí amaba y él preciaba más que a sí mismo, que yo fui causa de su muerte, ¡maldita fue la hora en que yo nacía!, pues por mi locura y mala sospecha hice tan gran sinrazón.

—Dejaos de eso —dijo Mabilia— y tened buena esperanza, que muy poco para el remedio de ellos aprovecha lo que hacéis.

En esto entró Gandalín, que de ellas muy bien recibido fue, y sentándolo consigo le contó Oriana cómo había enviado a la doncella de Dinamarca con la carta que para Amadís llevaba y las palabras que en ella iban, y díjole:

—¿Parécete, Gandalín, que me querrá perdonar?

—Señora, en buen pleito habláis —dijo él—. Paréceme que mal conocéis su corazón que por Dios por la más chica palabra que en la carta va, él se meta so la tierra vivo si vos se lo mandáis, cuanto más venir a vuestro mandamiento, especialmente llevársela la doncella de Dinamarca y señora, mucho soy alegre de esto que me habéis dicho, porque si todo el mundo lo buscase no bastaría tanto de lo hallar como la doncella sola, porque pues de mí se quiso esconder no creo que a otro alguno mostrase quisiese. Y vos, señora, con esperanza de las buenas nuevas que os traerá no dejéis de tener mejor vida, porque el venido no os vea tan alongada de vuestra hermosura, si no echará a huir de vos.

A Oriana le plugo mucho de aquello que Gandalín le decía, y díjole riendo:

—Cómo, ¿tan fea te parezco?

Y él dijo:

—Cuanto si tan fea aparecéis a vos, esconderos habéis donde ninguno os viese.

—Pues por eso —dijo ella— me vine yo a morar a este castillo, que si Amadís viniese y quisiese echar a huir delante de mí que no lo pudiese hacer.

—Ya lo viese yo en esta prisión —dijo Gandalín— y suelto de la otra donde vuestros amores lo tienen.

Entonces le mostraron las llaves y dijéronle que trabajase como otras tales se hiciesen, porque, venido su señor, como él lo esperaba, pudiese Oriana sin entrevalo alguno cumplir lo que le enviara decir, que lo tendría consigo. Gandalín las tomó, y yéndose a Londres trájoles otras tales llaves como aquéllas, que otra diferencia no habían, sino ser las primeras viejas y las otras nuevas. Mabilia mostró las llaves a Oriana, y díjole:

—Señora, éstas serán causa de juntar con vos aquél que sin vos vivir no puede, y pues que hemos cenado y toda la gente del castillo es sosegada, vámoslas a probar.

—Vamos —dijo Oriana—, y a Dios plega por su merced que ellas sean reparadoras en aquello que por mi poco seso fue dañado.

Y tomándose por las manos se fueron solas a los postigos, que ya oísteis que del castillo a la huerta salían, y siendo ya cerca del primero dijo Oriana:

—Por Dios, amiga, muerta soy de miedo, que no he poder de ir con vos.

Mabilia la tomó por la mano, y díjole riendo:

—No temáis nada donde yo fuere, que os defenderé, que soy prima del mejor caballero del mundo y voy en su servicio; aguardadme sin miedo.

Oriana no pudo estar que no riese, y dijo:

—Pues en vuestra guarda voy, no debo temer según la fianza que tengo en la vuestra gran bondad de armar.

—Pues por tal me conocéis —dijo Mabilia—, ahora vamos adelante, y veréis ya cómo acabaré esta aventura, y si en ella fallezco, yo juro que en todo este año no echaré escudo al cuello ni ceñiré espada.

Y tomándose, riendo, por las manos, llegaron al postigo primero, el cual sin entrevalo alguno fue abierto, y así lo fue el otro, así que vieron toda la huerta. Oriana dijo:

—¿Qué será que según la pared de esta huerta es alta no podrá subir Amadís por ella?

—No penséis en esto —dijo Mabilia—, que yo lo tengo mirado y allí donde la pared se junta con el muro se hace un rincón y con un madero que de fuera se ponga y nosotras dándole las manos, sin mucha pena subirá; mas este ardimiento es vuestro y vos llevaréis la paga de él.

Oriana la tomó por el tocado y derribóselo en el suelo, y estuvieron ambas por una pieza con gran risa y placer y tornaron a cerrar los postigos y fuéronse a dormir, y acostándose Oriana en el lecho dijo Mabilia:

—Quiera Dios, señora, que aquí os ayunte con aquel cautivo que está desesperado, pues le es tanto menester.

Oriana dijo:

—A Él plega por su piedad de se apiadar de nos y de él.

—De lo que en Dios es —dijo Mabilia— no tengáis cuidado, que Él pondrá el remedio que a su servicio sea, comed y dormid, porque vuestra hermosura cobre lo mucho que perdido tiene, como Gandalín os dijo.

Con esto durmieron aquella noche con más sosiego que las pasadas, y la mañana venida, después de haber oído misa, salieron al corral de las hermosas fuentes y hallaron que entonces llegaba Gandalín, que por su mandado de ellas cada día venía de Londres a las ver, y tomándolo consigo se acogieron al patio de los tres árboles hermosos y allí dijeron cómo las llaves eran muy buenas y las palabras que Mabilia dijera cuando las probaba de que todos mucho rieron, y él les contó lo que con Amadís pasara, diciéndole por le conortar mal de Oriana y que con la saña que de ello hubo, estuvo muy cerca de lo matar, y cómo por aquello, viéndole dormido, le escondió la silla y el freno y lo dejara en la montaña donde nunca más de él pudiera saber ninguna nueva y:

—Señora —dijo él—, así como yo gran mentira le dije en lo vuestro, así luego recibí la pena que merecía, que cuando desperté y hallé que era ido sin mí sin arma alguna me quedara sin duda me diera la muerte.

Oriana le dijo:

—¡Ay, por Dios, Gandalín! No me digas más, que cierta soy que me ama sin arte y quebrántame el corazón que la vida y la muerte con las buenas o contrarias nuevas que de él me vinieren junto lo quiero recibir, sin que más angustias y dolores que los pasados me sobrevengan.

Capítulo 54. De cómo estando el rey Lisuarte sobre tabla entro un caballero extraño, armado de todas armas, y desafió al rey y a toda su corte, y de lo que Florestán pasó con él, de cómo Oriana fue consolada y Amadís hallado

A su mesa estando el rey Lisuarte, y habiendo alzado los manteles y queriéndose de él despedir don Galaor y don Florestán y Agrajes para llevar a Corisanda, entró por la puerta del palacio un caballero extraño armado de todas armas, sino la cabeza y las manos, y dos escuderos con él. Y traía en la mano una carta de cinco sellos, e hincados los hinojos la dio al rey, y díjole:

—Haced leer esta carta y después diré a lo que vengo.

El rey la leyó, y viendo que de creencia era, le dijo:

—Ahora podéis decir lo que os placerá.

—Rey —dijo el caballero—, yo desafío a ti y a todos tus vasallos y amigos de parte de Famongomadán, el jayán del Lago Hirviente y de Cartadaque, su sobrino, el jayán de la montaña defendida, y de Mandansabul, su cuñado, el jayán de la Torre Bermeja, y por don Cuadragante, su hermano del rey Abies de Irlanda, y por Arcalaus, el Encantador. Y mándate decir que tienes en ellos muerte, así tú como todos aquéllos que tuyos se llamaren, y hácente saber que ellos con todos aquellos grandes amigos suyos serán contra ti en ayuda del rey Cildadán en la batalla que con él aplazada tienes, pero si tú quieres dar a tu hija Oriana a Madasima, la muy hermosa hija del dicho Famongomadán para que sea su doncella y la sirva, que no te desafiarán, ni te serán enemigos, antes casarán a Oriana con Bagasante, su hermano, cuando vieren que es tiempo, que es tal señor que bien será en él empleada tu tierra y la suya. Y ahora, rey, mira lo que mejor te vendrá: o la paz como la quieren, o la más cruda guerra que venirte podrá con hombres que tanto pueden.

El rey le respondió riendo como aquél que en poco su desafío tenía, y díjole:

—Caballero, mejor es la guerra peligrosa que la paz deshonrosa, que mala cuenta podría yo dar a aquel Señor que en tal alteza me puso, si por falta de corazón con tanta mengua y tanto abiltamiento la bajase, y ahora os podéis ir, y decidles que antes querría la guerra todos los días de mi vida con ellos y al cabo en ella morir, que otorgar la paz que me demandan, y decidme dónde los hallará un mi caballero, porque por él sepan esta mi respuesta que a vos se da.

—En el Lago Ferviente —dijo el caballero— los hallará quien los buscare, que es en la Ínsula que llaman Monganza, así a ellos como a los que consigo han de meter en la batalla.

—Yo no sé —dijo el rey—, según la condición de los gigantes, si mi caballero podrá ir y venir seguro.

—De eso no pongáis duda —dijo él—, que donde está don Cuadragante no se puede cosa contra razón hacer y yo lo tomo a mi cargo.

—En el nombre de Dios —dijo el rey— ahora me decid cómo habéis nombre.

—Señor —dijo él—, he nombre Landín, y soy sobrino de don Cuadragante, hijo de su hermana, y somos venidos a esta tierra por vengar la muerte del rey Abies de Irlanda, y nos pesa que no podemos hallar aquél que lo mató, ni sabemos si es muerto o vivo.

—Bien puede ser —dijo el rey—, mas ahora pluguiese a Dios que supieseis ser él vivo y sano, que después todo se haría bien.

—Yo entiendo —dijo Landín— por qué lo decís, porque creéis ser aquél el mejor caballero de los que habéis visto; mas cualquier que yo sea hallarme habéis en la batalla vuestra y del rey Cildadán, y allí os serán manifestadas mis obras buenas o contrarias en el más daño vuestro que yo pudiere.

—Mucho me pesa —dijo el rey—, que más os querría para mi servicio, mas bien creo que ende no faltará con quien os combatáis.

—Ni a ellos —dijo el caballero— quien se lo resista hasta la muerte.

Cuando esto oyó don Florestán ensañóse ya cuanto por aquél osase, decir que buscaba a su hermano Amadís, y díjole:

—Caballero, yo no soy de esta tierra ni vasallo del rey, así que entre vos y mí no atañe ninguna cosa de esto que a él habéis dicho, ni yo en razón de ello no digo nada, porque en su casa hay otros muchos mejores para decir y hacer, pero porque vos decís que andáis a Amadís buscando y no lo halláis, en lo cual creo yo no ser vuestro daño, y si conmigo, que soy don Florestán, su hermano, os place combatir a condición que si vencido fuereis os quitéis de esta demanda, y si yo muerto fuere algo de vuestro enojo y mengua se satisface, yo lo haré porque aquel sentimiento que vos tenéis por el rey Abies, aquél y mucho más crecido tendrá Amadís por la mi muerte.

—Don Florestán —dijo Landín—, bien veo que habéis sabor de la batalla, mas yo la dudo a más no poder, porque tengo de ir con la respuesta de esta embajada a señalado día, y también porque aquellos señores me tomaron fianza que en otra cosa de afrenta no me entremetiese, pero si de allí yo saliere vivo haberla he con vos a día señalado.

—Landín —dijo don Florestán—, vos lo decís como buen caballero y honrado, porque los que con semejantes mensajes vienen han de negar su voluntad propia por seguir la de aquéllos cuyo mandado traen, porque de otra guisa, aunque a vuestra honra satisfacer pudieseis, la suya, por vuestra tardanza, se podría menoscabar, siendo todo a cargo vuestro, y por eso tengo por bien que sea como lo decís.

Y tendiendo las lúas en señal de gajes, las dio al rey, y Landín la halda del arnés, así que a consentimiento de ambos quedó la batalla treinta días después que la de los reyes pasase.

Entonces mandó el rey a un caballero, su criado, que Filispinel había nombre, que en compañía de Landín fuese a desafiar aquéllos que a él desafiaron. Pues partidos estos dos caballeros, como oís, el rey quedó hablando con don Galaor y Florestán y Agrajes y otros muchos que en el palacio estaban, y díjoles:

—Quiero que veáis una casa en que habréis placer.

Entonces mandó llamar a Leonoreta, su hija, con todas sus doncellas pequeñas que viniesen a danzar así como solían, lo que nunca había mandado después que las nuevas de ser perdido Amadís le dijeran, y el rey le dijo:

—Hija, decid la canción que por vuestro amor Amadís hizo siendo vuestro caballero.

La niña, con las otras sus doncellas, la comenzaron a cantar, la cual decía así:

> Leonoreta sin roseta
> blanca sobre toda flor
> sin roseta no me meta
> en tal cuita vuestro amor.
> Sin ventura yo en locura
> me metí;
> en vos amar es locura
> que me dura
> sin me poder apartar,
> oh, hermosa sin par,
> que me da pena y dulzor
> sin roseta no me meta
> en tal cuita vuestro amor.
> De todas las que yo veo
> no deseo
> servir otra sino a vos,
> bien veo que mi deseo
> es devaneo
> do no me puedo partir,
> pues que no puedo huir
> de ser vuestro servidor,
> no me meta sin roseta
> en tal cuita vuestro amor.
> Aunque mi queja parece
> referirse a vos, señora,
> otra es la vencedora

otra es la matadora
que mi vida desfallece;
aquesta tiene el poder
de me hacer toda guerra;
aquesta puede hacer
sin yo se lo merecer
que muerto Viva so tierra.

Quiero que sepáis por cuál razón Amadís hizo este villancico por esta infanta Leonoreta. Estando en un día hablando con la reina Brisena, Oriana y Mabilia y Olinda dijo a Leonoreta que dijese a Amadís que fuese su caballero, y la sirviese muy bien no mirando por otra ninguna. Ella fue a él y díjole como ellas lo mandaron. Amadís y la reina, que se lo oyeron, rieron mucho, y tomándola Amadís en sus brazos la sentó en el estrado, y díjole:

—Pues vos queréis que yo sea vuestro caballero, dadme alguna joya en conocimiento que me tenga por vuestro.

Ella quitó de su cabeza un prendedero de oro con unas piedras muy ricas y dióselo. Todas comenzaron a reír de ver cómo la niña tomaba tan de verdad lo que en burla le habían aconsejado, y quedando Amadís por su caballero hizo por ella el villancico que ya oísteis. Y cuando ella y sus doncellas lo decían estaban todas con guirnaldas en sus cabezas y vestidas de ricos paños de la manera que Leonoreta los traía, y era asaz hermosa, pero no como Oriana, que con ésta no había par ninguna en el mundo, y fue a tiempo, como adelante se dirá, emperatriz de Roma, y las doncellitas suyas eran doce, todas hijas de duques y de condes y otros grandes señores, y decían tan bien y tan apuesto aquel villancico, que el rey y todos los caballeros habían muy gran placer de lo oír.

Y desde que hubieron una pieza cantado, hincando los hinojos ante el rey, fuéronse donde la reina estaba. Don Galaor y don Florestán y Agrajes dijeron al rey que querían ir con Corisanda, que les diese licencia y él los sacó a una parte del palacio, y díjoles:

—Amigos, en el mundo no hay otros tres en quien yo tan gran esfuerzo tenga como en vos, y el plazo de la mi batalla se llega, que ha de ser en la primera semana de agosto, y ya habéis oído la gente que contra mí han de ser, y éstos traerán otros muy bravos y muy fuertes en armas, así como aquéllos que son de natura y sangre de gigantes, porque mucho os ruego que hasta aquel plazo no os encarguéis de otras afrentas ni demandas que os hayan de estorbar de ser conmigo en la batalla, que tengo mortales y capitales enemigos, y haríaisme muy gran mengua y sin razón, que yo fío en Dios que con la vuestra gran bondad y de todos los otros que me han de servir no será la valencia ni fuerza de nuestros enemigos tan sobrada que al cabo por nosotros no sean vencidos y destrozados y menguados.

—Señor —dijeron ellos—, para tal cosa tan señalada y nombrada en todas partes como ésta será, no es menester vuestro mandado, y ruego que puesto que el deseo y buena voluntad que de serviros tenemos faltase, no faltaría el buen deseo de ser en tan grande afrenta, donde nuestros corazones y buenas voluntades hayan aquello que por muchas tierras y partes extrañas del mundo andan buscando, que es hallarse en las cosas de mayor peligro, porque venciendo alcanzan la gloria que desean y vencidos cumplen aquel fin para que nacidos fueron, así que nuestra tornada será luego, y entretanto animad y esforzad vuestros caballeros porque a aquéllos que con gran amor y afición sirven la flaca fuerza fuerte se torna.

Y partiéndose del rey armados en sus caballos, tomando consigo a Corisanda partieron de Londres y fueron su camino. Gandalín, que allí estaba y viera todo aquello, partióse luego para Miraflores y contólo a Oriana y a Mabilia, y que aquellos tres compañeros se lo mandaban mucho encomendar. Oriana dijo:

—Ahora es Corisanda en todo placer, pues en su compañía lleva a don Florestán que ella tanto amaba, y Dios se lo dé siempre, que mucho es buena dueña —y comenzó a suspirar, así que las lágrimas le vinieron a los ojos, y dijo—: ¡Oh, señor Dios!, ¿por qué no queréis que yo vea a Amadís, siquiera un día Solo? ¡Oh, Señor!, queredlo por vuestra bondad y me quitad de este mundo y no me dejéis vivir en tal cuita y dolor.

Gandalín hubo de ella gran duelo, pero hizo el semblante de sañudo, y dijo:

—Señora, hacéisme que no parezca ante vos porque estamos atendiendo buenas nuevas que Dios nos enviará, y queréisnos meter en desesperanza.

Oriana limpió los ojos de las lágrimas y díjole:

—¡Ay, Gandalín!, por Dios no te quejes, que si yo algo hacer pudiese, de grado lo haría, que, aunque buen semblante muestro, nunca jamás mi corazón de llorar queda, y si no fuese esta esperanza que tengo de las palabras que me dices, cree que no tendría tanto esfuerzo que de un lugar levantarme pudiese, mas ahora me di: ¿qué será del rey, mi padre, pues que no puede haber a Amadís para esta batalla?

—Señora —dijo él—, no puede mi señor tan escondido ni apartado estar, que una cosa tan señalada como ésta no venga a su noticia, pues, ¿quién duda que sabiendo lo que a vos toca, siendo vuestro padre vencido, no quiera él venir a poner sus fuerzas en vuestro servicio? Que aunque por el defendimiento que le pusisteis no ose aparecer ante vos, parecería allí donde viere que puede servir y alcanzar perdón del yerro que no hizo ni pensó de hacer.

—Así plega a Dios —dijo Oriana— que sea como tú piensas.

Y estando hablando en esto entró una niña corriendo y dijo:

—Señora, veis aquí la doncella de Dinamarca, que muy ricos dones os trae.

A ella se le estremeció el corazón y paróse tal, que no pudo hablar y fue toda turbada, como quien por su venida esperaba la vida o la muerte, según el recaudo que trajese, y Mabilia, que así la vio, dijo a la niña:

—Ve y di a la doncella que entre acá sola, porque la querría ver apartadamente.

Y esto hizo porque ninguno viese la gran cuita o grande alegría de Oriana, según las nuevas fuesen, y la niña se salió y díjole lo que le mandaron, pero de Mabilia y de Gandalín os digo que estaban desmayados, no sabiendo ni pensando lo que la doncella traía, y la doncella entró alegre y de buen continente, e hincando de hinojos ante Oriana diole una carta que traía, y díjole:

—Señora, veis aquí nuevas de todo vuestro placer, y sabed, señora, que yo he recaudado todo aquello porque me enviasteis, así como lo deseáis, y leed esa carta y veréis si la hizo con su mano Amadís.

Ella tomó la carta, mas así le tremían las manos con la grande alegría, que la carta se le cayó, y desde que el corazón se le fue más sosegado, abrió la carta y halló el anillo que ella con Gandalín a Amadís enviara, cuando con

Dardán se combatió en Vindilisora, el cual bien conoció y besóle muchas veces, y dijo:

—Bendita sea la hora en que fuiste hecho, que con tanto gozo y placer de una mano a otra te has mudado.

Y metióle en su dedo, y cuando vio las palabras tan humildes que en la carta venían y el mucho agradecimiento de se ella haber membrado de él y de cómo de la muerte a la vida era tornado holgóle el corazón, y alzando sus manos dijo:

—¡Oh, Señor del mundo, reparador de todas las cosas, bendito seáis vos que a tal sazón me acorristeis y me librasteis de la muerte que tan cerca tenía! —e hizo sentar la doncella ante sí y díjole—: Amiga, ahora me contad cómo lo hallasteis y los días que con él estuvisteis y dónde lo dejáis.

Ella le dijo cómo lo había buscado y que viniendo muy triste, sin ningún recaudo, la gran tormenta que en la mar le sobrevino la hiciera arribar a la Peña Pobre, donde lo halló, y contóle cuanto allí con él le aconteciera y el placer tan grande que su carta le dio, y asimismo le dijo dónde lo dejaba y cómo esperaba su mandado. Mas cuando vino a decir cómo era llegado a la muerte y tan desemejado que no lo podía conocer sino por la herida que en el rostro tenía, y cómo había mudado su nombre y cómo Durín estuvo tres días que no lo conoció, gran duelo y piedad había Oriana de él. Y desde que todo se lo hubo contado dijo Oriana:

—Por Dios, amiga, menester es que luego haya vuestro mandado, y decidme de qué manera se haga.

—Yo os lo diré —dijo ella—. Allá dejé a sabiendas dos joyas de las que traía, porque con achaque de volver a Durín por ellas le llevase vuestro mandado.

—Muy bien hicisteis —dijo ella—, y ahora dadme los dones que traéis delante de estos que aquí están, y decid que os olvidaron los de Mabilia así como lo habéis dicho.

Entonces dijeron a la doncella cómo Corisanda había dicho de él y se llamaba Beltenebros, pero no le conoció ni supo quién era.

—Verdad es que así se llama —dijo la doncella—, y dice que no se quitará aquel nombre hasta que os vea y le mandéis lo que haga.

Y también le dijeron cómo tenían las llaves de los postigos de la huerta, y llamaron a Durín y mostráronle a la parte donde había de traer a Beltenebros cuando viniese, y mandáronle que luego fuese a lo traer, mas no hubieron de trabajar mucho en ello. Porque aun estando él muy cuitado de la nueva sinventura que le llevara, por donde a la muerte lo había llegado, creyendo que con la que ahora iba se enmendaba y reparaba todo, con mucha, alegría de su corazón lo otorgó y besó las manos a Oriana, porque se lo mandaba, y allí fue acordado que Mabilia se lo rogase ante todos, que le fuese por aquellos dones y que él mostrase en ello mal continente como que mucho le pesaba porque no sospechasen de su ida alguna cosa. Y así se hizo, que cuando se lo rogaron mostró de ello pesar y dijo sañudamente a Mabilia:

—Dígoos, señora, que por ser vuestras iré yo allá, que si de la reina de Oriana fuesen no lo haría, que mucho afán ha llevado de trabajo en este camino.

—Mi amigo Durín comoquiera que bien sirváis, no queráis zaherir el servicio que hicisteis en tal guisa que os no lo agradezcan.

—Así lo haré a vos —dijo él— cuando me lo mandareis que os sirva, que bien creo que tan poco vale vuestro grado como mi servicio.

Todas rieron mucho de la saña que Durín mostraba y de cómo había respondido, y dijo a Mabilia:

—Señora, pues que a vos place que yo vaya, luego de mañana me quiero ir.

Y despidiéndose de ellas se fue con Gandalín a dormir a la villa, el cual le rogó que le encomendase mucho a Enil, su primo, y que de su parte le rogase que le viniese a ver si hacerlo pudiese, porque tenía de le hablar algunas cosas y que te rogaba mucho que en tanto que con aquel caballero anduviese preguntase por nuevas de Amadís. Esto le enviaba a decir porque Amadís anduviese más encubierto y porque si de él se quisiera partir que con achaque de le ver a él lo pudiese hacer. En esto hablando llegaron a Londres, y otro día de mañana cabalgó Durín en su palafrén y fuese su vía camino donde a Beltenebros había dejado, pero antes se quiso bien avisar de todas las nuevas de la corte porque se las supiese contar.

Capítulo 55. De cómo Beltenebros mandó hacer armas y todo aparejó para ir a ver a su señora Oriana, y de las aventuras que le acaecieron en el camino

Pues tornando a Beltenebros, que en las casas de las monjas quedara atendiendo el mandado de su señora, dice la historia que siendo ya con él gran placer en mucho su salud y fuerza tornado, que mandó a Enil le hiciese hacer en aquella villa cerca donde estaba unas armas, el campo verde y leones de oro menudos, cuantos en él cupiesen con sus sobre-señales y le comprase un buen caballo y una espada y la mejor loriga que haber pudiese. Enil subió a la villa e hízolo todo como le mandó, así que en espacio de veinte días fue todo aderezado como lo había menester. A esta sazón llegó Durín con el mandado que llevaba con que Beltenebros hubo gran placer y preguntándole delante de Enil cómo quedaba la buena doncella de Dinamarca, su hermana, y qué venida era la suya, él le dijo que la doncella se le mandaba mucho encomendar, y que él venía por dos joyas que se le habían olvidado, que quedaran entre los almadraques en que ella durmiera, y dijo a Enil cómo su primo Gandalín le saludaba mucho y todo lo otro que a cargo de decir le traía. Beltenebros le preguntó que quién era aquel Gandalín.

—Un escudero, mi primo —dijo él—, que aguardó gran tiempo a un caba-llero que Amadís de Gaula se llamaba.

Y entonces tomó consigo a Durín y fuese paseando por una plaza, pre-guntándole por nuevas de su hermana, mas cuando algo desviados fueron díjole Durín el mandato de su señora, cómo le atendía en Miraflores y que tenía muy bien aparejado de le tener allí consigo, que fuese muy encubierto, y contóle cómo sus hermanos y Agrajes estaban en la corte y habían de ser en la batalla que el rey Lisuarte tenía aplazada con el rey Cildadán de Irlanda, y asimismo el desafío de Famongomadán y de los otros gigantes y caballeros que le hicieron, y cómo le demandaran a Oriana para ser doncella de Ma-dasima, y que la casarían con Basagante, hijo de Famongomadán. Y cuando Beltenebros esto oyó, las carnes le tremían con gran ira que en sí hubo, y el corazón le hervía con saña, y propuso en su voluntad tanto que a su señora viese de no tomar en sí otra afrenta ni demanda hasta buscar a Famongomadán y se combatir con él y morir o le matar por aquello que de Oriana dijera.

Después que Durín le hubo contado lo que habéis oído, tomó los dones, y despedido de él tornó muy alegre con haber acabado aquello que él deseaba.

Beltenebros quedó dando muchas gracias a Dios, porque así le había socorrido en le tornar a la merced de su señora, que teniéndola perdida su vida era llegada en el extremo que os contamos, y aquella noche, despedido de las dueñas, una hora antes del día, armado de aquellas verdes y frescas armas, encima de su caballo hermoso y lozano, Enil con él, que el escudo y yelmo y la lanza llevaba, se puso en el camino para ir a ver aquélla su señora que él tanto amaba, y yendo así por él, siendo ya el día claro, puso las espuelas muy recio al caballo e hízolo hacer a un cabo y a otro y de tal manera que Enil, que lo miraba, fue mucho maravillado y dijo:

—Señor, del ardimiento de vuestro corazón no sé nada; pero nunca vi caballero que tan hermoso armado pareciese.

—Los corazones de los hombres —dijo Beltenebros— hacen las cosas buenas, que no el buen parecer, pero al que Dios junto lo da, gran merced le hace y pues ahora has juzgado el parecer, juzga el corazón, según vieres que lo merece.

Así se iba razonando y riendo con él como aquél que desechando aquella tan gran tenebrura en que estuviera era tomado al deleite, que sin él no pudiera vivir. Pues así anduvo hasta la noche, que albergó en casa de un caballero anciano, donde le fue mucha honra hecha, y otro día partiendo dende, llevando el yelmo en su cabeza por no ser conocido, anduvo siete días sin ninguna aventura hallar; mas a los ocho días le avino que pasando al pie de una montaña vio por un pequeño camino venir en un gran caballo bayo un caballero tan grande y tan membrudo que no parecía sino un gigante y dos escuderos que las armas le traían, y cuando más cerca fue el gran caballero dijo contra Beltenebros, en voz alta:

—Vos, don caballero, que ahí venís, estad quedo y no paséis más adelante hasta que de vos sepa lo que quiero.

Beltenebros estuvo quedo en un campo llano por do iba y miró el escudo del caballero y vio que había en él tres flores de oro en campo indio y conocióle ser don Cuadragante, porque otro tal viera en la Ínsula Firme alzado sobre todos los otros, como el que más honra ganara en la prueba de la cámara defendida, y pesóle mucho, porque pensó de no poder excusar de él la batalla, teniendo en su voluntad la de Famongomadán, que por ésta quisiera él dejar todas las otras y también por ir al plazo que su señora le enviara a mandar, y había recelo que la gran bondad de aquel caballero le diese algún estorbo, y estuvo quedo, y llamando a Enil, le dijo:

—Llégate a mí y darme has las armas si las hubiere menester.

—Dios os guarde —dijo Enil—, que más me parece éste diablo que caballero.

—No es diablo —dijo Beltenebros—, mas un muy buen caballero de que ya otras veces oí hablar.

En esto llegó don Cuadragante y díjole:

—Caballero, conviene me digáis si sois del rey Lisuarte.

—¿Por qué lo preguntáis? —dijo Beltenebros.

—Porque yo lo tengo desafiado —dijo Cuadragante—, a él y a todos los suyos y a sus amigos, y no hallaré ninguno de ellos que no lo mate.

A Beltenebros vino gran saña, y díjole:

—¿Vos sois de aquéllos que le desafiaron?

—Soy —dijo él—, y el que él hará a él y a los suyos todo el mal que pudiere.

—¿Y cómo habéis nombre? —dijo Beltenebros.

—He nombre don Cuadragante —dijo él.

—Ciertamente, Cuadragante, comoquiera que vos seáis de gran linaje y de alto hecho de armas, gran locura es la vuestra desafiar al mejor rey del mundo, porque los caballeros deben tomar las cosas que les convienen, y cuando de allí pasan más a locura que esfuerzo se debe tomar. Yo no soy vasallo de este rey que decís, ni natura] de su tierra, pero por lo que él merece es mi corazón otorgado a lo servir, así que con razón me puedo contar por vuestro desafiado, y si queréis la batalla haberla habéis, y si no, andad vuestro camino.

Don Cuadragante le dijo:

—Bien creo, caballero, que la poca noticia que de mí tenéis os causa hablar tan osado y con tanta locura, y ruégoos mucho que me digáis vuestro nombre.

—A mí llaman Beltenebros —dijo él—, y así por el nombre como por ser de poca nombradla no me conoceréis más que antes, mas comoquiera que yo sea de extraña y apartada tierra, oído he que andáis buscando a Amadís de Gaula, y según sus nuevas entiendo que no es vuestro daño no lo hallar.

—¿Cómo —dijo don Cuadragante—, aquél que yo tanto desamo precias más que a mí? Sábete que eres llegado a la muerte y toma tus armas si con ellas osares defender.

—Aunque contra otros —dijo Beltenebros— dudase de las tomar, no contra vos, que tantas soberbias y amenazas me hacéis.

Entonces, tomando sus armas con gran saña, corrieron los caballos el uno contra el otro y diéronse tan grandes encuentros que el caballo de Beltenebros estuvo por caer, mas don Cuadragante fue fuera de la silla y cada uno se sintió mucho de aquel encuentro, y Beltenebros hubo el pico de la teta hendido de la cuchilla de la lanza y el otro fue herido en el costado, mas la llaga pequeña fue y levantóse luego como aquél que muy valiente y ligero era, y metiendo mano a la espada se fue a Beltenebros, que estaba enderezando el yelmo en la cabeza, así que no le vio e hirióle el caballo con la punta de la espada, que la media de ella por las ancas le metió, el cual con la herida fue por el campo lanzando las piernas por caer, mas Beltenebros descendió y embrazando su escudo, la espada en la mano, se fue contra don Cuadragante con gran saña y braveza porque el caballo le matara, y dijo:

—Caballero, no mostráis buen esfuerzo en lo que hicisteis, pero bien bastará el vuestro para el que la victoria de la batalla alcanzase.

Entonces se acometieron tan bravamente, que espantado era de lo ver, que el ruido que con las espadas se hacían en se cortar las armas era tal como si allí se combatiesen diez caballeros. Y algunas veces se trataban a brazos por se derribar, así que cada uno probaba toda su fuerza y valentía contra el otro. Unos escuderos que los miraban, teniendo por gran espanto ver tal crudeza en dos caballeros, no esperaban que ninguno de ellos vivo quedar pudiese. Y así anduvieron en su batalla desde la tercia hasta hora de vísperas, que nunca holgaron, ni se hablaron palabra, pero a esta sazón fue don Cuadragante tan ahogado del cansancio y maltrecho de un golpe que Beltenebros encima del yelmo le diera, que cayó desapoderado, sin ningún sentido en el campo, como si muerto fuese, y Beltenebros le tiró el yelmo de la cabeza por ver si era muerto, mas dándole el aire tornó casi en su acuerdo y púsole la punta de la espada en el rostro y díjole:

—Cuadragante, miémbrate de tu alma, que muerto eres.

Y él, que ya más acordado estaba, dijo:

—¡Ay, Beltenebros, ruégoos por Dios que me dejéis vivir por el reparo de mi ánima!

Y dijo:

—Si quieres vivir, otórgate por vencido y que harás lo que yo te mandare.

—Vuestra voluntad —dijo él— haré yo por salvar la vida, pero por vencido no me debo otorgar con razón, que no es vencido aquél que sobre su defendimiento, no mostrando cobardía, hace todo lo que puede hasta que la fuerza y el aliento le faltan y cae a los pies de su enemigo, que el vencido es aquél que deja de obrar lo que hacer podría por falta de corazón.

—Cierto —dijo Beltenebros—, vos decís derecha razón, y mucho me place de lo que ahora de vos aprendí, dadme la mano y hacedme fianza que haréis lo que yo mandare.

Y él se la dio como mejor pudo.

Entonces llamó a los escuderos que lo viesen, y díjole:

—Yo os mando, por el pleito que me hacéis, que luego seáis en la corte del rey Lisuarte y que os no partáis dende hasta que Amadís allí sea, aquél que vos andáis buscando, y venido os metáis en su poder y perdonéis la muerte de vuestro hermano el rey Abies de Irlanda, pues que, según yo he sabido, ellos de su propia voluntad se desafiaron y solos entraron en la batalla, así que tal muerte como ésta no debe ser demandada aun entre las bajas personas, cuanto más en los semejantes que vos, según las grandes cosas que en armas habéis pasado y sido muy dichoso en ellas, y asimismo os mando que tornéis el desafío al rey y a todos los suyos, ni toméis armas contra lo que su servicio fuere.

Todo lo otorgó don Cuadragante, mucho contra su voluntad, mas hízolo con el gran temor de la muerte, que muy cercana la tenía, y mandó luego a sus escuderos que le hiciesen unas andas y lo llevasen adonde Beltenebros mandaba, porque pudiese quitar su promesa.

Beltenebros vio a Enil, su escudero, que tenía el caballo de don Cuadragante y estaba muy alegre, con gran alegría de la buena ventura que Dios diera a su señor. Beltenebros cabalgó en el caballo y dio las armas a Enil y tornóse a su camino, y no anduvo mucho por él, que halló una doncella cazando con un esmerejón y otras tres doncellas con ella que vieran la batalla y oyeran todo lo más de las palabras que pasaron, y como vieron que tan maltratado quedara y que había menester de holgar, rogáronle ahincadamente que con ellas se fuese a un castillo suyo donde se le haría todo servicio por aquella voluntad, que de servir al rey su señor en él conocían. Él lo tuvo por bien porque estaba muy atormentado del gran afán que pasara, mas desde allí llegaron catándole si estaba herido, no le hallaron otra llaga, sino aquella pequeña de la teta de que mucha sangre se le fue, y a cabo de tres días partió de allí y anduvo todo aquel día sin aventura hallar. Esa noche albergó en casa de un, hombre bueno, que cerca del camino moraba, y otro día anduvo tanto que al mediodía, subiendo encima de un cerro, vio la ciudad de Londres y a la diestra mano el castillo de Miraflores, dónde su señora Oriana estaba, y él cuando le vio grande alegría su ánimo sintió.

Pues allí estuvo una gran pieza pensando cómo partiría de si a Enil y díjole:

—¿Conoces esta tierra donde estamos?

—Sí, conozco —dijo él— que en aquel valle está Londres, donde es el rey Lisuarte.

—¿Tan llegado somos a Londres? —dijo él—. Pues yo no me quiero ahora hacer conocer al rey ni a otro alguno hasta que mis obras lo merezcan, que, como tú ves, soy mancebo y no he hecho tanto que por ello pueda ser tenido en mucho, y pues cercanos somos de Londres, ve a ver aquel escudero Gandalín de que Durín te dio las encomiendas y lo que en la corte dicen de mí y cuándo será la batalla del rey Cildadán.

—¿Cómo os dejaré solo? —dijo Enil.

—No te cures —dijo él—, que algunas veces suelo yo andar sin otro alguno, pero antes quiero que sepamos algún lugar señalado adonde me halles.

Y fuéronse adelante por aquella vía y no tardó que vieron cabe una ribera dos tiendas armadas y en medio de ellas otra muy rica, y entre ellas, caballeros y doncellas que andaban trebejando, y vio a la puerta de la una tienda cinco escuderos y a la otra otros cinco y diez caballeros armados, y por no haber razón de justar con ellos, apartóse del camino que llevaba. Los caballeros de las tiendas lo llamaron que viniese a la justa.

—No me place de justar ahora —dijo él—, que vosotros sois muchos y holgados y yo solo y cansado.

—Mas yo creo —dijo el uno de ellos— que lo dejáis con temor de perder el caballo.

—¿Y por qué lo perdería? —dijo él.

—Porque sería de aquél que os derribase —dijo el caballero—, lo que está más cierto que ser vuestros los que vos pudieseis ganar de nos.

—Pues que así ha de ser —dijo Beltenebros—, antes quiero yo ir en él que meterlo en esa ventura.

Y comenzóse de ir así desviado como antes. Los caballeros le dijeron:

—Parécenos, caballero, que estas vuestras armas muy más son defendidas con palabras hermosas que con esfuerzo del corazón, así que bien podrían quedar para se poner sobre vuestra sepultura, aunque viváis cien años.

—Vos me tened por cual quisiereis —dijo él—, que por cosa que digáis no me quitáis la bondad, si alguna en mí hay.

—Ahora Dios quisiese —dijo el uno de ellos— que se os antojase de justar conmigo, que no iríais hoy a buscar posada encima de ese caballo, a pena de traidor, o que en este año yo no hubiese en otro.

Beltenebros dijo:

—Buen señor, eso es lo que yo dudo y por eso dejo yo mi camino.

Todos ellos comenzaron a decir:

—¡Oh, Santa María, val!, qué medroso caballero.

Mas por esto no dio ninguna cosa y fuese su vía, y llegando a un vado del rio que quería pasar oyó que le decían:

—Atended, caballero.

Y él mirando quién sería, vio una doncella muy bien guarnida en un hermoso palafrén, y llegando a él le dijo:

—Señor caballero, en aquella tierra está Leonoreta, la hija del rey Lisuarte, y ella y todas las doncellas os mandan rogar que mantengáis la justa a aquellos caballeros, y esto que lo hagáis por su amor, en cuanto más sois obligado al ruego de ellas que al suyo de ellos.

—¿Cómo —dijo él—, la hija del rey es aquélla que allí está?

—Señor, sí —dijo ella.

—Pésame —dijo él— de haber enemistad con sus caballeros, que antes la querría servir, mas pues que lo manda hacer, lo he por pleito, que los caballeros no me demanden más de justar.

La doncella se fue con la respuesta y Beltenebros tomó sus armas, y tornando contra las tiendas, halló un campo llano y bueno y allí atendió, y no tardó mucho que vio venir al caballero que le dijera que le no dejaría ir en el caballo si con él justase, que bien había en él parado mientes y plúgole mucho que aquél fuese el primero, y llegando más cerca dejaron correr los caballos contra sí cuanto más recio pudieron y el caballero quebrantó su lanza y Beltenebros lo hirió tan duramente que lo lanzó de la silla rodando por el campo y mandó tomar a Enil el caballo, y el caballero quedó así quebrantado de la caída, que no sabía de sí parte y acordó, gimiendo y revolviéndose por el campo, como aquél que tenía tres costillas y una cadera quebrada. Beltenebros dijo:

—Señor caballero, si vuestra palabra es verdadera, de aquí a un año no caeréis otra vegada del caballo, que así lo prometisteis si el mío no ganaseis.

Y estando en esto vio que venía otro caballero a la justa, dando voces que de él se guardase, y Beltenebros le dejó correr a él y derribólo como al primero, y así lo hizo al tercero y al cuarto, y en aquél quebró la lanza, mas el caballero quedó mal llagado, que la lanza le quebró el escudo y el brazo, y de todos hizo tomar los caballos y atarlos a las ramas de los árboles, y desde que hubo derribado aquellos cuatro caballeros quísose ir y vio venir otro caballero a guisa de justar y traía un escudero con cuatro lanzas, y díjole:

—Señor caballero, Leonoreta os envía estas lanzas y mándaos decir que hagáis con ellas lo que debéis con los caballeros que quedan, pues que a sus compañeros derribasteis.

Beltenebros dijo:

—Por amor de Leonoreta, que es hija de tan buen rey, haré lo que me mandare, mas por los caballeros dígoos que no haría ninguna cosa, que los tengo por muy desmesurados en hacer que los caballeros que van su camino se combatan contra su voluntad.

Y tomando una lanza se dejó ir al caballero y derribóle como a los otros todos, salvo el que a la postre vino, que justó con él dos veces y quebró en él dos lanzas, que le pudo mover de la silla, mas a la otra derribóle como a los otros, y si alguno preguntase quién sería éste, digo que ni Corazón el de la Puente Medrosa, que a la sazón era uno de los buenos justadores del señorío de Gran Bretaña.

Acabadas estas justas por Beltenebros, como habéis oído, envió todos los caballos que de los caballeros ganó a Leonoreta y mandó que le dijesen que mandase a sus caballeros que fuesen más corteses contra los que por el camino pasasen, o que justasen mejor, que tal caballero ende podría venir que los haría ir a pie, Y los caballeros estaban tan avergonzados de lo que les aconteciera, que no respondieron ninguna cosa y maravillándose en ser así derribados por un solo caballero, y no podían pensar quién fuese que nunca vieran caballero que trajese tales señales en las armas. Nicorán dijo:

—Si Amadís vivo fuese y sano, verdaderamente diría yo que éste era, que no siento otro caballero que así de nosotros se partiese.

—Ciertamente —dijo Galiceo—, no debe ser él, que alguno de nos lo conoceríamos, cuanto más que él no quisiese justar, pues que a todos nos conocía por sus amigos.

Giontes, el sobrino del rey que allí estaba, dijo:

—Así a Dios pluguiese que fuese Amadís, por bien empleada daríamos nuestra vergüenza; mas cualquiera que él sea. Dios le dé buena ventura por doquier que vaya, que mucho ha guisa de bueno ganó nuestros caballos y como bueno nos los envió.

—Maldito vaya —dijo Lasamor—, que cuanto yo con mal ando quebradas las costillas y la cadera, mas la culpa mía es, que fui el demandador más ningún otro de mi daño.

Y éste fue el primero de la justa.

Beltenebros se partió de ellos muy alegre de cómo la aviniera, y fuese por su camino hablando con Enil e iba mirando la lanza que le quedara, que le parecía muy buena, y con el gran calor que hacia y con el justar había gran sed; siendo de allí alongado cuanto un cuarto de legua vio una ermita cubierta de árboles, y así por hacer en ella oración como por beber del agua, se fue a ella y vio a la puerta tres palafrenes de doncellas ensillados y otros dos de escuderos. Él descendió de su caballo y entró dentro, mas no vio a ninguno e hizo su oración encomendándose a Dios y la Virgen María muy de corazón, y saliendo de la ermita vio tres doncellas debajo de unos árboles a una fuente y los escuderos con ellas, y él llegó a beber del agua, mas no conoció ninguna de ellas, y dijéronle:

—Caballero, ¿sois de la casa del rey Lisuarte?

—Buenas doncellas —dijo él—, querría yo ser tal caballero que me quisiesen en su compañía, mas vosotras, ¿dónde vais?

—A Miraflores —dijeron ellas—, a ver una nuestra tía que es abadesa de un monasterio y por ver a Oriana, hija del rey Lisuarte, y acordamos de holgar aquí hasta que el calor pase.

—En el nombre de Dios —dijo él— que yo os haré compañía hasta tanto que sea tiempo de andar.

Y preguntóles cómo había nombre aquella fuente.

—No sabemos —dijeron ellas—, ni de otra ninguna que en esta floresta haya, sino de aquélla que en aquel valle está, cabe aquellos grandes árboles, que se llama la Fuente de los Tres Caños.

Y mostráronle el valle que cerca de allí estaba, pero mejor lo sabía él, que muchas veces por allí anduviera a caza y aquella fuente quería él por señal donde Enil viniese, que lo quería partir de sí en tanto que iba a ver a su señora.

Pues estando hablando como oís, no tardó mucho que vieron venir por el mismo camino que Beltenebros viniera una carreta que doce palafrenes tiraban y dos enanos encima de ella que la guiaban, en la cual vieron muchos caballeros armados y en cadenas metidos y sus escudos en las varas colgados, y entre ellos doncellas y niñas hermosas que muy grandes gritos daban, y delante de la carreta venía un gigante tan grande que muy espantable cosa era de ver encima de un caballo negro y armado de unas hojas muy fuertes y un yelmo que mucho relucía, y traía en su mano un venablo que en el hierro había una gran brazada, y en pos de la carreta venía otro gigante que muy más espantable y más grande que el primero parecía. Las doncellas se quedaron todas espantadas y se escondieron entre los árboles del gran miedo y espanto que hubieron, y el gigante, que delante venía, volvióse a los enanos y dijoles:

—Yo os haré mil pedazos si no guardáis que esas niñas derramen su sangre, porque con ella tengo yo de hacer sacrificio al mi Dios en que adoro.

Cuando esto oyó Beltenebros conoció ser aquél Famongomadán, que tal costumbre era la suya, que de ella jamás partirse quería de degollar muchas doncellas delante de un ídolo que en el Lago Ferviente tenía, por consejo y habla del cual se guiaba en todas sus cosas, y con aquel sacrificio le tenía contento, como aquél que siendo el enemigo malo con tan gran maldad había de ser satisfecho. Y comoquiera que en su voluntad tuviese puesto de se combatir con él, por lo que de Oriana dijera, no le quisiera encontrar aquella hora hasta haber pasado aquella noche con su señora Oriana, como estaba concertado, y también porque quedara de la justa de los diez caballeros muy quebrantado.

Mas conociendo los caballeros que en la carreta venían y a Leonoreta y sus doncellas con ellos, hubo gran duelo de los ver y más del pesar que su señora habría si tal desventura por aquélla su hermana pasase, que parece ser que partiéndose el día de la justa, que ya oísteis, dejando aquellos caballeros maltrechos, a poco rato llegaron aquellos dos gigantes, padre e hijo, que al rey Lisuarte desafiado tenían. Y tomándolos a todos y a todas, los pusieron, como oísteis, en aquella carreta que consigo traían para llevar los presos que haber pudiesen; y cabalgando luego en su caballo demandó a Enil que le diese las armas. Mas él le dijo:

—¿Para qué las queréis? Dejad primero pasar estos diablos que aquí vienen.

—Dámelas —dijo Beltenebros—, que antes que pasen quiero tentar la misericordia de Dios si le placerá que por mí sea quitada tan gran fuerza que estos sus enemigos hacen.

—¡Oh, señor! —dijo él—, ¿por qué queréis haber mal gozo de vuestra juventud, que si aquí se hallasen los mejores veinte caballeros que el rey Lisuarte tiene, no osarían esto acometer?

—No te cures —dijo él—, que si ante mí dejase tal cosa pasar sin hacer todo lo que puedo, no sería para aparecer ante hombres buenos, y verás mi aventura qué tal será.

Enil le dio las armas, llorando muy fuertemente. Beltenebros descendió por un recuesto ayuso contra el gigante, y antes que a él llegase miró el lugar donde Miraflores era, y dijo:

—¡Oh, mi señora Oriana!, nunca comencé yo gran hecho en mi esfuerzo donde quiera que me hallase, sino en el vuestro, y ahora, mi buena señora, me acorred, pues que es tanto menester.

Con esto le pareció que le vino tan gran esfuerzo que perderle hizo todo pavor, y dijo a los enanos que estuviesen quedos. Cuando esto oyó el gigante tornó contra él con gran saña, que el humo le salía por el visal del yelmo y meneaba el venablo en la mano, que todo lo hacía doblar, y dijo:

—¡Cautivo sin ventura!, ¿quién te puso tal osadía que ante mí osases aparecer?

—Aquel Señor —dijo Beltenebros— a quien tú ofendes, que me dará hoy esfuerzo con que tu gran soberbia quebrada sea.

—Pues llégate, llégate —dijo el gigante— y verás si tu poder basta para te defender del mío.

Beltenebros apretó la lanza so el brazo, y al más correr de su caballo fue contra él, y encontróle en las fuertes hojas, debajo de la cinta tan reciamente que por fuerza le quebrantó las lamas y entró la lanza por la barriga, que le pasó de la otra parte, y fue el encuentro tan fuerte, que topando en los arzones de la silla hizo las cinchas quebrantar, así que trastornó la silla con él debajo del caballo y al gigante quedó un trozo de la lanza metido en el cuerpo, pero antes que cayese se tiró el venablo y diole por la aguja del caballo y salió entre las piernas, y Beltenebros salió de él lo más presto que pudo y puso mano a su espada; mas el gigante era herido de muerte y traíalo el caballo arrastrando debajo de sí, gran daño suyo; mas con la fuerza que él tenía luego salía de él y quitando el trozo de la lanza lo arrojó a Beltenebros y diole con él tal golpe en el yelmo a vueltas del escudo que lo hubiera derribado en tierra, y con la fuerza que en esto puso saliéronsele todo lo más de las tripas por la herida y cayó en el suelo dando voces diciendo:

—Acorred, mi hijo Basagante, y llega, que muerto soy.

A estas voces llegó Basagante al más correr de su caballo, y traía una hacha de acero muy pesada y fue a Beltenebros por le dar con ella que pensó hacerle dos pedazos; mas con la su grande ardideza guardóse del golpe, y al pasar quísole herir el caballo y no pudo, y alcanzóle con la punta de la espada y cortóle el arzón y la mitad de la pierna, y el gigante, con la gran saña, no lo sintió, aunque él halló menos estribo, y tornó contra él, y Beltenebros quitara el escudo del cuello tendiéndole por las embrazaduras, y diole con la hacha en él tan gran golpe que se lo derribó en tierra, y Beltenebros le dio con la espada en el brazo y cortóle la loriga y en la carne, y corrió la espada hasta abajo por las hojas, que eran de fino acero, y quebrantóla de manera que otra cosa, si la empuñadura no, no le quedó, mas por esto no se desmayó ni perdió él su gran corazón, antes, como vio que el gigante pugnaba por sacar el hacha del escudo y no podía, fue cuanto más pudo y trabó de ella, y su buena dicha, que así lo guió, en estar él a la parte donde el estribo saltaba y tirando el uno y el otro trastornóse al gigante y su caballo salió recio, así que dio con él en tierra y el hacha quedó en las manos de Beltenebros. El gigante se levantó con gran afán y sacó una espada que traía muy grande, y queriendo ir contra Beltenebros no pudo por los nervios que de la pierna cortados tenía, e hincó la una rodilla en el suelo y Beltenebros le dio con la hacha por encima del yelmo un tan gran golpe, que por fuerza se le quebrantaron todos los lazos, e hízoselo saltar de la. cabeza, y Basagante, que tan cerca lo vio, pensóle cortar la cabeza, mas hirióle en lo alto del yelmo, así que le cortó la corona a cercén y los cabellos a vueltas sin le llegar a la carne, y Beltenebros se tiró afuera, y el yelmo, que no tenía en qué se sufrir, cayósele sobre los hombros y la espada de Basagante dio en tierra en unas piedras y fue quebrada por medio. Los que miraban cuidaron que la media cabeza le cortara, e hicieron muy grande duelo, especialmente Leonoreta con sus niñas y doncellas, que de rodillas en la carreta estaban, alzadas las manos al cielo, rogando a Dios que de aquel peligro las librase, mesaron sus cabellos y dieron muy grandes gritos y voces llamando a la Virgen María; mas Beltenebros, quitándose el yelmo y tentándose con la mano la cabeza por ver si era de muerte herido, y no sintiendo nada, fue con la hacha contra, el gigante, y aunque él era muy fuerte cuando así le vio venir, enflaquecióle el corazón que no se pudo guardar y diole un tal golpe por cima de la cabeza, que la una oreja con la quijada le derribó en tierra. El gigante le dio con la media espada y cortóle un poco en la pierna, y cayó a la otra parte revolviéndose por el campo con la cuita de la muerte. A esta razón Famongomadán se había quitado el yelmo de la cabeza y ponía las manos en las heridas por detener la sangre, y cuando vio su hijo muerto comenzó a blasfemar de Dios y de Santa María su madre, diciendo que no le pesaba morir sino porque no había destruido sus iglesias y monasterios porque consentían que él y su hijo fuesen vencidos y muertos por un solo caballero, que no lo esperaban ser por ciento.

Beltenebros hincó los hinojos en tierra dando gracias a Dios por la merced grande que le hizo, y dijo a Famongomadán:

—Desesperado de Dios y de la su bendita Madre, ahora padecerás las grandes crudezas tuyas —e hízole quitar las manos de la herida y dijo:

—Ruega al tu ídolo que por cuanta sangre inocente que le ofreciste, que te guarde no salga esa que la vida te quita.

El gigante no hacía sino maldecir a Dios y a sus santos, y Beltenebros sacó el venablo del caballo y metióselo por la boca, así que bien un palmo le pasó de la otra parte, que entró por el suelo, y tomó el yelmo de Basagante y púsolo en su cabeza porque le no conociesen, y cabalgando en el caballo de Famongomadán, que Enil le diera, se fue a la carreta, y los caballeros y doncellas y niñas se humillaron agradeciéndole mucho el socorro que les había hecho. Mas él los hizo sacar de las cadenas y rogóles que cabalgasen en sus caballos, que allí trabados venían, y que llevasen en la carreta aquellos dos gigantes, y a Leonoreta y sus doncellas en los palafrenes que los sus escuderos, que también presos venían, traían, y los diesen al rey Lisuarte de parte de un caballero extraño que se llamaba Beltenebros que servirle deseaba, y le contasen la razón porque los matara, y rogóles que de su parte le diesen el caballo de Basagante, que muy grande y hermoso era, en que entrase en la batalla que con el rey Cildadán aplazada tenía. Los caballeros con mucho placer hicieron su mandato y pusieron en la carreta los gigantes que, comoquiera que ella grande fuese, llevaban de las rodillas abajo colgadas las piernas, tan grandes eran, y Leonoreta y las niñas doncellas hicieron de las flores de la floresta guirnaldas, y en sus cabezas puestas con mucha alegría, riendo y cantando se fueron a Londres, donde todos fueron maravillados cuando de tal guisa los vieron entrar por la villa y de ver tan desemejada cosa como los gigantes eran. Cuando el rey supo el gran peligro de su hija y cómo Beltenebros la librara con tan gran afrenta y peligro, y habiendo ya llegado allí don Cuadragante, presentándose como quien era vencido ante él de parte de Beltenebros, mucho fue maravillado quién sería aquel caballero que nuevamente con extrañas cosas en armas sobre todos los otros en su tierra había aportado, y estúvolo loando una gran pieza preguntando a todos si alguno lo conociese, mas no hubo quien de él supiese decir otras nuevas sino cómo Corisanda, amiga de don Florestán, había dicho que en la Peña Pobre hallara un caballero doliente que Beltenebros se llamaba.

—Ahora pluguiese a Dios —dijo el rey— que tal hombre fuese entre nos, que no lo dejaría por cosa que él me demandase y yo cumplir pudiese.

Capítulo 56. De cómo Beltenebros, acabadas las dichas aventuras, se fue para la Fuente de los Tres Caños, de donde concertó la ida para Miraflores, donde su señora Oriana estaba, y de cómo un caballero extraño trajo unas joyas de pruebas de leales amadores a la corte del rey y Amadís concertó con su señora Oriana que ambos fuesen, desconocidos, a las probar

Beltenebros, con mucho placer de su ánimo por haber acabado una tal afrenta y, despedido de las doncellas y caballeros, se tornó a las otras doncellas, que a la fuente hallara, que ya salidas de entre los árboles para él se venían, y mandó a Enil que a Londres se fuese a ver a Gandalín, su primo, y le hiciese hacer otras tales armas como en aquellas batallas trajera, que todas eran rotas sin que alguna defensa en ellas hubiese, y le comprase una buena espada y en cabo de ocho días se viniese a él a aquella Fuente de los Tres Caños, que allí lo hallaría. Él se despidió de ellas y metióse por lo más espeso de la floresta, y Enil se fue a cumplir su mandado, y las doncellas a Miraflores, donde contando a Oriana y a Mabilia lo que habían visto y diciéndoles cómo un caballero que Beltenebros se llamaba lo había todo reparado. Su placer y alegría fue sin comparación sabiendo ya cómo Beltenebros era tan cerca de ellas con tanta honra y prez de su persona cual otro ninguno alcanzar podía.

Beltenebros, metido por la floresta, como oís, fuese acostado a la parte, de Miraflores y halló una ribera que debajo de los grandes árboles corría, y porque aún era temprano apeóse del caballo y dejólo pacer la verde hierba, y quitándose el yelmo se lavó el rostro y las manos y bebió agua, y sentóse pensando en las movibles cosas del mundo, trayendo a su memoria la gran desesperación en que fuera y cómo de su propia voluntad la muerte muchas veces había demandado, no esperando ningún remedio a su gran cuita y dolor, y que Dios, más por la su misericordia que por sus merecimientos, lo había todo remediado, no solamente en le dejar como antes estaba, mas con mucha más gloria y fama que nunca lo fue y sobre todo ser tan cerca de ver y gozar aquélla su muy amada señora Oriana, por quien su corazón ausente se hallando en gran tristura y tribulación era puesto, lo cual le trajo a conocer qué poca fucia los hombres en este mundo deberían tener en aquellas cosas tras que mueren y trabajan, poniendo en ellas tanta afición y tanto amor, no teniendo en sus memorias cuán presto se ganan y se pierden, olvidando el servicio de aquel Señor en todo poderoso que las da y firme las puede hacer. Y cuando más a su pensar seguras las tienen, entonces les son con grande angustia de sus ánimos quitadas, y algunas veces las vidas no se partiendo las ánimas de ellas, mas con mucha seguridad de su salvación. Y muchas veces, siendo así perdidas sin esperanza ninguna de ser recobradas, aquel Señor del mundo las torna como con él lo había hecho, dando a entender que ni en las unas ni en las otras ninguno fiarse debe, sino que haciendo lo que son obligados, las dejen en aquél que sin ninguna contradicción las manda y señorea, como aquél que sin su mano ninguna cosa hacerse puede.

¡Oh, los que con tantas maneras mañosas adquirís haciendas, cuánto y con cuánta diligencia mirar deberíais que las haciendas ganadas, perdidas para siempre las ánimas, cuán poco las tales haciendas prestan para poderos conservar de la perpetua pena, que la justicia de aquel eterno Dios aparejada a los tales tiene!

En éstas y otras cosas estaba trastornando y revolviendo en su memoria, muy elevado. Así estuvo Beltenebros pensando cabe aquella ribera, contemplando en su voluntad la gloría y soberbia que de aquellas venturas tan grandes, que en un solo día acabara, ocurrían, considerando que otro tan pequeño espacio de tiempo la fortuna le podría aquella grande alegría tornar en lloro, así como a otros muchos que en este mundo grandes y buenas venturas alcanzaron, lo había hecho, y venida la noche, cabalgó en su caballo y fuese al castillo de Miraflores, aquella parte de la huerta donde halló a Gandalín y a Durín que le tomaron el caballo. Y Oriana y Mabilia y la doncella de Dinamarca estaban encima de la pared y con ayuda de los escuderos, y ellas dándoles las manos, subió suso donde estaban y tomó a su señora entre sus brazos.

Mas quién sería aquél que baste a recontar los amorosos abrazos, los besos dulces, las lágrimas que boca con boca allí en una fueron mezcladas. Por cierto no otro sino aquél que siendo sojuzgado de aquella misma pasión y en las semejantes llamas encendido, el corazón atormentado de aquellas amorosas llagas pudiese de él sacar aquélla que los ya resfriados, perdida la verdura de la juventud, alcanzar no pueden. Así que a este tal remitiéndome, se dejará de lo contar por más extenso.

Pues estando abrazados sin memoria tener de sí ni de otra cosa, Mabilia, como si de algún pesado sueño los despertase, tomándolos consigo los llevó al castillo. Allí fue Beltenebros aposentado en la cámara de Oriana, donde según las cosas pasadas que ya habéis oído se puede creer que para él muy más agradable le sería que el mismo paraíso. Así estuvo con su señora ocho días, los cuales, si las noches no, todos los tenían en un patio donde los hermosos árboles que os contamos estaban fuera de sus memorias con el sabroso placer y todas las cosas que en el mundo decir y hacerse pudiesen. Allí venía muchas veces Gandalín, de quien todas las nuevas de la corte sabía, el cual tenía en su posada a Enil, su primo, haciendo hacer las armas que Beltenebros le mandara.

El rey Lisuarte mucho dudaba la batalla que con el rey Cildadán había de haber, sabiendo la brava y esquiva gente de gigantes, y procuraba mucho de aparejar como a su honra la pasase, y tenía allí en Londres consigo a don Florestán y Agrajes y Galvanes Sin Tierra, que entonces llegara y otros muchos caballeros de gran cuenta. Mucho hablaban todos en los grandes hechos de Beltenebros, y muchos decían que en gran parte pasaban a los de Amadís y de esto pesaba tanto a don Galaor y Florestán su hermano, que si no fuera por la palabra que al rey dado tenían de no se poner en ninguna afrenta hasta que la batalla pasase ya le hubiera buscado y combatido con él, tanta ira y saña que de muerte de él y de ellos no se pudiera excusar y por dicho se tenían que si de la batalla vivos saliesen, de no se entremeter en otro pleito, sino en lo buscar, mas esto no lo hablaban sino entre sí.

Pues estando el rey un día en su palacio hablando con sus caballeros, entró por la puerta un escudero viejo y con él otros dos escuderos, vestidos todos tres de un paño, y venia trasquilado y las orejas parecían grandes y los cabellos blancos. Él se fue al rey e hincando los hinojos ante él le saludó en lenguaje griego, donde era natural, y díjole:

—Señor, la gran fama que por el mundo corre de los caballeros y dueñas y doncellas de vuestra corte, me dio causa de esta venida por ver si entre ellos y ellas hallare lo que sesenta años ha que busco por todas partes del mundo, sin que de mi gran trabajo ningún fruto alcanzase. Y si tú, noble rey, tienes por bien que aquí una prueba se haga que no será de tu daño ni mengua, decírtela he.

Los caballeros, con sabor de ver qué sería, rogaron muy ahincadamente al rey que se lo otorgase y el que así como ellos gana lo había, túvolo por bien. Entonces el escudero viejo tomó en sus manos una arqueta de jaspe tan larga como tres codos y un palmo en anchura, y las tablas había pegadas con chapas de oro, y abriéndola sacó de ella una espada, la más extraña que nunca se vio, que la vaina de ella era de dos tablas verdes como color de esmeralda y eran de hueso, tan claras, que la hoja de la espada se parecía dentro; mas no tal como de las otras, que la media se mostraba tan clara y limpia que más no lo podía ser, y la otra mitad tan ardiente y bermeja como un fuego. El guarnimiento de ella y la cinta en que andaba, todo era del mismo hueso de la vaina, hecha en muchos pedazos juntados con tornillos de oro, de guisa que muy bien como otra cinta se podía ceñir. El escudero la echó a su cuello y sacó de la arqueta un tocado de unas muy hermosas flores, la mitad tan hermosas y verdes y de tan vivo color, como si entonces del nacimiento de ellas se cortaran, y la otra media de flores tan secas que no parecía sino que llegando a ellas se habían de deshacer. El rey le preguntó que por qué razón saliendo aquellas flores de un ramo eran tan diversas, las unas tan frescas y las otras tan secas y la espada tan extraña como parecía.

—Rey —dijo el escudero—, esta espada no la puede sacar de la vaina sino el caballero que más que ninguno en el mundo a su amiga amare, y cuando en la mano de éste tal fuere, la mitad que ahora arde será tornada tan limpia y clara como la otra media que parece, y así la hoja parecerá de una manera y este tocado de estas flores que veis, si acaeciese ser puesto en la cabeza de la dueña o doncella que a su marido o amigo en aquel grado que el caballero amare, luego las flores secas serán tan verdes y hermosas como las otras, sin que ninguna diferencia haya, y sabed que yo no puedo ser caballero, sino de la mano de aquel leal amador que la espada sacare, ni tomar espada sino de la que el tocado de las flores ganar pudiere. Y por esto, buen rey, soy a vuestra corte venido en cabo de sesenta años, que en esta demanda he andado pensando que así como en todos ellos nunca corte de emperador ni rey en honra y fama a la vuestra igualar se puede, como así en ella se hallará aquello que hasta muy en ellas, comoquiera que todas las he visitado, no se ha podido hallar.

—Ahora me decid —dijo el rey— cómo este fuego tan vivo de esta espada no quema la vaina.

—Eso os diré —dijo el escudero de grado—. Sabed, rey, que entre Tartaria e India hay un mar tan caliente que hierve así como el agua sobre el fuego; es todo verde, y dentro de aquel mar se cría unas serpientes mayores que cocodrilos y tienen alas con que vuelan y son tan emponzoñadas que las gentes huyen de ellas con temor, pero algunas veces que muertas las hallan précianlas mucho, que son muy provechosas para medicinas, y estas serpientes tienen un hueso desde la cabeza hasta la cola, y es tan grueso que sobre él es formado todo el cuerpo, así tan verde como aquí lo veis en la vaina y su guarnimiento, y porque fue criado en aquella mar hirviente ningún otro fuego lo puede quemar. Ahora os digo, del tocado de las flores, que son de árboles que hay en tierra de Tartaria, en una Ínsula metida quince millas en la mar, y no son más de dos árboles, ni se sabe que en ninguna parte haya más, y hácese allí, en aquella mar, un remolino tan bravo y tan peligroso que dudan los hombres de pasar a tomarlas, mas algunos que se aventuran y las traen, véndenlas como quieren, porque si guardadas son, nunca esta verdura y viveza de ellas desaparece; y pues que la razón de lo uno y otro os he contado, quiero que sepáis por qué ando así, y quién soy. Sabed que yo soy sobrino del mejor hombre que en su tiempo hubo, que se llamó Apolidón y moró gran temporada en esta vuestra tierra, en la Ínsula Firme, donde dejó muchos encantamientos y maravillosas cosas, como a todo el mundo es notorio; y mi padre fue el rey Ganor, su hermano, a quien él dejó el reino, y de aquel Ganor y de una hija del rey de Canonia, fui yo engendrado, y siendo ya en edad de ser caballero, como de mi madre muy amado fuese, demandóme que le otorgase un don, que pues yo había sido hecho en gran amor que entre ella y mi padre fuera, que no fuese caballero sino de mano del más leal amador que en el mundo fuese, ni tomase la espada sino de la dueña o doncella que en aquel grado amase, y se lo otorgué, pensando que no tardaría más de lo cumplir de cuanto en la presencia de Apolidón, mi tío, y de Grimanesa, su amiga, fuese, mas de otra guisa me avino que, cuando ante él fui, hallé a Grimanesa muerta, y sabida por Apolidón la causa de mi venida hubo gran mancilla de mí, porque la costumbre de aquella tierra es tal, que no siendo caballero no puedo reinar en aquel señorío que de derecho me viene. Así que no me pudiendo dar remedio por el presente, mandóme que dentro en un año volviese a él, en cabo del cual me dio esta espada y tocado, diciendo que la simpleza que había hecho en prometer tal don la remediase con el trabajo en buscar el caballero y la mujer, que acabando estas dos aventuras acabase yo mi promesa; así que, buen rey, esta es la causa de mi demanda. Parezca la vuestra nobleza que ninguno faltó, probando vos la espada, y todo vuestros caballeros y la reina con sus dueñas y doncellas el tocado de las flores, y si tales se hallaren que lo acabar puedan, las joyas serán suyas y el provecho y descanso mío, llevando vos la honra más que ninguno otro príncipe, en se hallar en vuestra corte lo que en las suyas fallece.

Cuando el escudero viejo hubo su razón acabado, todos los caballeros que con el rey eran le rogaron muy ahincadamente que mandase hacer la prueba, mas él, que asimismo lo quería, otorgólo y dijo al escudero que por cuanto hasta el día de Santiago no había más de cinco días, y aquel día habían de ser con él muchos caballeros por quien había enviado, que hasta entonces atendiese, porque siendo más número de gente, mas aína se podría hallar lo que buscaba. Él lo tuvo por bien.

Gandalín, que a la sazón en la corte era y oyó todo esto que el escudero dijo y lo que el rey respondió, cabalgando en su caballo se fue a Miraflores, y con achaque de ver a Mabilia entró en el patio de los hermosos árboles, donde jugando al ajedrez halló a Beltenebros con Oriana, y díjoles:

—Buenos señores, extrañas nuevas os traigo que llegaron hoy a la corte.

Entonces les contó todo lo de la espada y tocado de las flores y la razón porque el escudero viejo lo traía y cómo el rey le había otorgado que se haría la prueba de ello, así suso se os ha dicho. Oído esto por Beltenebros, bajó la cabeza y fue puesto en un pensar, de tal guisa que en ál no miraba, que al parecer de Oriana y Mabilia y Gandalín todas las cosas del mundo le faltaban. Y así estuvo por una pieza, tanto que Mabilia y Gandalín se salieron fuera. Y como él acordó, preguntóle Oriana qué causara aquél su tan gran pensamiento; él le dijo:

—Mi señora, si por Dios y por voz en efecto se pudiese poner mi pensar, haríaisme muy alegre por todos tiempos.

—Mi buen amigo —dijo ella—, quien os ha hecho señor de la persona, todo lo ál será liviano de cumplir.

Él la tomó por las manos y besóselas muchas veces, y dijo:

—Señora, lo que yo pensaba es que ganando, vos y yo, aquellas dos joyas, nuestros corazones quedarían para siempre en gran holganza, siendo de ellos apartadas todas las dudas de que tan atormentados han sido.

—¿Cómo se podría eso hacer —dijo Oriana—, sin que a mí fuese gran vergüenza y mayor el peligro, y a estas doncellas que nuestros amores saben?

—Muy bien se hará —dijo Beltenebros—, que yo os llevaré tan encubierta y con tanta seguridad del rey vuestro padre para que conocidos nos seamos como si fuésemos delante la más extraña gente que de nos ningún conocimiento no tuviese.

—Pues si eso es así —dijo ella—, cúmplase vuestra voluntad y Dios mande que sea por bien, que yo no dudo de traer el tocado de las flores, si por demasiado amor ganarse puede.

Beltenebros le dijo:

—Yo ganaré seguro de vuestro padre, que no me será demandada cosa contra mi voluntad e iré armado de todas armas, y vos, señora, llevaréis una capa abrochada y antifaces delante del rostro, de guisa que a todos podáis y ninguno a vos. Y de esta forma iremos y vendremos sin que se pueda saber quién somos.

—Mi buen amigo —dijo Oriana—, bien me parece lo que decís, y llamemos a Mabilia, que sin su consejo no me atrevería otorgar tan gran cosa.

Entonces la llamaron y a la doncella de Dinamarca y a Gandalín, que con ella estaba, y dijéronle aquel concierto, y comoquiera que el peligro muy grande se les representaba, conociendo ser aquélla su voluntad, no la contradijeron, antes Mabilia les dijo:

—La reina mi madre me envió con los otros dones que la doncella de Dinamarca me trajo, una capa muy hermosa y bien hecha, que nunca se vistió ni se ha visto en toda esta tierra, y aquélla será para que vos, señora, llevéis.

Y luego la trajeron ende y metieron a Oriana en una cámara, y vistiéndola de la forma que había de ir con sus lúas en las manos y sus antifaces, la trajeron delante Beltenebros, y por mucho que él y ellas la miraran a todas partes, nunca pudieron hallar cosa por donde conocida de ellos ni de ningún otro ser pudiese, y dijo Beltenebros:

—Nunca pensé, señora, que tan alegre fuera de vos no ver ni conocer.

Y mandó luego a Gandalín que fuese por aquella comarca y comprando el más hermoso palafrén que haber pudiese lo trajese el día de la prueba allí, a la pared de la huerta, tanto que la medianoche pasase. Y asimismo mandó a Durín que desde que noche fuese le esperase con su caballo en aquel lugar por donde en la huerta había entrado, porque esa noche se quería ir a la Fuente de los Tres Caños y enviar a Enil, su escudero, por el seguro al rey, y tomar las armas que le traía. Finalmente, venida la hora, él salió de la huerta y cabalgando en su caballo solo se fue por la floresta que bien él sabía, como aquél que muchas veces por ellas a caza anduviera, y siendo ya el día, hallóse junto con la fuente, y no tardó que vio venir a Enil con las armas muy bien hechas y hermosas, de que hubo gran placer, y preguntóle por nuevas de la corte, y él dijo cómo el rey y todos los suyos hablaban mucho en la su grande bondad y quísole contar lo de su espada y del tocado de las flores, mas Beltenebros le dijo:

—Eso bien ha tres días que lo sé de una doncella, por pleito que la llevase a lo probar muy encubiertamente, y a mí conviene así lo haga, y con ella vaya yo desconocido y probaré la espada, y porque, como tú sabes, mi voluntad es no me dar a conocer al rey ni a otro ninguno hasta que mis obras lo merezcan, volverte has luego y dirás al rey que si me da seguranza a mí y a una doncella que llevaré, que no nos será hecha contra nuestra voluntad ninguna cosa, que iremos a la prueba de esa aventura, y dirás ante la reina y sus dueñas y doncellas de la manera que la doncella me hace ahí venir contra mi voluntad, mas que no puedo ál hacer, que se lo prometí. Y el día que la prueba se hubiera de hacer, vente a este lugar a la luz del alba, porque la doncella sepa si traes la seguranza o no, y en tanto tornarme he de ella para la traer, que lejos de aquí mora.

Enil le dijo que así lo haría, y dándole las armas se fue a cumplir su mandado. Beltenebros se fue a la ribera que ya oísteis, y allí estuvo hasta la noche y luego partió para Miraflores, y cuando llegó halló a Durín que le tomó el caballo y él se fue a la entrada de la huerta donde vio estar a su señora Oriana y a las otras, que muy bien lo recibieron, y dándoles sus armas, subió suso. Mabilia le dijo:

—¿Qué es eso, señor primo: más rico venís que de aquí partisteis?

—¿No lo entendéis? —dijo Oriana—. Sabed que fue a buscar armas con que de esta prisión pueda salir.

—Verdad es —dijo Mabilia—; menester es que hayáis consejo, pues que habéis de combatir con él.

Así se fueron al castillo con mucho placer, donde de comer le dieron, que en todo el día no comiera por no ser descubierto.

Capítulo 57. De cómo Beltenebros y Oriana enviaron la doncella de Dinamarca para saber la respuesta de la corte que del seguro habían enviado a demandar al rey, y de cómo fueron a la prueba

A la doncella de Dinamarca mandaron otro día que se fuese a Londres y supiese qué respuesta daba el rey a Enil, y que dijese a la reina y a todas las dueñas y doncellas que Oriana se había sentido mal y que no se levantaba. La doncella fue luego a recaudar su mandado y no tornó hasta bien tarde, y su tardanza fue porque el rey salió a recibir a la reina Briolanja, que allí era venida, y que traía cien caballeros para que buscasen a Amadís, como sus hermanos los partiesen. Y traía veinte doncellas vestidas de paños negros como ella los trae, y que no los dejará hasta que sepa nuevas de él; que en otros tales la halló cuando reinar la hizo y que allí quiere estar con la reina hasta que sus caballeros tornen y sepan nuevas de Amadís. Entonces, Oriana le dijo:

—¿Paréceos tan hermosa como dicen?

—Así Dios me salve —dijo ella—, dejando a vos, señora, es la más hermosa y apuesta mujer de cuantas yo he visto. Y mucho le pesó cuando por bien lo tuviereis.

—Mucho me placerá con ella —dijo Oriana—, porque es la persona del mundo que más ver deseo.

—Honradla —dijo Beltenebros—, que bien lo merece, comoquiera que vos, señora, alguna cosa pensasteis.

—Buen amigo —dijo ella—, dejemos eso, que estoy segura de no ser mi pensamiento verdadero.

—Pues yo entiendo —dijo él— que lo que al presente tenemos de esta prueba se hará más libre de ello y a mí mucho más sujeto.

—Pues si lo pasado —dijo Oriana— fue con sobrado amor que yo os tengo, aquel tocado de las flores fío en Dios que dará de ello testimonio.

Así mismo les dijo la doncella cómo el rey había otorgado a Enil todo el seguro que le demandó.

En esto y en otras cosas en que habían placer pasaron aquel día y los otros, hasta que la prueba se había de hacer. Y esa noche, antes se levantaron a la medianoche y vistieron a Oriana la capa que ya oísteis y pusiéronle los antifaces ante el rostro, y Beltenebros, armado de aquellas nuevas y recias armas que Enil le trajo, descendiendo por la pared de la puerta, cabalgaron, ella en un palafrén que Gandalín trajo, y él en su caballo, y solos se fueron por la floresta, la vía de la Fuente de los Tres Caños, no con poco temor y miedo de Mabilia y de la doncella de Dinamarca que fuesen conocidos, y aquel gran resplandor de alegría en gran tenebrura no se tornase, mas cuando Oriana así sola se vio con su amigo de noche y en la floresta, hubo tan gran miedo que el cuerpo le temblaba y no podía hablar, y vínole la duda de no acabar aquella aventura, y que su amigo, donde asegurado de sus amores estaba, que le podría ocurrir alguna sospecha y no quisiera por ninguna guisa haberse puesto en aquel camino. Beltenebros, viendo su gran turbación, le dijo:

—Así Dios me salve, señora, si pensara que tanto dudabais esta ida, antes quisiera morir que en ella os haber puesto, y bien será que nos tornemos.

Entonces volvió el caballo y el palafrén donde venían; mas cuando Oriana vio que por ella se estorbaba una tan señalada cosa como lo aquélla era, mudósele el corazón, y díjole:

—Mi buen amigo, no miréis el miedo que como mujer tengo, viéndome en tan extraño lugar para mí, mas a lo que vos, como buen caballero, hacer debéis.

—Mi buena señora —dijo él—, pues que vuestra discreción vence a mi locura, perdonadme, que yo no debería ser osado de decir ni hacer ninguna cosa, salvo aquello que de vuestra voluntad me fuese mandado.

Entonces se fueron como antes, y llegaron a la Fuente de los Tres Caños, antes una hora que el alba viniese, y siendo ya de día claro llegó Enil con que les mucho plugo, y Beltenebros dijo:

—Señora doncella, éste es el escudero que os dije que de mi parte al rey fuese; sepamos lo que trae.

Enil les dijo cómo todo lo traía a su voluntad despachado del rey, y que oyendo misa se comenzaría la prueba. Beltenebros le dio el escudo y la lanza, y no se quitando el yelmo, se fueron por el camino de Londres y anduvieron tanto que entraron la puerta de la villa. Todos los miraban, diciendo:

—Éste es aquel buen caballero Beltenebros que aquí envió a don Cuadragante y a los gigantes; cierto, éste es toda la alteza de las armas. Por bienaventurada se debe tener aquella doncella que en la su guarda viene.

Oriana, que todo esto oía, hacíase lozana en se ver señora de aquél que con su grande esfuerzo a tantos y a tales señoreaba. Así llegaron al palacio del rey, donde él y todos sus caballeros y la reina y sus dueñas y doncellas estaban en una sala juntos para la prueba, y como supieron su venida, salió el rey a los recibir a la entrada de la sala, y como a él llegaron hincaron los hinojos por le besar las manos. El rey no se las dio, y dijo:

—Mi buen amigo, mirad que todo lo que vuestra voluntad fuere haré yo de grado como por aquél que en tan poco tiempo me sirvió mejor que nunca caballero a rey hizo.

Beltenebros se lo agradeció con mucha humildad y no quiso hablar, y se fue con su doncella donde la reina vio estar. A Oriana le tremían las carnes del miedo que hubo en se ver delante su padre y madre, temiendo ser conocida, mas su amigo nunca de la mano la dejó, e hincaron los hinojos ante ella, y la reina los alzó por las manos, y dijo:

—Doncella, yo no sé quién sois, que nunca os vi, mas por los grandes servicios que ese caballero que os trae nos ha hecho, y por lo que vos valéis, a él y a vos haré toda la honra y merced como se le debe.

Beltenebros se lo tuvo en merced, mas Oriana no le respondió ninguna cosa, y tenía la cabeza baja en lugar de humildad. El rey se puso con todos los caballeros a una parte de la sala, y la reina a la otra, con las dueñas y doncellas. Beltenebros dijo al rey que quería estar con su doncella aparte para ser los postreros en aquella aventura probar; el rey lo otorgó. Entonces se fue el rey y tomó la espada que encima de una mesa estaba y sacó una mano de ella y no más. Macandón que así había nombre el escudero de la traía, le dijo:

—Rey, si en vuestra corte no hay otro más enamorado que vos, no iré yo de aquí con lo que deseo.

Y tornó a meter la espada, que así le convenía hacer; cada vez y luego la probó Galaor y no sacó más de tres dedos, y tras él la probaron Florestán y Galvanes y Grumedán y Brandeibas y Ladasín, y ninguno de ellos no sacó tanto como don Florestán, que sacara un palmo. Y luego la probó don Guilán el Cuidador, y sacó la media. Y Macandón le dijo:

—Si dos tantas amarais, ganarais la espada y yo lo que tanto tiempo he buscado.

Y después de él lo probaron más de cien caballeros de muy grande cuenta, y ninguno de ellos no sacaron la espada, y tales hubo que ni poco ni mucho sacaron, y a aquestos decía Macandón que eran herejes de amor. Entonces llegó Agrajes a la probar, y antes que la tomase miró contra donde su señora Olinda estaba y pensó que la espada, según el leal y verdadero amor la tenía, sería suya y sacó tanto de ella que solamente una mano quedó, y pugnó de tirar tanto que lo ardiente de la espada llegó a la ropa y quemóle parte de ella, siendo más alegre por haber más que ninguno de ella sacado la dejó; y se tornó donde estaba, pero antes le dijo Macandón:

—Señor caballero, de cerca os tornasteis de quedar vos alegre y yo satisfecho.

Y luego la probaron Palomir y Dragonís, que un día antes habían a la corte llegado, y sacaron de la espada tanto como don Galaor, y díjoles Macandón:

—Caballeros, sin partís de la espada lo que sacasteis, poco os quedaría con que os defender.

—Verdad decía —dijo Dragonís—; mas si vos, por el cabo de esta prueba os armáis caballero, no seréis tan niño que se os no acuerde.

Todos se rieron de lo que Dragonís dijo, mas ya ninguno quedando en toda la corte de esta aventura probar, levantóse Beltenebros y tomó a su señora por la mano y fuese donde la espada estaba y díjole Macandón:

—Señor caballero extraño, mejor os parecería esta espada que la que traéis, más bien sería en fucia de ella no dejéis esa otra, porque ésta, más por lealtad de corazón que por fuerza de armas, ha de ser conquistada.

Mas él tomó la espada y sacándola toda de la vaina, luego lo ardiente fue tan claro como la otra media, así que toda parecía una. Cuando esto vio Macandón hincó los hinojos ante él, y dijo:

—Oh, buen caballero, Dios te honre, pues que así esta corte has honrado; con mucha razón amado y querido debes ser de aquélla que tú amas, si ella no es la más falsa y la más desmesurada mujer del mundo; quemándote honra de caballería, pues que de si tu mano no de otro alguno haber no la puedo, y darme has tierra y señorío sobre muchos hombres buenos.

—Buen amigo —díjole Beltenebros—, hágase la prueba del tocado y yo haré con vos lo que con derecho debiere.

Entonces santiguó la espada, y dejando la suya a quien la quisiese, la echó a su cuello, y tomando a su señora por la mano se tornó donde antes estaba; mas el loor suyo fue tan grande por todos y todas las que en el palacio estaban de armas y de amores, que a gran saña fueron movidos don Galaor y Florestán, teniendo por gran deshonra que si a su hermano Amadís no, que a otro ninguno en el mundo pusiesen delante de ellos, y luego pensaron que la primera cosa que después de la batalla del rey Lisuarte y del rey Cildadán, si vivos quedasen, sería combatirse con él y morir o dar a todos a conocer la diferencia que de él a su hermano Amadís había.

Acabada la prueba de la espada por Beltenebros, como habéis oído, el rey mandó que la reina y todas las otras que en el palacio estaban probasen el tocado de las flores sin temor que de ello hubiesen, que si dueña la ganase, más amada y querida de su marido sería, y si doncella, que sería gloria para ella ser la más leal de todas. Entonces fue la reina y púsola en su cabeza, mas las flores no hicieron otra mudanza de lo que antes tenían, y díjole Macandón:

—Reina señora, si el rey vuestro marido no ganó mucho en la espada, bien parece que por aquella guisa lo pagasteis.

Ella se tornó con gran vergüenza, sin nada decir y luego, aquella muy hermosa Briolanja, reina de Sobradisa, mas tanto ganó como la reina. Macandón le dijo:

—Señora doncella hermosa, más debéis ser amada, que vos amáis, según lo que aquí mostrasteis.

Y luego llegaron cuatro infantas hijas de reyes, Eluida y Estrelleta, su hermana, que muy lozana y hermosa era, y Aldeva y Olinda, la Mesurada, en la cabeza de la cual las flores secas comenzaron ya cuanto a reverdecer, así que todos cuidaron que ésta la ganaría, mas por gran pieza que la tuvo no hicieron otra mudanza; antes, en que se la quitando, se tornaron tan secas como de antes y después de Olinda la probaron más de ciento, entre dueñas y doncellas; pero ninguna llegó a lo que Olinda, y a todas decía Macandón cosas de burla y de placer, y Oriana, que todo esto viera, hubo gran miedo que la reina Briolanja la ganara, y cuando vio que había faltado hubo muy gran placer, porque su amigo no pensase que los amores que aquélla le había fueran causa de ello, que, según le pareció en extremo hermosa, más que ninguna de cuantas en su vida visto había, no pensaba de le perder si por ella no, y como vio que ya ninguna por probar quedaba, hizo señal a Beltenebros que la llevase, y como llegó pusiéronle el tocado en la cabeza y luego las flores secas se tornaron tan verdes y tan hermosas, de manera que no se podía conocer cuáles fueron las unas ni las otras. Y dijo Macandón:

—¡Oh, buena doncella!, vos sois aquélla que yo demando antes cuarenta años que nacieseis.

Entonces dijo a Beltenebros que le hiciese caballero y rogase a aquella doncella que le diese la espada de su mano.

—Sedlo luego —dijo él—, porque yo no puedo detenerme.

Macandón se vistió unos paños blancos que consigo traía y unas armas blancas, como caballero novel, y Beltenebros le hizo caballero como era costumbre y le puso la espuela diestra, y Oriana le dio una espada asaz rica, que él traía.

Como así le vieron las dueñas y doncellas, comenzaron a reír, y Aldeva dijo, que todos los oyeron:

—¡Ay, Dios, que extremado doncel y qué extremada apostura de todos los noveles; mucho nos debe placer que será novel toda su vida!

—¿Por dónde lo sabéis vos? —dijo Estrelleta.

—Por aquellos paños —dijo ella— que viste, que no puede durar más tiempo que él.

—Dios lo haga así —dijeron ellas—, y lo mantenga en tal hermosura como ahora está.

—Buenas señoras —dijo él—, yo no daría mi placer por la mesura de vosotras, que mejor estoy yo de mesura y mancebía que vosotras de mesura y vergüenza.

Al rey plugo de lo que él respondiera, que le no parecía bien lo que ellas le dijeron.

Esto así hecho, Beltenebros tomó a su señora y despidióse de la reina, y ella dijo a su hija, que no conocía:

—Buena doncella, pues que vuestra voluntad ha sido que no os conozcamos, ruégoos que desde donde fuereis me hagáis saber de vuestra hacienda y me demandéis mercedes, que de grado os serán otorgadas.

—Señora —dijo Beltenebros—, tanto la conozco yo cuanto vos, aunque ha bien siete días que ando con ella; mas en cuanto he visto, dígoos que es hermosa y de tales cabellos que no ha por qué los encubrir.

Briolanja le dijo:

—Doncella, yo no sé quién sois, mas por cuanto aquí habéis mostrado de vuestros amores, si vuestro amigo así os ama, como vos a él, ésta sería la más hermosa cosa que nunca amor juntó, y si él es entendido, así lo hará.

Oriana hubo gran placer de esto que Briolanja decía. Con esto se despidieron de la reina y cabalgaron como antes venía, y el rey y don Galaor se fueron con ellos, y Beltenebros dijo al rey:

—Señor, tomad esta doncella y honradla, que bien lo merece, pues que así ha honrado vuestra corte.

El rey la tomó por la rienda, y él se fue hablando con don Galaor, el cual no había gana de le oír ninguna cosa de buen amor, porque ya se tenía por dicho de se combatir con él, y cuando anduvieron una pieza, Beltenebros tomó a Oriana, y díjole:

—Señor, de aquí quedad con Dios, y si por bien tuviereis que yo sea uno de los ciento de vuestra batalla, de grado os serviré.

Al rey plugo mucho de ello, y abrazándole se lo agradeció, diciéndole que gran parte del pavor perdía en lo tener en su ayuda. Así se tornaron él y Galaor, y Beltenebros se metió por la floresta con su amiga y con Enil, que las armas le llevaba, muy alegre que sus aventuras tan bien acabaran y llevando aquella verde espada al cuello, y ella, en la cabeza llevando el tocado de flores. Así llegaron a la Fuente de los Tres Caños, y de una montaña que ende había vieron venir un escudero a caballo, y llegando dijo:

—Caballero, Arcalaus os manda que llevéis esta doncella ante él, y que si os detenéis y le hacéis cabalgar, que os quitará las cabezas.

—¿Adónde está Arcalaus el Encantador? —dijo Beltenebros. El hombre se lo mostró debajo de unos árboles, y otro con él, y estaban armados y sus caballos cabe sí.

Oído esto por Oriana, fue tan espantada que apenas se pudo en el palafrén tener. Beltenebros se llegó a ella, y díjole:

—Señora doncella, no temáis, que si esta espada no me fallece, yo os defenderé.

Entonces tomó sus armas, y dijo al escudero:

—Decid a Arcalaus que yo soy un caballero extraño que no lo conozco ni tengo por qué hacer su mandado.

Cuando esto Arcalaus oyó, fue sañudo, y dijo al caballero que con él estaba:

—Mi sobrino Lindoraque, tomad aquel tocado que aquella doncella lleva y será para vuestra amiga Madasima, y si el caballero os lo defendiera, cortadle la cabeza, y a ella colgadla por los cabellos de un árbol.

Lindoraque cabalgó y fue luego a lo hacer, mas Beltenebros, que lo había oído, se le paró delante, y comoquiera que lo vio muy grande, así como hijo que era de Cartada, el gigante de la montaña Defendida, y de una hermana de Arcalaus, no lo tuvo en nada por la gran soberbia con que venia, y díjole:

—Caballero, no paséis más adelante.

—Por vos no dejaré yo de hacer lo que Arcalaus, mi tío me mandó.

—Pues ahora —dijo Beltenebros— parecerá lo que vos, como soberbio y él como malo, hacer podéis.

Entonces se fueron herir de grandes encuentros, así que las lanzas fueron quebradas y Lindoraque fue fuera de la silla y llevó un trozo de la lanza metido por el cuerpo, mas levantándose luego con la gran valentía suya, y viendo venir a Beltenebros a lo herir y queriéndose guardar del golpe tropezó y cayó en el suelo, de manera que el hierro de la lanza le salió por las espaldas y luego murió. Arcalaus, que así lo vio, cabalgó presto por lo socorrer, mas Beltenebros fue para él e hízole perder el encuentro de la lanza, y al pasar dióle con la espada tal golpe, que la lanza, con la mitad de la mano, le hizo caer en el suelo, así que no le quedó sino solo el lugar. Como así se vio, comenzó a huir, y Beltenebros tras él; mas Arcalaus echó el escudo que llevaba del cuello, y con la grande ligereza de su caballo alongóse tanto que no lo pudo alcanzar. Entonces se volvió a su señora y mando a Enil que tomase la cabeza de Lindoraque y la mano y escudo de Arcalaus y se fuese al rey Lisuarte y le contase por cuál razón le acometieron.

Esto hecho tomó a su señora y fuese por su camino, y después que algún poco holgaron cabe una fuente, siendo ya la noche venida llegaron a Miraflores, donde hallaron a Gandalín y Durín, que les tomaron las bestias, y a Mabilia y la doncella de Dinamarca, que con gran gozo de sus ánimos los recibieron a la pared de la entrada de la huerta, como aquéllas que si algún entrevalo les viniera otra cosa si la muerte no esperaban. Mabilia les dijo:

—Hermosos dones traéis, mas bien os digo que con gran congoja de nuestros ánimos y muchas lágrimas de nuestros corazones los hemos comprado, a Dios merced, que tan bien lo hizo.

Y entráronse al castillo, donde cenaron y holgaron con mucho gozo y alegría.

El rey Lisuarte y don Galaor, tornándose a la villa después que de Beltenebros se partieron, llegó a ellos una doncella y dio al rey una carta, diciendo ser Urganda la Desconocida, y otra a don Galaor, y sin más decir se volvió por el camino do antes viniera. El rey tomó la carta y leyóla, la cual decía así:

—A ti, Lisuarte, rey de la Gran Bretaña, yo Urganda la Desconocida, te envío a saludar y hágote saber que en aquella cruel y peligrosa batalla tuya del rey Cildadán, aquel Beltenebros en que tanto te esfuerzas, perderá su nombre y gran nombradía, aquél que por un golpe que hará serán todos sus grandes hechos puestos en olvido, y en aquella hora será tú en la mayor cuita y peligro que nunca fuiste, y cuando la aguda espada de Beltenebros esparcirá la tu sangre, serás en todo peligro de muerte. Aquélla será batalla cruel y dolorosa, donde muchos esforzados y valientes caballeros perderán las vidas, será de gran saña y de gran crudeza, sin ninguna piedad; pero, al fin, por los tres golpes que aquel Beltenebros en ella hará, serán los de su parte vencedores. Cata, rey, lo que harás, que lo que te envío decir se hará sin duda ninguna.

Leída la carta por el rey, comoquiera que él de gran hecho fuese y de recio corazón en todos los peligros, considerando esta Urganda ser tan sabedora, que por la mayor parte todas las cosas que profetizaba verdaderas salían, algo espantoso fue, teniendo creído que Beltenebros, a quien él mucho amaba, allí perdería la vida y la suya de él sin gran peligro no quedaba, mas con alegre semblante se fue a don Galaor, que ya su carta leído había y estaba pensando, y díjole:

—Mi buen amigo, quiero haber con vos consejo, sin que otro alguno lo sepa, en esto que Urganda escribe.

Entonces le mostró la carta, y don Galaor le dijo:

—Señor, según lo que en la mía viene, más me conviene ser aconsejado que consejo dar; pero con todo, si algún medio se hallase que con honra esta batalla excusarse pudiese, esto tendría yo por bueno, y si esto ser no puede, a lo menos, que vos, señor, no fueseis en ella, porque yo veo aquí dos cosas muy graves: la una, que 'por el brazo y la espada de Beltenebros será vuestra sangre esparcida, y la otra, que por tres golpes que él dará serán los de su parte vencedores. Esto ya no sé cómo lo entienda, porque él es ahora de vuestra parte, y según la carta dice, será de la otra.

El rey le dijo:

—Mi buen amigo, el gran amor que me tenéis hace que de vos sea no bien aconsejado, que si yo perdiese la esperanza de aquel Señor que en tan gran alteza me puso, pensando que a la voluntad el saber de ninguna persona estorba, podría con mucha causa y razón siendo por él permitido debería ser bajada de ella, porque el corazón y discreción de los reyes se debe conformar con la grandeza de sus estados y haciendo lo que deben, así con los suyos como en defensa de ellos, y el remedio de las cosas que miedos y espantos les ponen dejarlos aquel Señor en quien es el poder entero. Así que, mi buen amigo, yo seré en la batalla, y aquella aventura que Dios a los míos diere, aquélla quiero que a mí dé.

Don Galaor, tornado de otro acuerdo y viendo el gran esfuerzo del rey, le dijo:

—No sin causa sois loado por el mayor y más honrado príncipe del mundo, y si los reyes así esquivasen los flacos consejos de los suyos, ninguno sería osado de les decir sino aquello que verdaderamente su servicio fuese.

Entonces le mostró su carta, que decía así:

—A vos, don Galaor de Gaula, fuerte y esforzado. Yo, Urganda, os saludo como aquél que aprecio y amo, y quiero que por mí sepáis aquello que en la dolorosa batalla, si en ella fuereis, os acaecerá, que después de grandes cruzadas y muerte por ti vistas en la postrimera prisa de ella, el tu valiente cuerpo y duros miembros fallecerán al tu fuerte y ardiente corazón, y al partir de la batalla la tu cabeza será en poder de aquél que los tres golpes dará, por donde ella será vencida.

Cuando el rey esto vio, díjole:

—Amigo, si lo que esta carta dice verdad sale, conocido está ser vuestra muerte llegada si en aquella batalla entraseis. Y según las grandes cosas en armas por vos han pasado, muy poca falta dejando ésa os seguirá. Así que yo daré orden como cumpliendo con mi servicio y con vuestra honra de ella podáis ser excusado.

Don Galaor le dijo:

—Bien parece, señor, que del consejo que os di recibisteis enojo, pues que siendo sano y en libre poder me mandáis que en tan gran yerro y menoscabo de mi honra caiga. A Dios plega que no me dé lugar a que en tal cosa os haya de ser obediente.

El rey dijo:

—Don Galaor, vos decís mejor que yo, y ahora nos dejemos de hablar más en esto, teniendo esperanza en aquel Señor, que tenerse debe, y guardemos estas cartas, porque según las temerosas palabras que en ellas vienen, si sabidas fuesen, gran causa de temor podrían en las gentes poner.

Con esto se fueron contra la villa, y antes que en ella entrasen vieron dos caballeros armados en sus caballos, lasos y cansados, y las armas cortadas por algunos lugares, que bien parecía no haber estado sin grandes afrentas, los cuales habían nombre don Bruneo de Bonamar y Branfil, su hermano, y venían por ser en la batalla, si el rey los quisiese recibir, y don Bruneo supo de la prueba de la espada y quejóse mucho por llegar a tiempo de la probar, como aquél que ya so el arco de los leales amadores fue, como ya oísteis, y según el gran y leal amor que había a Melicia, hermana de Amadís, bien pensaba que la espada de otra cualquiera cosa por grave que fuese, que por grande amor se hubiese de ganar, que él lo acabara, y pesóle mucho por ser aquella ventura acabada, y como vieron al rey, fueron a él con mucha humildad. Y él los recibió con muy buen talante, y don Bruneo le dijo:

—Señor, hemos oído de una batalla que aplazada tenéis, en que así como el número de la gente será poco, así convendrá que sea escogida, y si habiendo noticia de nosotros que nuestro valor en de nosotros que nuestro valor en ella merezca ser, serviros hemos de grado.

El rey, que ya de don Galaor informado estaba de la bondad de estos dos hermanos, especial de la de don Bruneo, que era, aunque mancebo, uno de los señalados caballeros que en gran parte hallarse podría, hubo muy gran placer con ellos y con su servicio y mucho lo agradeció. Entonces, don Galaor se le hizo conocer y rogóle que con él posase y hasta ser dada la batalla en uno estuviesen, haciéndole memoria de Florestán, su hermano, y de Agrajes y don Galvanes, que éstos eran siempre de una compañía. Don Bruneo se lo tuvo en mucho, diciéndole que él era el caballero del mundo a quien más amor tenía fuera de Amadís, su hermano, por quien él mucho afán en lo buscar había pasado después que supo cómo se partiera de tal forma de la Ínsula Firme y que no dejara de la demanda sino por en aquella batalla y que le otorgaba aquello que le decía.

Así quedó don Bruneo y su hermano Branfil en compañía de don Galaor y en servicio del rey Lisuarte, como oís. Acogido el rey a su palacio, llegó Enil, escudero de Beltenebros, con la cabeza de Lindoraque colgada de los cabellos del petral de su rocín y con el escudo y la mitad de la mano de Arcalaus el Encantador, y antes que en el palacio entrase, venían, por saber qué sería aquello, tras él mucha gente de aquella villa. Llegando al rey, y díjole lo que Beltenebros le mandara, de que el rey fue muy alegre y maravillado del gran hecho de este valiente y esforzado caballero, y estúvole loando mucho y así lo hacían todos, mas esto crecía más en la saña de don Galaor y don Florestán, y no veían la hora en que con él combatirse pudiesen y morir o dar a conocer a todos que sus hechos no podrían igualar con los de Amadís, su hermano.

A esta sazón llegó Filispinel, el caballero que por su parte del rey Lisuarte fuera para desafiar los gigantes, como ya oísteis, y contó todos los más que habían de ser en la batalla, en que había muchos gigantes bravos y otros caballeros de gran hecho y que ya eran pasados de Irlanda a se juntar con el rey Cildadán y que antes de cuatro días desembarcarían en el puerto de la Vega, donde la batalla aplazada estaba. Y también contó cómo había hallado en el lago Ferviente, que es en la Ínsula de Mongaza, al rey Arbán de Norgales y Angriote de Estravaus en poder de Gromadaza, la giganta brava, mujer de Mamongomadán, la cual los tema en una cruel prisión, donde de muchos azotes y otros grandes tormentos cada día eran atormentados, así que las carnes, de muchas llagas afligidas, continuamente corrían sangre, y con él traía una carta escrita para el rey, la cual decía así:

—Al gran señor Lisuarte, rey de la Gran Bretaña, y a todos nuestros amigos de su señorío: Yo, Arbán, cautivo, rey que fui de Norgales, y Angriote de Estravaus, metidos en dolorosa prisión, os hacemos saber cómo nuestra gran desventura, mucho más cruel que la misma muerte, nos ha puesto en poder de la brava Gromadaza, mujer de Famongomadán, la cual, en venganza de su muerte de su marido e hijo, nos hace dar tales tormentos y tan crueles penas cuales nunca se pudieron pensar, tanto que muchas veces demandamos la muerte, que gran holganza nos sería; mas ella, queriendo que cada día la hayamos, nácenos sostener las vidas, las cuales ya por nosotros desamparadas serían si el perdimiento de nuestras ánimas no lo estorbase, mas porque ya somos llegados al cabo de no poder vivir, quisimos enviar esta carta escrita de nuestra sangre y con ella nos despedir, rogando a nuestro Señor quiera daros la victoria de la batalla contra estos traidores que tanto mal nos han hecho.

Muy gran pesar hubo el rey de la pérdida de aquellos dos caballeros y mucho dolor hubo en su corazón, mas viendo que con ello poco les aprovechaba, hizo buen semblante, consolando a los suyos, poniéndoles delante otras muchas graves cosas que los que las honran y proezas alcanzar quieren, habían pasado y esforzándolos para la batalla, la cual vencida, era el verdadero remedio para sacar de la prisión a aquellos caballeros. Y luego mandó a todos aquellos que con él habían de ser en la batalla que para otro día se aparejasen, que quería partir contra sus enemigos, y así se hizo, que con aquel gran esfuerzo que en todas las afrentas siempre tuvo, movió con sus caballeros para les dar batalla.

Capítulo 58. De cómo Beltenebros vino a Miraflores y estuvo con su señora Oriana después de la victoria de la espada y tocado, y de allí se fue para la batalla que estaba aplazada con el rey Cildadán, y de lo que en ella acaeció

Beltenebros estuvo con su señora tres días, después que ganara la espada y el tocado de flores, y al cuarto día salió de allí a medianoche solo, solamente sus armas y caballo, que a su escudero Enil él le mandó que se fuese a un castillo que al pie estaba de una montaña, cerca donde la batalla se había de dar, que era de un caballero viejo que Abradán se llamaba, del cual todos los caballeros andantes mucho servicio recibían, y esa noche pasó cabe la hueste del rey Lisuarte, y anduvo tanto, que al quinto día llegó allí y halló a Enil, que ese día había venido, con que mucho le plugo y del caballero fue muy bien recibido, y allí estando, llegaron dos escuderos, sobrinos del huésped, que veía de donde la batalla había de ser, y dijeron que el rey Cildadán era con sus caballeros llegado y que posaban en tiendas junto a la ribera de la mar y sacaban las armas y caballos y que vieran llegar allí a don Grumedán y Giontes, sobrino del rey Lisuarte, y que pusieran treguas hasta el día de la batalla, y asimismo que ninguno de los reyes metiese en ella más de cien caballeros, como asentado estaba. El huésped les dijo:

—Sobrinos, ¿qué os parece de esa gente, que Dios maldiga?

—Buen tío —dijeron ellos—, no es de hablar según son fuertes y temerosos, que os diremos sino que, si Dios milagrosamente no ayuda a la parte de nuestro señor el rey, no es su poder contra ellos como nada.

Al huésped le vinieron las lágrimas a los ojos, y dijo:

—¡Oh, Señor poderoso, no desamparéis al mejor y más derecho rey del mundo!

—Buen huésped —dijo Beltenebros—, no desmayéis por gente brava, que muchas veces la bondad y la vergüenza vences a la soberbia y valentía, y ruégoos mucho que lleguéis al rey y le digáis cómo en vuestra casa queda un caballero que se llama Beltenebros, que me haga saber el día de la batalla, porque yo seré ahí luego.

Cuando esto oyó, fue muy ledo, y dijo:

—¡Cómo, señor! ¿Vos sois el que envió a la corte del rey mi señor a don Cuadragante y el que mató aquel bravo gigante Famongomadán y a su hijo cuando llevaban presa a Leonoreta y a sus caballeros? Ahora os digo que si yo he hecho algún servicio a los caballeros andantes, que con este solo galardón me tengo por satisfecho de todos ellos, y lo que mandéis haré de grado.

Entonces, tomando consigo aquéllos sus sobrinos, se fue adonde ellos le guiaron, y halló que el rey Lisuarte y toda su compaña eran llegados a media legua de sus enemigos y que otro día sería la batalla, y díjole el mandado que llevaba, con que hizo al rey y a todos muy alegres, y dijo:

—Ya no nos falta sino un caballero para el cumplimiento de los ciento.

Don Grumedán dijo:

—Antes entiendo, señor, que os sobran, que Beltenebros bien vale por cinco.

De esto pesó mucho a don Galaor y Florestán y Agrajes, que no les placía de ninguna honra que al Beltenebros se diese, más por la envidia de sus grandes hechos que por otra enemistad alguna, mas calláronse.

Siendo avisado Abradán de lo por qué viniera, despedido del rey se tornó a su huésped, y contóle el placer y gran alegría que el rey y todos los suyos hubieron con su mandado y cómo para cumplimiento de los ciento no les faltaba más de un caballero. Oído esto de Enil, apartando a Beltenebros por una puerta e hincando los hinojos ante él, le dijo:

—Comoquiera que yo, señor, no os haya servido, atreviéndome a vuestra gran virtud, quiero demandaros merced y ruégoos por Dios que me lo otorguéis.

Beltenebros lo levantó suso, y dijo:

—Demanda lo que quisieres que yo hacer pueda.

Enil le quiso besar las manos, mas él no quiso, y dijo:

—Señor, demándoos que me hagáis caballero y que roguéis al rey que me meta en el cuento de los cien caballeros, pues que uno le falta.

Beltenebros le dijo:

—Amigo Enil, no entre en tu corazón querer comenzar tan gran hecho como éste será y tan peligroso. Y yo no lo digo. por no te hacer caballero, mas por lo que a ti conviene comenzar en otros más ligeros hechos.

—Mi buen señor —dijo Enil—, no puedo yo aventurar tanto peligro, aunque la muerte me sobreviniese, por ser en esta batalla cuanto es la honra grande que de ella ocurrirme puede, que si saliere vivo, siempre me será honra y prez en ser contado en el número de tales cien caballeros y seré por uno de ellos tenido, y si muriese, sea la muerte muy bien venida, porque mi memoria será junta con los otros preciados caballeros que allí han de morir.

A Beltenebros le vino una piedad amorosa al corazón, y dijo entre sí:

—Bien parece ser tú de aquel linaje del preciado y leal don Gandales, mi amo —y respondióle:

—Pues que así te place, así sea.

Luego se fue a su huésped y rogóle que le diese para aquél su escudero unas armas, que le quería hacer caballero. El huésped se las dio de buen grado, y velándolas aquella noche Enil en la capilla y dicha al alba del día una misa, hízole Beltenebros caballero, y luego se partió para la batalla y su huésped con él con los dos sus sobrinos, que les llevaban las armas, y llegando donde habían de ser, hallaron al buen rey Lisuarte que ordenaba sus caballeros para ir a sus enemigos, que en un campo llano le atendían, y cuando vio a Beltenebros, así él como los suyos, tomaron en sí muy gran esfuerzo, y Beltenebros dijo:

—Señor, vengo a cumplir mi promesa, y traigo un caballero conmigo en lugar de aquél que supe que os faltaba.

El rey lo recibió con mucha alegría, y el caballero suyo puso en el cumplimiento de los ciento.

Entonces movió contra sus enemigos, hecha un haz de su gente, que para más no había. Pero delante del rey, que enmedio del haz iba, pusieron a Beltenebros y su compañero, y don Galaor, y Florestán, y Agrajes, y a Gandalac, amo de don Galaor, y sus hijos Bramandil y Gavus, que ya don Galaor hiciera caballero, y Nicorán de la Puente Medrosa, y Dragonís, y Palomir, y Pinorante, y Giontes, sobrino del rey, y el preciado don Bruneo de Bonamar, y a su hermano Branfil, y don Guilán el Cuidador. Éstos iban delante, todos juntos, como oís, y delante de ellos iba aquel honrado preciado viejo don Grumedán, amo de la reina Brisena, con la seña del rey.

El rey Cildadán tenía su gente muy bien parada, y delante de sí, los gigantes, que eran muy esquiva gente, y con ellos, veinte caballeros de su linaje de ellos, que eran muy valientes, y mandó estar en un otero pequeño a Madanfabul, el gigante de la Ínsula de la Torre Bermeja, y diez caballeros con él, los más preciados que allí tenía, y mandó que no moviesen dende hasta que la batalla vuelta fuese y todos fuesen cansados, y que entonces, hiriendo bravamente, procurasen de matar o prender al rey Lisuarte y lo llevar a las naos.

Así como oís, se fueron unos a otros con mucha ordenanza y muy paso. Mas cuando fueron llegados, encontráronse los que delante iban tan bravamente, que muchos de ellos al suelo fueron, mas luego se juntaron las batallas ambas, con tan gran saña y crudeza que la fuerte valentía suya dio causa que muchos caballos por el campo, sin sus señores, quedando ellos muertos y otros mal llagados. Así que con mucha causa se puede decir ser aquel día airado y doloroso para aquéllos que allí se hallaron.

Pues hiriendo y matando unos a otros pasó la tercia parte del día, sin saber ninguna holganza con tanto rigor y trabajo de todos, que por ser el gran hervor del verano, con el gran calor que hacía, así ellos como sus caballos, muy lasos y cansados, andaban a maravilla, y los llagados perdían mucha sangre, de manera que las vidas, no pudiendo sostener, muertos allí en el campo quedaban, especialmente aquéllos que de los fuertes gigantes heridos eran. En aquella hora, Beltenebros hacía grandes maravillas en armas, teniendo aquélla su muy buena espada en su mano, derribando y matando los que delante sí hallaba, aunque mucho le impedía el cuidado de guardar al rey en las grandes prisas donde le veía, que como siendo vencido la entera deshonra suya fuese, así lo era la gloria siendo vencedor, y esto le daba causa de poner en la mayor afrenta a sus guardadores, mas visto por don Galaor y Florestán y Agrajes las extrañas cosas por Beltenebros hechas, iban teniendo con él, dando y sufriendo tantos golpes que la grande envidia habida de ellos hizo señalar en gran ventaja de todos los de su parte, y don Bruneo se juntaba con ellos y aguardaba a don Galaor, que como león sañudo por se igualar a la bondad de Beltenegros, no temiendo los fuertes golpes de los gigantes ni la muerte que a otros veía ante sus ojos padecer, se metía con la su espada entre sus enemigos, hiriendo y matando con ellos, y yendo así como oís, con corazón tan airado y sañudo, vio delante sí al gigante Cildadán de la montaña Defendida, que con una pesada hacha daba tan grandes golpes a los que alcanzar podía, que más de seis caballeros derribados tenía, pero que estaba llagado en el hombro de un golpe que don Florestán le diera, que le salía mucha sangre, y don Galaor apretó la espada en la mano y fue para él y diole un tan gran golpe por encima de su yelmo en soslayo, que todo cuanto alcanzó de él con la una oreja, le derribó, y no parando allí la espada, cortóla hasta de la hacha por cabe las manos. Cuando el gigante tan cerca lo vio, no teniendo con qué herirlo pudiese, echó los brazos en él con tanta fuerza que, quebradas las cinchas, llevó tras sí la silla, y don Galaor cayó al suelo, teniéndole tan apretado que nunca de sus fuertes brazos salir pudo, antes le parecía que todos los sus huesos le menuzaban, mas antes que el sentido perdiese, don Galaor cobró la espada que colgada de la cadena tenía, metiéndosela al gigante por la vista, hízole perder la fuerza de los brazos, así que a poco rato fue muerto. Él se levantó tan cansado de la grande fuerza que pusiera y de la mucha sangre que de las heridas se le iba, que la espada nunca sacar pudo de la cabeza del gigante, y allí se ayuntaron de ambas partes muchos caballeros por los socorrer, que hicieron la batalla más dura y cruel que en todo el día había sido, entre los cuales llegó el rey Cildadán le da su parte y Beltenebros de la otra, y dio al rey Cildadán dos golpes de la espada en la cabeza, tan grandes, que, desapoderado de toda su fuerza, le hizo caer del caballo ante los pies de don Galaor, el cual le tomó la espada que es le cayera y comenzó con ella a dar grandes golpes a todas partes, hasta que la fuerza y el sentido le faltó, y no se pudiendo tener, cayó sobre el rey Cildadán así como muerto. A esta hora se juntaron los gigantes Gandalac y Albadanzor e hiriéronse ambos de las mazas, de tan fuertes golpes que ellos y los caballos fueron a tierra, y

Albadanzor hubo él un brazo quebrado y Gandalac la pierna, mas él y sus hijos mataron a Albadanzor. Entonces eran de ambas partes muertos más de ciento y veinte caballeros y pasaba el mediodía, y Madanfabul, el gigante de la Ínsula de la Torre Bermeja, que en el otero estaba, como ya oísteis, miró a esta sazón la batalla, y como vio tantos muertos y los otros cansados y sus armas por muchos lugares rotas y los caballos heridos, pensó que ligeramente con sus compañeros podía a los unos y otros vencer, y movió del otero tan recio y tan sañudo que maravilla era, diciendo a grandes voces a los suyos:

—¡No quede hombre a vida y yo tomaré o mataré al rey Lisuarte.

Y Beltenebros, que así lo vio venir, que entonces tomara un caballo holgando de uno de los sobrinos de Abradán, su huésped, púsose delante del rey llamando a Florestán y Agrajes, que cabe sí vio, y con ellos se juntaron don Bruneo de Bonamar, y Branfil, y Guilán el Cuidador, y Enil, que mucho en aquella batalla había hecho, por donde siempre en gran fama tenido fue.

Todos éstos, aunque de grandes heridas ellos y sus caballos estaban, se pusieron delante del rey, y delante de Madanfabul venía un caballero llamado Sarmadán el León, el más fuerte y valiente en armas que todos los del linaje del rey Cildadán, y era su tío. Y Beltenebros salió de los suyos a él, y Sarmadán le hirió con la lanza en el escudo, y aunque se quebró, pasóselo e hízole una llaga, mas no grande, y Beltenebros lo hirió de la espada en posando cabe él en derecho de la vista del yelmo, al través de tal golpe que los ojos entrambos fueron quebrados y dio con él en el suelo sin sentido ninguno, mas Madanfabul y los que con él venían hirieron tan bravamente, que los más que con el rey Lisuarte estaban fueron derribados, y Madanfabul fue derecho para el rey con tanta braveza que los que con él estaban no fueron poderosos de se lo defender, por heridas que le diesen, y echóle el brazo sobre el pescuezo y tan recio le apretó que, desapoderado de toda su fuerza, lo arrancó de la silla e íbase con él a las naos. Beltenebros, que así lo vio llevar, dijo:

—¡Oh, Señor Dios!, no os plega que tal enojo haya Oriana —e hirió el caballo de las espuelas y su espada en la mano, alcanzando al gigante de toda su fuerza lo hirió en el brazo diestro con que al rey llevaba y cortóselo cabe el codo y cortó al rey una parte de la loriga, que le hizo una llaga de que mucha sangre se salió, y quedando él en el suelo, el gigante huyó como hombre tullido. Cuando Beltenebros vio que por aquel golpe había muerto aquel bravo gigante y librado al rey de tal peligro, comenzó a decir a grandes voces:

—¡Gaula, Gaula, que yo soy Amadís!

Y esto decía hiriendo en los enemigos, derribando y matando muchos de ellos, lo cual era en aquella sazón muy necesario, porque los caballeros de su parte estaban muy destrozados, de ellos heridos y otros a pie y otros muertos. Y los enemigos habían llegado holgados y con grande esfuerzo y con gran voluntad de matar cuantos alcanzasen, y por esta causa se daba Amadís gran prisa.

Así que bien se puede decir que el su grande esfuerzo era el reparo y amparo de todos los de su parte, y lo que más embravecer le hacía era don Galaor, su hermano, que a pie lo vio muy cansado y después no lo había visto, aunque por él mucho mirado había, y cuidó que era muerto, y con esto no encontraba caballero que lo no matase.

Cuando los del rey Cildadán vieron tanto daño en los de su parte y las grandes cosas que Amadís hacía, tomaron por caudillo a un caballero del linaje de los gigantes, muy valiente, que Gandacuriel había nombre y hacía tal estrago en los contrarios, que de todos era mirado y señalado y con él pensaban vencer a sus enemigos. Mas a esta hora, Amadís, con gran saña que traía y gana de matar los que alcanzaba, metióse entre los contrarios, tanto que se hubiera de perder. Y habiendo ya el rey Lisuarte tomado un caballo, estando con él don Bruneo de Bonamar, y don Florestán, y don Guilán el Cuidador, y Ladasín y Galvanes sin Tierra, y Olivas, y Grumedán, el cual la seña le habían entre sus brazos cortado, viendo a Amadís en peligro socorrióle como buen rey, aunque de muchas heridas andaba llagado, con gran placer de todos por saber que aquel Beltenebros Amadís fuese, y todos juntos entraron entre sus enemigos hiriendo y matando, así que no los osaban atender. Y dejaban a Amadís ir donde quería, de manera que la ventura lo guió donde Agrajes, su primo, y Palomir, y Branfil, y Dragonis estaban a pie, que los caballos les habían muerto, y muchos caballeros sobre ellos que matarlos querían, y ellos estaban juntos y se defendían muy bravamente, y como así los vio, dio voces a don Florestán, su hermano, y a Guilán el Cuidador, y con ellos los socorrió, y salió a él un caballero muy señalado, que

Vadamigar había nombre, al cual el yelmo de la cabeza habían derribado, y dio a Amadís una gran lanzada por el cuello del caballo, que el hierro de la lanza le pasó de la otra parte, mas él lo alcanzó con la espada y hendióle hasta las orejas, y como cayó, dijo:

—Primo Agrajes, cabalgad en ese caballo.

Y don Florestán derribó a otro buen caballero, que Daniel se nombraba, y dio el caballo a Landín, dejándole muy mal llagado, y Palomir trajo otro caballo a Dragonis, así que todos fueron remediados y tomaron la vía que Amadís llevaba haciendo maravillas de armas y nombrándose porque lo conociesen y fuesen sus enemigos en mayor pavor puestos, y tanto hicieron él y Agrajes y don Florestán con aquellos caballeros que con ellos juntos se hallaron y con la gran bondad del rey su señor, que aquel día mucho valió, mostrando su grande esfuerzo, que vencieron la batalla, quedando en el campo muertos y llagados todos los más de sus enemigos; mas Amadís, con la gran rabia que tenía pensando ser muerto don Galaor, su hermano, iba los hiriendo y matando hasta los llegar a la mar, donde su flota tenían; mas aquel valiente y esforzado Gadancuriel, caudillo de los contrarios, cuando así vio los suyos vencida, y que no le dejarían en las naos entrar, juntó los más que pudo consigo y tornó con la espada alzada en la mano por herir al rey, que más cerca de sí lo halló; mas don Florestán, que grandes y esquivos golpes aquel día le viera dar, temiendo el peligro del rey, púsose delante por recibir en sí los golpes, aunque de la espada otra cosa no llevaba sino la empuñadura, y Gadancuriel lo hirió tan duramente por cima del yelmo, que hasta la carne se lo cortó, y Florestán le dio con aquello de que la espada tenía tal golpe, que el yelmo le derribó de la cabeza, y el rey llegó luego y diole con la espada, así que dos partes se la hizo, y como éste fue muerto, no quedó quien campo tuviese, antes por se acoger a las barcas morían en el agua y los otros en la tierra, de manera que ninguno quedó.

Entonces Amadís llamó a don Florestán y Agrajes y a Dragonis y Palomir, y díjoles llorando:

—¡Ay, buenos primos!, miedo he que hemos perdido a don Galaor, vámoslo a buscar.

Así fueron donde Amadís a pie lo viera, allí donde él había al rey Cildadán derribado, y tantos eran de los muertos que no lo podían hallar, mas trastornándolos todos hallólo Florestán, conociéndolo por una manga de la sobrevisa, que india era y flores de argentería por ella, y comenzaron a hacer gran duelo sobre él. Cuando Amadís esto vio, dejóse caer del caballo, y las llagas, que ya resta nadas de la sangre eran, con la fuerza de la caída le salía, y quitándose el yelmo y el escudo, que rotos estaban, llegóse a don Galaor llorando y quitóle el yelmo y puso su cabeza en sus hinojos, y Galaor, con el aire que le dio, comenzó a bullir ya cuanto. Entonces se llegaron todos a él, llorando con gran dolor en lo ver así, y cuanto una pieza así estuvieron, llegaron allí doce doncellas muy bien guarnidas, y con ellas, escuderos, que un lecho traían cubierto de ricos paños, e hincaron los hinojos ante Amadís, y dijeron:

—Señor, aquí somos venidos por don Galaor, si vivo lo queréis, dádnoslo; si no, cuantos maestros hay en la Gran Bretaña no le guarecerán.

Amadís, que las doncellas no conocía, miraba el gran peligro de Galaor, no sabía qué hacer, mas aquellos caballeros le aconsejaron que más valía dárselo a la ventura que delante sus ojos verlo morir sin le poder valer. Entonces, Amadís dijo:

—Buenas doncellas, ¿podríamos saber dónde lo lleváis?

—No —dijeron ellas— por ahora, y si vivo lo queréis, dádnoslo luego; si no, irnos hemos.

Amadís les rogó que a él llevasen con él, mas ellas no quisieron, y por ruego llevaron a Ardián, el su enano, y a su escudero. Entonces lo pusieron así armado, salvo la cabeza y las manos, en el lecho, medio muerto, y Amadís y aquellos caballeros fueron hasta la mar con él, haciendo gran duelo, donde vieron un navío, en el cual las doncellas metieron el lecho, y luego demandaron al rey Lisuarte que le pluguiese de les dar al rey Cildadán, que entre los muertos estaba, trayéndole a la memoria ser un buen rey que haciendo lo que obligado era, la fortuna le había traído en tan gran tribulación, que hubiese de él piedad, porque si sobre él aquella fortuna tornase la pudiese hallar en otros. El rey se lo mandó dar más muerto que vivo, y luego en aquel lecho lo tomaron y pusieron en el navío, y alzando las velas partieron de la ribera a gran prisa.

En esto llegó el rey, que había andado trabajando como de la flota de sus enemigos no se salvase ninguna cosa, haciendo prender a los que de ellos en la batalla no murieran, y halló llorando a Amadís ya don Florestán y Agrajes y a todos los otros que allí estaban, y sabido que la causa de ello era por la pérdida de don Galaor, hubo muy gran pesar y dolor en su corazón, como aquél que lo amaba de corazón y en sus entrañas lo tenía. Y esto con mucha razón, que desde el día que por suyo quedó nunca en al pensó sino en lo servir, y apeóse del caballo, aunque muchas llagas tenía, que sus armas todas eran tintas de la su sangre, y abrazó a Amadís con muy gran amor que le tenía y consolándole y diciéndole que si por gran sentimiento el mal de don Galaor remediarse pudiese que el suyo de él bastaba, según el gran dolor que su corazón por él sentía; mas teniendo esperanza en el Señor poderoso que a tal hombre no querría desamparar así del todo, se consolaba, y que así con esforzado ánimo debían ellos hacer, y tomándolos consigo se fue a la tienda del rey Cildadán, que extraña y rica era, y allí los tuvo consigo y rogando que le trajesen de comer, y después que le pusiesen diligencia en enterrar los caballeros que de su parte murieron en un monasterio que al pie de aquella montaña había y les mandó hacer el cumplimiento de sus ánimas y dio grandes rentas, así para el reparo de ellas como para que una capilla muy rica se hiciese y allí los pusiesen en tumbas ricamente labradas y los nombres de ellos en ellas escritos, y despedidos mensajeros a la reina Brisena haciéndole saber aquella buena ventura que Dios le diera.

Él y aquellos caballeros que mal llagados estaban se fueron a una villa cuatro leguas dende, que Ganota había nombre, y allí estuvieron hasta que de sus heridas sanaron, y en este medio tiempo que la batalla se dio, la hermosa reina Briolanja, que con la reina Brisena quedara, acordó de ir a Miraflores a ver a Oriana, que así la una como la otra, por la fama de sus grandes hermosuras, deseaban verse. Sabido esto por Oriana, aquél su aposentamiento mandó de muy ricos paños guarnecer, y como la reina llegó y se vieron, mucho fueron espantadas, tanto que ni el, arco encantado, ni la prueba de la espada no tuvieron tanta fuerza ni pusieron tal seguridad que a Oriana quitasen de muy gran sobresalto, creyendo que en el mundo no había tan cautivado ni sujeto corazón que la hermosura de Briolanja, habiendo algunas veces visto, rompiendo aquellas ataduras, para sí no lo ganase, y Briolanja, habiendo algunas veces visto las angustias y lágrimas de Amadís junto con aquellas grandes pruebas de amor aquí dichas, luego sospechó, que, según su gran valor, que no merecía su corazón padecer, sino por aquella ante quien todas las que de hermosura se preciasen debían de huir, porque con la su gran claridad, las suyas de ella en tinieblas puestas no fuesen, quitando a Amadís de la culpa por haber así desechado aquello que por su parte de ella acometido le fue.

Así estuvieron ambas de consuno con mucho placer, hablando en las cosas que más les agradaba y contando Briolanja entre las otras cosas por más principal lo que Amadís por ella hiciera y cómo le amaba de corazón. Oriana, por saber más, díjole:

—Reina señora, pues que él tan bueno y de tan alto lugar, como venía de los más altos emperadores del mundo, según he oído, y esperando ser rey de Gaula, ¿por qué no lo tomaríais con vos haciéndole señor de aquel reino que él os dio a ganar, pues que en todo es vuestro igual?

Briolanja le dijo:

—Amiga señora, bien creo yo que, aunque muchas veces lo viste, que no lo conocéis. ¿Pensáis vos que no me tendría yo por la más bienaventurada mujer del mundo si eso que decís yo pudiese alcanzarlo? Mas quiero que sepáis lo que en esto me aconteció, y guardadlo debe, que yo le acometí en esto que ahora dijisteis y probé de lo haber para mí en casamiento, de que siempre me ocurre vergüenza cuando la memoria me torna, y él me dio bien a entender que de mi ni de otra alguna poco se curaba, y esto tengo creído, porque en tanto'que conmigo aquella temporada moró, nunca de ninguna mujer le oí hablar, como todos los otros caballeros lo hacen; mas tanto os digo que él es el hombre del mundo por quien antes perdería mi reino y aventuraría mi persona.

Oriana fue muy leda de esto que le oyó y más segura de su amigo, mirando con la gran afición que Briolanja lo dijo que con ninguna de las otras pruebas, y dijo:

—Maravillada soy de esto que me decís, que si Amadís ninguna no amase no pudiera entrar so el arco de los leales amadores, donde dicen que por él se hicieron mayores señales de leal enamorado que por otro ninguno que allí fuese.

—Él bien puede amar —dijo la reina—, pero es lo más encubierto que nunca lo fue caballero.

En esto y en otras cosas muchas hablando estuvieron allí diez días, en cabo de los cuales se fueron entrambas con su compaña a la villa de Fenusa, donde la reina Brisena, atendiendo al rey Lisuarte, su marido, estaba, que con ellas mucho le plugo en ver a su hija sana y tornada en su hermosura. Allí les llegó la buena nueva del vencimiento de la batalla, que, después del gran placer que les dio, la reina Brisena hizo muchas limosnas a iglesias y monasterios y a otras personas que necesidad tenían. Mas cuando la reina Briolanja oyó decir ser Amadís aquél que Beltenebros se llamaba, ¿quién os podría decir la alegría que su ánimo sintió? Y así lo hubo la reina Brisena y todas las dueñas y doncellas que mucho lo amaban, y con ellas, Oriana y Mabilia, fingiendo ser a ellas aquella nueva de nuevo venida como a las otras, y Briolanja dijo a Oriana:

—¿Qué os parece, amiga, de aquel buen caballero como hasta aquí era loado, quedando oscurecida la fama de Amadís, que ya de él casi memoria no había, y comoquiera que mucho le amase y mucho supiese de sus caballerías, en duda estaba ya viendo los grandes hechos de Beltenebros a cuál de ellos mi afición se debiera acortar?

—Reina señora —dijo Oriana—, yo entiendo que así lo estábamos ya todas, y con el rey mi padre viniere, preguntémosle por qué causa dejó su nombre y quién es aquella que el tocado de las flores ganó.

—Así se haga —dijo Briolanja.

Capítulo 59. De cómo el rey Cildadán y don Galaor fueron llevados para curar y fueron, puestos, el uno en una fuerte torre de mar cercada, y el otro en un vergel de altas paredes y de verjas de hierro adornado, donde a cada uno de ellos, en sí tornado, pensó de estar en prisión, no sabiendo por quién allí eran traídos, y de lo que más les avino

Ahora os contaremos lo que fue del rey Cildadán y de don Galaor. Sabed que las doncellas que los llevaron curaron de ellos, y al tercer día estaban en todo su acuerdo. Y don Galaor se halló dentro, en una huerta, en una casa de rica labor, que sobre cuatro pilares de mármol se sostenía, cerrada de pilar a pilar con unas fuertes redes de hierro. Así que la huerta, desde una cama donde él echado estaba, se aparecía, y lo que él pudo alcanzar a ver le pareció ser cercada de un alto muro, en el cual había una puerta pequeña cubierta de hoja de hierro, y fue espantado en se ver en tal lugar, pensando ser en prisión metido, y hallóse con gran dolor de sus heridas, que no atendía otra cosa sino la muerte, y allí le vino a la memoria cómo fuera en la batalla, mas no supo quién de ella lo sacó ni cómo allí lo trajeran.

Tornado el rey Cildadán en su entero juicio, hallóse en una bóveda de una gran torre, en una rica cama echado, cabe una finestra. Y miró a uno y otro cabo, mas no vio a ninguna persona, y oyó hablar encima de la bóveda, mas no pudo ver puerta ni entrada ninguna en aquella cámara donde estaba, y miró por la finiestra sacando la cabeza, y vio la mar y que allí donde estaba era una muy alta torre, asentada en una brava peña, y pareció le que la mar la cercaba de las tres esquinas y membróse cómo fuera en la batalla, mas no sabía quién de ella lo sacara; pero bien pensó que pues él tan mal parado fue y así preso, que los suyos no quedarían muy libres, y como vio que más no podía hacer sosegóse en su lecho, gimiendo y doliéndose mucho de sus llagas, atendiendo lo que venirle pudiese.

Y don Galaor, que en la casa de la huerta, como ya oísteis, estaba, vio abrir el postigo pequeño y alzó la cabeza con gran afán, y vio entrar por él una doncella muy hermosa y bien guarnida, y con ella un hombre tan laso y tan viejo que era maravilla poder andar, y llevando a la red de hierro de la cámara, dijéronle:

—Don Galaor, pensad en vuestra ánima, y no os salvamos ni aseguramos.

Entonces la hermosa doncella le sacó dos bujetas, una de hierro y otra de plata, y mostrándoselas a don Galaor, le dijo:

—Quien aquí os trajo no quiere que muráis hasta saber si haréis su voluntad, y en tanto quiero que seáis de vuestras llagas curado y se os dé de comer.

—Buena doncella —dijo él—, si voluntad de ese que decís es queriendo lo que yo hacer no debo, más dura cosa para mí sería que la muerte, en lo ál por salvar mi vida hacerlo he.

—Vos haréis —dijo ella— lo que mejor estuviere, que de eso que decís poco nos curamos, en vuestra mano es de morir o vivir.

Entonces aquel hombre viejo abrió la puerta de la red y entraron dentro de ella y ella tomó la bujeta de hierro y dijo al viejo que se tirase afuera, y así él lo hizo, y ella dijo a don Galaor:

—Mi señor, tan gran duelo he de vos que por salvar vuestra vida me quiero aventurar a la muerte, y diréos cómo a mí me es mandado que esta bujeta hinchase de ponzoña y la otra de ungüento que mucho hace dormir, porque la ponzoña en vuestras llagas puesta y la otra que os adormeciese, obrando con el sueño más recio, luego muerto seríais; mas doliéndome que tal caballero por tal guisa muriese, hícelo al contrario, que aquí puse aquella medicina que siendo por vos tomada cada día, a los siete días seréis tan libre que sin empacho os podáis ir en un caballo.

Entonces le puso en las llagas aquel ungüento tan sabroso que la hinchazón y dolor fue luego amansando de guisa que muy holgado se halló, y díjole:

—Buena doncella, mucho os agradezco lo que por mí hacéis, que si yo de aquí salgo por vuestra mano, nunca vida de caballero tan bien galardonada fue como ésta a vos será; mas si por ventura vuestras fuerzas para ella no bastaren, y por mí queréis algo hacer, tened manera como está mi prisión tan peligrosa lo sepa aquella Urganda la Desconocida, en quien yo mucha esperanza tengo.

La doncella comenzó a reír de gana, y dijo:

—¿Cómo, tanta esperanza tenéis vos en Urganda que poco de vuestra pro ni daño se cura?

—Tanta —dijo él— que como ella sepa las voluntades ajenas, así sabe que la mía está para la servir.

—No os curéis —dijo ella— de otra Urganda sino de mí, con tal que vos, don Galaor, así como tuvisteis gran esfuerzo para poner la salud en tal peligro, así lo tengáis para le dar remedio, que el grande y esforzado corazón, en muchas más cosas que el pelear mostrarse debe, y por el peligro en que por vos me pongo, así para os sanar como para sacaros de aquí, quiero que me otorguéis un don, que no será de vuestra mengua ni daño.

—Yo lo otorgo —dijo él—, si con derecho puedo darlo.

—Pues yo me voy hasta que sea tiempo de os ver, y acostaos haciendo semblante que a gran sueño dormís.

Él así lo hizo, y la doncella llamó al viejo, y dijo:

—Mirad a este caballero cómo duerme, ahora obrará la ponzoña en él.

—Así es menester —dijo el viejo—, porque de él sea vengado quien aquí lo trajo, y pues así habéis cumplido lo que os mandaron, de aquí adelante vendréis sin guardador, y mantenedlo de esta guisa quince días, que no muera ni viva, sino en gran dolor, porque en este medio tiempo vendrán aquéllos que, según enojo les ha hecho, le darán la enmienda.

Galaor oía todo esto, y bien le pareció que el viejo era su mortal enemigo. Mas tenía esperanza en lo que la doncella le dijera, que le daría bien guarido en los siete días, porque si la fortuna sano le tomase que se podría librar de aquel peligro, y por esto se esforzaba mucho, como la doncella se lo aconsejara.

Con esto se fueron ella y el viejo, mas no tardó mucho que la vio tornar, y con ella, dos doncellas pequeñas, hermosas y bien guarnidas, y traían que comiese don Galaor, y abriendo la puerta entraron dentro, y la doncella le dio de comer y dejó con él aquellas doncellas que le hiciesen compañía y libros de historias que le leyesen y que no le dejasen en día dormir. Galaor fue de esto muy consolado, y bien vio que la doncella quería cumplir lo que le prometiera, y agradecióselo mucho.

Pues ella se fue, cerrando las puertas, y las niñas quedaron acompañándole.

Así acaeció también, como habéis oído, al rey Cildadán, que se halló encerrado en aquella fuerte y alta torre sobre la mar, y a poco rato que con gran pensamiento estaba vio abrir una puerta de piedra, que en la torre injerida era, tan junta que no parecía sino la misma pared, y vio entrar por ella una dueña de media edad y dos caballeros armados y llegaron al lecho donde él estaba, mas no le saludaron, y a él y a ellos sí, hablándolos con buen semblante; pero ellos no le respondieron ninguna cosa. La dueña le quitó el cobertor que sobre sí tenía, y catándole las llagas, le puso en ellas medicinas y diole de comer, y tornáronse por donde vinieran sin palabra le decir y cerraron la puerta de piedra como antes estaba. Esto visto por el rey, verdaderamente creyó que él era en prisión, metido en poder de quien su vida muy segura no estaba, pero esforzándose lo más que pudo, no pudiendo hacer más.

149

La doncella que de Galaor curaba tornó a él cuando vio ser tiempo, y preguntóle cómo le iba, y él dijo que bien, y que si delante fuese creía estar en buena disposición al plazo que puesto le tenía.

—De eso he yo placer —dijo ella—, y de lo que os dije no tengáis duda, que así se cumplirá. Mas quiero que me otorguéis un don como leal caballero, que de aquí no probaréis de salir sino por mi mano, porque os sería mortal daño y peligro de vuestra vida, y al fin no lo podríais acabar.

Galaor se lo otorgó y rogóle mucho que le diese su nombre, ella dijo:

—¿Cómo, don Galaor, no sabéis mi nombre? Ahora os digo que estoy con vos engañada, porque tiempo fue que os hice un servicio, del cual, según veo, poco se os acuerda, y si mi nombre os lo recordare, sabed que me llaman Sabencia sobre Sabencia —y fuese luego, y él quedó pensando en aquello, y viniéndole a la memoria la hermosa espada que Urganda al tiempo que Amadís su hermano lo hizo caballero, dio sospecho que ésta podría ser, pero dudaba en ello, porque en aquella sazón la vio muy vieja y ahora moza, por esto no la conoció y miró por las doncellas, mas no las vio, pero vio en su lugar a Gasaval, su escudero, y Ardián, el enano de Amadís, de que fue maravillado y alegre con ellos, y llamólos, que dormían, hasta que los despertó, y cuando ellos le vieron fueron llorando de placer a le besar las manos, y dijéronle:

—¡Oh, buen señor, bendito sea Dios que con vos nos juntó donde os podamos servir!

Él les preguntó cómo habías allí entrado; dijéronle que no sabían sino que:

—Amadís y Agrajes y Florestán nos enviaron con vos.

Entonces le contaron en las formas que su vida estaba, y cómo teniéndole Amadís en su regazo la cabeza llegaron las doncellas a lo pedir, y cómo por acuerdo de ellas y de sus amigos le habían dado, viendo su vida en el punto de la muerte, y cómo le metieron en la fusta y al rey Cildadán con él. Don Galaor les dijo:

—¿Cómo se halló Amadís a tal sazón?

—Señor —dijeron ellos—, sabed que aquél que Beltenebros se llamaba es vuestro hermano Amadís, el cual por su gran esfuerzo la batalla fue vencida por el rey Lisuarte.

Y contáronle en qué manera había socorrido al rey, llevándole el gigante debajo del brazo, y cómo entonces se nombraba por Amadís.

—Grandes cosas —dijo Galaor— habéis dicho, y gran placer tengo por las nuevas de mi hermano, aunque si no me da causa legítima porque se debió tanto tiempo encubrir de mí, mucho seré de él quejoso.

Así como oís estaba el rey Cildadán y don Galaor, el uno en aquella torre y el otro en la casa de la huerta, donde fueron curados de sus llagas hasta tanto que ya pudieran sin peligro alguno ir donde quisieran. Entonces, haciéndoseles conocer Urganda, en cuyo poder estaban en aquella Ínsula no hallada, y diciéndoles cómo los miedos que les pusiera habían sido para más aína les dar salud, que según el gran estrecho en que sus vidas estaban aquello les convenía, mandó a dos sobrinas suyas, muy hermosas doncellas, hijas del rey Falangris, hermano que fue del rey Lisuarte, que en una hermana de la misma Urganda, Grimota llamada, cuando mancebo las hubiera, que los sirviesen y vistiesen y acabasen de sanar. La una de ellas Juliana se llamaba; la otra, Solisa, en la cual visitación se dio causa a que de ellos fuesen preñadas de dos hijos: el de don Galaor, Talanque llamado; el del rey Cildadán, Maneli el Mesurado, los cuales muy valientes y esforzados caballeros salieron, así como adelante se dirá, con las cuales mucho a su placer con gran vicio allí estuvieron hasta que a Urganda le plugo de los sacar de allí, como oiréis adelante.

Mas el rey Lisuarte; que siendo ya mejorado, así él como Amadís y todos los otros sus caballeros de sus llagas, se fue a Fenusa, donde la reina Brisena, su mujer, estaba, y allí de ella y de Briolanja y Oriana y todas las otras dueñas y doncellas de gran guisa fue también recibido y con tanta alegría como la nunca fue otro hombre en ninguna sazón, y después de él Amadís, que ya la reina y todas aquellas señoras sabían cómo no solamente al rey su señor había de la muerte librado, mas que la batalla fue por su gran esfuerzo vencida. A sí lo hicieron a todos los otros caballeros que vivos quedaron, mas lo que la reina Briolanja hacía con Amadís, esto no se puede en ninguna manera escribir, y tomándole por la mano le hizo sentar entre ella y Oriana, y díjole:

—Mi señor, el dolor y tristeza que yo sentí cuando me dijeron que erais perdido nos lo podría contar, y luego tomando cien caballeros de los míos me vine a esta corte, donde supe que vuestros hermanos estaban, para que ellos los repartiesen en vuestra busca, y porque la causa de esta batalla que ahora pasó fue el estorbo de ello acordé yo de aquí estar hasta que pasase, y ahora que, merced a Dios, se ha hecho como yo lo deseaba, decidme lo que os placerá que yo haga y aquello se pondrá en obra.

—Mi buena señora —dijo él—, si vos os sentís de mi mal, muy gran razón tenéis, que ciertamente podéis creer que en todo el mundo no hay hombre que de mejor voluntad que yo hiciese vuestro mandado, y pues en mí dejáis vuestra hacienda, tengo por bien que aquí estéis estos diez días y despachéis con el rey vuestras cosas, y entretanto sabremos algunas nuevas de don Galaor, mi hermano, y pasará una batalla que don Florestán tiene aplazada con Landín, y luego os llevaré yo a vuestro reino, y dende irme a la Ínsula Firme, donde mucho tengo que hacer.

—Así lo haré —dijo la reina Briolanja—, mas ruégoos, mi señor, que vos digáis aquellas grandes maravillas que en aquella Ínsula hallasteis.

Y queriéndose de ello excusar, tomóle Oriana por la mano y dijo:

—No os dejaremos sin que algo de ello nos contéis.

Entonces Amadís dijo:

—Creed, buenas señoras, que aunque yo me trabaje de lo contar, sería imposible decirlo, pero dígoos que aquella cámara defendida es más rica y hermosa que en todo el mundo hallarse podría, y si por alguna de vosotras no es ganada creo que en el mundo no lo será por otra ninguna.

Briolanja, que algo callada estuvo, dijo:

—Yo no me tengo por tal que aquella aventura acabar pudiese, mas cualquier que yo sea, si a mi locura no me lo tuvieseis, probarla había.

—Mi señora —dijo Amadís—, no tengo yo por locura probar aquello en que todas las otras fallecen, siendo por razón de hermosura, especialmente a vos, que tanta parte de ella Dios dar quiso, antes lo tengo por honra en querer ganar aquella fama que por muchos y largos tiempos podrá durar, sin que ninguna parte de la honra menoscabada sea.

De esto que Amadís dijo, pesó en gran manera a Oriana, e hizo mal semblante, de manera que Amadís, que de ella los ojos no partió, lo tendió luego, y pesóle de lo haber dicho, comoquiera que su intención fuese en mayor honra y loor de ella, sabiendo por la vista de Grimanesa que la hermosura de

Briolanja no le igualaba tanto que aquella ventura ganar pudiese, lo que de su señora no dudaba. Mas Oriana, que de ello gran pasión tenía, temiendo que en el mundo había cosa que por razón de hermosura de ganarse hubiese, que Briolanja no la alcanzase.

Después de haber allí estado alguna pieza y haber rogado a Briolanja que si en la cámara defendida entrase le hiciese saber qué cosa era, fuese donde Mabilia estaba, y apartada con ella le contó todo lo que Briolanja y Amadís en su presencia de ella habían pasado, diciéndole:

—Esto me acontece siempre con vuestro primo, que mi cautivo corazón nunca en él piensa sino en le complacer y seguir su voluntad no guardando a Dios ni la ira de mi padre y él conociendo que ha libre señorío solo a mí, tiéneme en poco.

Y viniéronle las lágrimas a los ojos, que por las muy hermosas faces le caían. Mabilia le dijo:

—Maravillada soy de vos, señora, que corazón habéis, que aún de una cuita salida no sois y queréis en otra entrar. ¿Cómo tan gran yerro es éste que decís que mi primo os ha hecho, que en tal alteración os pusiese? Sabiendo que nunca por otra ni pensamiento os erró, y viendo por vuestros ojos aquellas pruebas que en seguridad vuestra tiene acabadas. Ahora os digo, señora, que me dais a entender que no os place de su vida, que según lo que por él ha pasado el menor enojo que en vos sienta es llegado a la muerte, y no sé qué enojo de él tengáis, por lo que no puede más hacer, que si Apolidón allí aquello dejó para que por todos y todas generalmente fuese procurado, como lo podría él estorbar, pues así es, creyendo que Briolanja lo acabando os lo quita. Ciertamente, aunque de ello no os plega, yo creo que ni su hermosura ni la vuestra serán bastantes para dar cabo a aquello que cien años ha que ninguna por hermosa que fuese lo hubo acabado. Mas esto no es sino aquella fuerte ventura suya que tal vuestro, sujeto y cautivo lo hizo, que aborreciendo y desechando a todo su linaje por vos, señora, servir, teniéndolos por extraños y sirviendo donde le vos mandáis y con tanta crudeza se lo queréis quitar. ¡Ay, qué mal empleado es cuanto él ha servido y ha hecho servir a su linaje y a sus hermanos, pues que el galardón de ello es llegarle sin merecimiento a la muerte, y yo, señora, por cuanto os guardé y serví, que lleve en galardón ver morir ante mis ojos la flor de mi linaje, aquél que tanto me ama! Mas si a Dios pluguiere, esta muerte ni esta cuita no veré yo, que mi hermano Agrajes y mi tío Galvanes me llevarían a mi tierra, que gran yerro sería servir a quien tan mal conoce y agradece los servicios —y comenzó a llorar, diciendo—: Esta crudeza que en Amadís hacéis, Dios quiera que del su linaje os sea demandada, aunque cierta soy que su pérdida, por grande que sea, no le igualará con la vuestra, porque olvidando a ellos, a vos sola ama sobre todas las cosas que amadas son.

Cuando Mabilia decía esto, Oriana fue tan espantada que el corazón se le cerró, que hablar no pudo por una pieza, y siendo más sosegada díjole, llorando muy de corazón:

—¡Oh, cautiva desventurada, más que todas las que nacieron!, ¿qué puede ser de mí con tal entendimiento cual vos habéis? Yo vengo por remedio de mi gran cuita, no teniendo otro que me aconseje, y vos hacéisme peor corazón, sospechando lo que yo nunca pensé, y esto no lo hace sino mi desventura que toméis a mal lo que yo por bien os digo, que Dios no me salve ni ayude si nunca mi corazón pensó nada de cuanto me habéis dicho, ni tengo duda que la parte que en vuestro primo tengo no sea entera a la satisfacción de mis deseos, mas lo que más grave siento es que, habiendo él ganado el señorío de aquella Ínsula, si otra mujer antes que yo aquella prueba acabase, sería muy mayor dolor para mí que la misma muerte, y con esta gran rabia que mi corazón siente tengo por mal aquello que por ventura a buena intención él dijo, pero comoquiera que haya pasado, demándoos perdón de lo que nunca os merecí y ruégoos que por aquél gran amor que a vuestro primo habéis que sea perdonada, aconsejándome aquello que a él y a mí más cumple.

Entonces, riendo con gesto muy hermoso, la fue abrazar, diciéndole:

—Mi verdadera amiga, sobre cuantas en el mundo son, yo os prometo que nunca en esto hable a vuestro primo ni le dé a entender que miré en ello, mas vos hablad con él lo que por bien tuviereis y aquello habré yo por bueno.

Mabilia le dijo:

—Señora, yo os perdono por pleito que me hagáis, que aunque de él saña tengáis, que no se la mostréis sin que yo primero en ello intervenga, porque no acaezca otro tal yerro como el pasado.

Con esto quedaron bien avenidas, como aquéllas entre quien ningún desamor haber podía; mas Mabilia, no olvidando lo que Amadís había dicho, ásperamente, con saña, le afrentó mucho riendo y afeando aquello que a Briolanja ante su señora dijera, a la memoria le atrayendo el peligro en que su vida, por causa de aquella mujer, puesta fue, avisándole que siempre cuando con ella hablase gran cuidado tuviese, pensando que tan dura cosa era de arrancar la celosía en el corazón de la mujer arraigada y diciendo con qué pasión su señora había sentido aquello y la forma que ella para la amansar tuvo.

Amadís, después de se lo haber con mucha cortesía agradecido, teniendo en tanto lo que por él había hecho, prometiendo, si él viviese, de la hacer reina, le dijo:

—Mi señora y buena prima, muy diverso está mi pensamiento de la sospecha que mi señora hubo, porque uno de los, mayores servicios que le yo en cosa de tal cualidad hacer pudiese es éste, en no solamente aconsejar a Briolanja que aquella aventura pruebe, mas ir yo por ella a do quiera que estuviese para ello, y la causa es ésta: en voz de todos Briolanja es tenida por una de las más hermosas mujeres del mundo, tanto que sin duda tienen ser bastante de entrar sin empacho en aquella cámara. Y porque yo tengo lo contrario, que a Grimanesa vi y con gran parte no le iguala en hermosura. Cierto soy que aquella honra que todas las otras ha ganado, aquélla ganará Briolanja, lo que yo no dudo de Oriana, que no está en más de lo acabar de cuanto lo probase, y si esto fuese antes que lo de Briolanja, todos dirían que así como ella, la otra si lo probara, lo pudiera acabar. Y siendo Briolanja la primera, faltando en ello como lo tengo por cierto, quedará después la gloria entera en mi señora. Ésta fue la causa de mi atrevimiento.

Mucho fue contenta Mabilia de esto que Amadís le dijo, y Oriana mucho más después que de ella lo supo, quedando muy arrepentida de aquella pasión alterada que hubo, teniendo en la memoria cómo ya otra vez, por otro semejante accidente, puso en gran peligro a ella y a su amigo, y por enmienda de aquel yerro acordaron que por un caño antiguo que a una huerta salía del aposentamiento de Oriana y de la reina Briolanja, Amadís entrase a holgar y hablar con ella. Esto así concertado, y partido Amadís de Mabilia, llamáronle Briolanja y Oriana, que juntas estaban, y llegando a ellas rogáronle que les dijese verdad de lo que preguntarle querían; él se lo prometió. Díjole Oriana:

—Pues decidnos quién fue aquella doncella que llevó el tocado de las flores cuando ganasteis la espada.

A él peso de aquella pregunta habiendo de decir verdad, pero volvióse a Oriana y díjole:

—Dios no me salve, señora, si más de su nombre ni quien ella es de lo que vos sabéis, aunque siete días en su compaña anduve, mas dígoos que había hermosos cabellos y en lo que le viera asaz hermosa, mas de su hacienda tanto de ella sé como vos, señora, sabéis, que entiendo que nunca la visteis.

Oriana dijo:

—Si mucha gloria alcanzó en acabar aquella aventura, caro le hubiera de costar, que según me dijeron Arcalaus el Encantador y Londoraque su sobrino le querían el tocador tomar y colgarla por los cabellos si no fuera porque la defendisteis.

—No me parece —dijo Briolanja— que él la defendió si él es Amadís, sino aquel valiente en armas, Beltenebros, que no en menos grado que Amadís debe ser tenido, y comoquiera que yo tan gran beneficio de él recibí, ni por eso dejaré de decir sin afición ninguna verdad, y digo que si Amadís, sobrada en gran cantidad la valentía de aquel fuerte Apolidón, ganando la Ínsula Firme, gran gloria alcanzó, que Beltenebros, derribando en espacio de un día diez caballeros de los buenos de la casa de vuestro padre y matando en batalla aquel bravo gigante Famongomadán y a Basagante, su hijo, no la alcanzó menor. Pues si decimos que Amadís, pasando so el arco de los leales amadores haciéndose por él lo que la imagen con la trompa hizo, en mayor grado que por otro caballero alguno dio a entender la lealtad de sus amores. Pues paréceme a mí que no se debe tener en menos haber Beltenebros sacado aquella ardiente espada que por más de sesenta años nunca otro se halló que sacarla pudiera. Así que, mi buena amiga, no es razón que la honra a Beltenebros debida sea falsamente a Amadís dada, pues que por tan bueno el uno como el otro se debe juzgar, y así es mi parecer.

Así como oís estaban estas dos señoras burlando y riendo en quien toda la hermosura y gracia del mundo estaba, así que con mucho placer con aquel caballero estaban, que de ellas tan amado era, y tanto más su ánimo de la gran alegría en ello tomaba cuanto más en la memoria le ocurría aquella gran desventura, aquella cruel tristeza que, estando sin ninguna esperanza, de remedio en Peña Pobre tan cerca de la muerte le había llegado.

Estando, como oísteis, por una doncella de parte del rey, fue Amadís llamado, diciéndole cómo don Cuadragante y Landín, su sobrino, se querían quitar de sus promesas así que le convino, dejando aquel gran placer, ir a donde ellos estaban, y con él don Bruneo de Monamar y Branfil. Llegados donde el rey era con muchos buenos caballeros, don Cuadragante se levantó y dijo:

—Señor, yo he atendido aquí a Amadís de Gaula, así como sabéis, y pues presente está, quiero ante vos quitarme de la promesa que hice.

Entonces contó allí todo lo que con él en la batalla le avino y cómo siendo por él vencido, mucho contra su voluntad, vino a aquella corte a se meter en su poder y le perdonar la muerte del rey Abies, su hermano, y porque quitaba la pasión que hasta allí tuvo que el sentido turbado le tenía, no dejando que el juicio la verdad determinase, hallaba que más con sobrada soberbia que con justa razón él había demandado y procurado de vengar aquella muerte sabiendo que como entre caballeros sin ninguna cosa en que trabarse pudiese había aquella batalla pasado, y pues que así era, que la perdonaba y le tomaba por amigo en tal manera como a él pluguiese. El rey le dijo:

—Don Cuadragante, si hasta ahora con mucho loor vuestros grandes hechos en armas ganando mucha honra son publicados, no en menos éste se debe tener, porque la valentía y el esfuerzo que a razón y consejo sujetos no son, no deben en mucho ser tenidos.

Entonces lo hizo abrazar, agradeciéndole Amadís mucho lo que por él hacía y la amistad que le demandaban, la cual, aunque por entonces por liviana se tuvo, por largos tiempos duró y se conservó entre ellos, así como la historia lo contará. Y por cuanto la batalla que entre Florestán y Landín estaba puesta era por la misma causa, hallóse por derecho que pues la parte principal, que era Cuadragante, había perdonado, que Landín, con justa causa, lo debía hacer. Lo cual se haciendo, la batalla fue partida, de lo cual no poco placer hubo Landín, habiendo visto la valentía de Florestán en la batalla pasada de los reyes.

Esto hecho, como oísteis, habiendo el rey Lisuarte algunos días holgado del gran trabajo que en la batalla del rey Cildadán hubo, acordándose de la cruel prisión de Arbán, rey de Norgales, y de Angrite de Estravaus, determinó de pasar en la Ínsula Mongaza, donde estaban, y así lo dijo a Amadís y a sus caballeros, mas Amadís le dijo:

—Señor, ya sabéis qué pérdida en vuestro servicio hace la falta de don Galaor, y si por bien lo tuviereis iré yo a lo buscar en compañía de mi hermano y de mis primos, y placerá a Dios que al tiempo de este viaje, que hacer queréis, os lo traeremos.

El rey dijo:

—Dios sabe, amigo, si tantas cosas de remediar no tuviese con que voluntad yo por mi persona le buscaría, mas pues que yo no puedo, por bien tengo que se haga lo que decís.

Entonces se levantaron más de cien caballeros, todos muy preciados y de gran hecho de armas, y dijeron que también ellos querían entrar en aquella demanda, que si ellos obligados eran a las grandes aventuras, no podía ser ninguna mayor que la pérdida de tal caballero. Al rey plugo de ello y rogó a Amadís que no se partiese, que le quería hablar.

Capítulo 60. Cómo el rey vio venir una extrañeza de fuegos por el mar, y lo que le avino con ella

Después de haber cenado, estando el rey en unos corredores, siendo ya casi hora de dormir, mirando la mar, vio por ella venir dos fuegos que contra la villa venían, de que todos espantados fueron, pareciéndoles cosa extraña que el fuego con el agua se convinase, pero acercándose más vieron entre los fuegos venir una galera, en el mástil de la cual unos cirios grandes ardiendo venían, así que parecía toda la galera arder. El ruido fue tan grande que toda la gente de la villa salió a los muros por ver aquella maravilla, esperando que, pues el agua no era poderosa de aquel fuego matar, que otra cosa ninguna lo sería, y que la villa sería quemada y la gente en gran miedo era, porque la galera y los fuegos se llegaban. Así que la reina con todas las dueñas y doncellas se fue a la capilla, habiendo temor. Y el rey cabalgó en un caballo y cincuenta caballeros con él, que siempre le aguardaban, y llegando a la ribera de la mar halló todos los más de sus caballeros que allí estaban y vio delante todos a Amadís y Guilán el Cuidador y a Enil, tan juntos a los fuegos, que se maravilló cómo sufrirlo podían, y dando de las espuelas a su caballo, que del gran ruido se espantaba, se juntó con ellos; mas no tardó mucho que vieron salir debajo de un paño de la galera una dueña de paños blancos vestida, y una arqueta de oro en sus manos, la cual, ante todos abriendo, sacando de ella una candela encendida y echada y muerta en la mar aquellos grandes fuegos fueron luego muertos de guisa que ninguna señal de ellos quedó, de que toda la gente fue alegre, perdiendo el temor que de antes tenían, solamente quedando la lumbre de los cirios que en el mástil de la galera ardiendo venían, que era tal que la ribera alumbraba, y quitando el paño que la galera cubría, viéronla toda enramada y cubierta de rosas y flores y oyeron dentro de ella tañer instrumentos de muy dulce son a maravilla, y cesando el tañer salieron diez doncellas ricamente vestidas con guirnaldas en las cabezas y vergas de oro en las manos, y delante de ellas la dueña de la candela en la mar muerto había, llegando en derecho del rey en el borde de la galera humillándose todas, y así lo hizo el rey a ellas, y dijo:

—Dueña, en gran pavor nos metisteis con vuestros fuegos, y si os pluguiere, decidnos; ¿quién sois?, aunque bien creo que sin mucho trabajo lo podríamos adivinar.

—Señor —dijo ella—, en balde se trabajaría el que pensase poner en vuestro gran corazón y de cuantos caballeros aquí están, pavor ni miedo, mas los fuegos que visteis traigo yo en guarda de mí y de mis doncellas, y si vuestro pensamiento es ser yo Urganda la Desconocida, pensáis verdad y vengo a vos como el mejor rey del mundo y a ver a la reina que de virtud y bondad par no tiene.

Entonces dijo contra Amadís:

—Señor, llegad vos acá adelante, y deciros he cómo por vos quitar a vos y a vuestros amigos de trabajo en que por buscar a don Galaor, vuestro hermano, os queríais poner, soy aquí venida, porque todo sería afán perdido, aunque todos los del mundo lo buscasen, y dígoos que él está guarido de sus llagas y con tal vida y tanto placer cual nunca en su vida lo tuvo.

—Mi señora —dijo Amadís—, siempre en mi pensamiento tuve que después de Dios el remedio vuestro era la salud de don Galaor y el gran descanso mío, que según de la forma me fue pedido, y llevado ante mis ojos, si esta sospecha no tuviera, antes recibiría la muerte con él que de mí apartar. Y las gracias que de esto daros puedo no son otras sino, como vos mejor que yo lo sabéis, esta mi persona que en las cosas de vuestra honra y servicio puesta será sin temer peligro alguno, aunque la misma muerte fuese.

—Pues holgad —dijo ella—, que muy presto lo veréis con tanto placer que gran parte de ello os alcance.

El rey le dijo:

—Señora, tiempo será que salgáis de la galera y os vayáis a mi palacio.

—Muchas mercedes —dijo ella—, mas esta noche aquí quedaré y de mañana haré lo que me mandareis, y venga por mí Amadís, y Agrajes, y don Bruneo de Bonamar, y don Guilán el Cuidador, porque son enamorados y muy lozanos de corazón, así como lo yo soy.

—Así se hará —dijo el rey— en esto y en todo lo que vuestra voluntad fuere.

Y mandando a toda la gente que se fuesen a la villa, despedido de ella se tornó a su palacio y mandó allí dejar veinte ballesteros en guarda que ninguno a la ribera de la mar se llegase.

Otro día de mañana envió la reina doce palafrenes ricamente ataviados para en que Urganda y sus doncellas viniesen, y fueron a las traer Amadís y los tres caballeros que ella nombró, vestidos de muy nobles y preciadas vestiduras, y cuando llegaron hallaron a Urganda y a sus doncellas salidas de las naos en una tienda que de noche hiciera armar, y descabalgando se fueron a ella, que muy bien los recibió, y ellos a ella con mucha humildad. Entonces las pusieron en los palafrenes, y los cuatro caballeros iban en torno de Urganda, y como así se vio dijo:

—Ahora huelga el mi corazón, y es en todo descanso, pues que de aquéllos que a él son conformes cercado se ve.

Esto decía ella porque así como ellos era ella enamorada de aquel hermoso caballero su amigo.

Pues llegados al palacio entraron donde el rey estaba, que muy bien la recibió, y ella le besó las manos, y mirando a uno y otro cabo vio muchos caballeros por el palacio, y miró al rey y díjole:

—Señor, bien acompañado estáis, y no lo digo tanto por el valor de estos caballeros como por el gran amor que os tienen, que ser los príncipes armados de los suyos hace seguros sus estados. Por ende, sabedlos conservar, porque no parezca que vuestra discreción aún no está llena de aquella buena ventura que en ella caber podría. Guardaos de malos consejeros, que aquélla es la verdadera ponzoña que a los príncipes destruye, y si os pluguiere veré a la reina y hablaré con vos, señor, antes que me parta, algunas cosas.

El rey le dijo:

—Mi amiga, agradézcoos mucho el consejo que me dais, y a todo mi poder así lo haré yo, y ved a la reina, que mucho os ama, y creed ciertamente que así hará de grado todo lo que a vuestro placer fuera.

Ella se fue con sus cuatro compañeros para la reina, de la cual y de Oriana y de la reina Briolanja y de todas las otras dueñas y doncellas de gran guisa fue con mucho amor recibida. Ella miró mucho la hermosura de Briolanja, mas bien vio que a la de Oriana con gran parte no igualaba y había gran sabor de las ver, y dijo a la reina:

—Señora, yo vine a esta corte por ver la grande alteza del rey y la vuestra y la alteza de las armas y la flor de la hermosura del mundo, que por cierto creo que en compaña de ningún emperador ni príncipe, con mucha parte, tan cumplida no se hallaría, que esto así se pruebe da de ello testimonio el ganar de la Ínsula Firme, sobrando en valentía aquel esforzado Apolidón, la muerte de los bravos gigantes, la dolorosa y cruel batalla, en que tanta parte de esfuerzo de braveza del rey, vuestro marido, y de todos los suyos, se mostró. ¿Quién sería tan osado y de tan mal conocimiento que quisiese afirmar haber en todo el mundo hermosura que a la de estas dos señoras igualarse pudiese? Ninguno, con verdad. Así que, viendo estas cosas, mi corazón es en todo descanso y holgura puesto, aún más digo, que aquí es mantenido amor en la mayor lealtad que en ninguna sazón lo fue, lo cual se ha mostrado en aquellas pruebas de la ardiente espada y del tocado de las flores que en cabo de sesenta años todo lo más del mundo habiendo rodeado, nunca se halló quien las acabar pudiese; que aquella que las flores ganó bien dio a entender que ella es señalada en el mundo sobre todas en ser leal a su amigo.

Cuando Oriana esto oyó, perdida la color, fue muy desmayada pensando que Urganda, descubriendo algo de ella y de su amigo, serían en gran peligro y vergüenza puestos, y así lo fueron todas aquellas que allí amigos tenían, mas sobre todos lo tuvieron Mabilia y la doncella de Dinamarca, creyendo que sobre ellas el mayor peligro podía venir. Oriana miró a Amadís, que cerca le tenía, y como él entendió su temor, llegóse a ella y díjole:

—Señora, no hayáis miedo, que no se hablará así como vos pensáis.

Entonces dijo a la reina:

—Señora, preguntad a Urganda quién fue aquella que de aquí el tocado de las flores llevó.

Y la reina le dijo:

—Amiga, decidnos, si os pluguiere, esto que Amadís saber quiere.

Ella dijo riendo:

—Mejor lo debería él saber que no yo, que anduvo en compaña y llevó gran afán en la librar de las manos de Arcalaus el Encantador y de Lindoraque.

—¿Yo, señora? —dijo Amadís—. Esto no podría ser que yo la conociese ni a mí mismo, como vos lo sabéis, porque queriéndose de mí encubrir, como lo hizo, de vos en balde le trabajara.

—Pues que así es —dijo ella— quiero decir lo que de ello sé.

Entonces habló en una voz alta que todos lo oyeron, diciendo:

—Aunque Amadís como doncella allí aquella prueba la trajo, cierto es sino dueña y fuela por aquél que dio causa a que ella el tocado de las flores ganase, por le tan ahincadamente amar, y sabed que es natural del señorío del rey y vuestro y de parte de su madre no es de esta tierra, y en este señorío hace su morada y está bien heredada en él, y si algo le falta es no temer a su voluntad y a aquél que tanto ama como querría, y no os diré más de su hacienda ni Dios quiera que por mí se descubran las cosas que a otras convienen que encubiertas sean, y quien conocerla quisiere búsquela en el señorío del rey, donde su afán será perdido.

A Oriana se le sosegó el corazón y a todas las otras. La reina le dijo:

—Creo lo que decís, pero tanto como antes de ello sé, sino que pensando ser doncella, decís que es dueña.

—Esto basta, sin que de ello más sepáis —dijo Urganda—, pues que honrando vuestra corte mostró su gran lealtad.

Con esto que Oriana oyó fue sosegada de su alteración y todas las otras. Con esto se fueron a comer, que aderezado lo tenían, como en casa donde siempre acostumbraban hacer. Urganda pidió a la reina que la dejase aposentar con Oriana y con la reina Briolanja.

—Así sea —dijo la reina—, mas entiendo que sus locuras os enojarán.

—Más enojo harán —dijo Urganda— sus hermosuras a los caballeros que de ellas se guardaren, que contra ellas no bastará esfuerzo ni valentía ni discreción para les excusar el peligro más grave que la muerte.

La reina le dijo riendo:

—Entiendo que ligeramente les serán perdonados los caballeros que hasta ahora han atormentado y muerto.

Urganda hubo mucho placer de lo que la reina dijo, y despedida de ella se fue con Oriana a su aposentamiento, que era una cuadra en que cuatro camas había, una de la reina Briolanja, y otra de Oriana, y otra de Mabilia, y la otra para Urganda. Allí holgaron hablando en muchas cosas que placer les daban hasta que se acostaron. Mas, después que todas dormían, Urganda vio cómo Oriana despierta estaba, y díjole:

—Amiga y señora, si vos no dormís razón hay que os despierte aquél que nunca sin vuestra vista sueño ni holganza hubo, y así van las holganzas unas por otros.

Oriana hubo vergüenza de aquello que le decía, mas Urganda, que lo entendió, díjole:

—Mi señora, no temáis de mí, porque yo vuestros secretos sepa, que así como vos los guardaré, y si algo dijese será tan encubierto que cuando sabido sea ya el peligro de ello no podría dañar.

Oriana le dijo:

—Señora, hablad paso, porque de estas señoras que aquí están oído no sea.

Urganda dijo:

—De ese miedo yo os quitaré.

Entonces sacó un libro tan pequeño que en la mano se cerraba, e hízole poner allí la mano y comenzó a leer en él, y dijo:

—Ahora sabed que por cosa que les hagan no despertarán, y si alguna aquí entrare luego en el suelo caerá dormida.

Oriana se fue a la reina Briolanja y quísola despertar, mas no pudo y comenzó trabándola de la cabeza y de los brazos y colgándola de la cama, y otro tanto a Mabilia, mas ni por eso despertaron, y llamó a la doncella de Dinamarca, que a la puerta de la cuadra estaba, y como dentro entró cayó dormida. Entonces con mucho placer se fue a echar con Urganda en su cama, y díjole:

—Señora, mucho os ruego que pues vuestra gran discreción y saber alcanzas las cosas por venir, me digáis algo de aquello que a mí acaecer podría antes que venga.

Urganda la miró riendo, como en desdén, y dijo:

—Mi hija amada, ¿vos cuidáis que sabiendo lo que pedís si de vuestro daño fuese que lo haríais? No lo creáis, que lo que es por aquel muy alto Señor permitido y ordenado ninguno es poderoso de lo estorbar, así de bien como de mal, si él no lo remedia; mas pues que tanto sabor habéis que algo os diga, así lo haré, y mirad si sabiendo lo haréis algo de vuestra pro.

Entonces le dijo:

—En aquel tiempo que la gran cuita presente te será y por ti muchas gentes de gran tristeza atormentadas, saldrá el fuerte león con sus bestias y de los sus grandes bramidos los tus guardadores asombrados, serás dejada en sus muy fuertes uñas, y el afamado león derribará de la tu cabeza la alta corona, que más no será tuya, y el león hambriento será de la tu carne apoderado, así que la meterá en las sus cuevas, con que la su rabiosa hambre amansada será. Ahora, mi buena hija, mira lo que harás, que esto ahí ha de venir.

—Señora —dijo Oriana—, muy contenta fuera en no os haber preguntado nada, pues que en tan gran pavor me habéis puesto con tan extraño y cruel fin.

—Señora y hermosa hija —dijo ella—, no queráis vos saber aquello que vuestra discreción ni fuerza son para lo estorbar bastantes, pero de las cosas encubiertas muchas veces las personas temen aquello que de alegrarse debían, y en tanto sed vos muy leda, que Dios os ha hecho hija del mejor rey y reina del mundo con tanta hermosura que por maravilla es en todas partes divulgada y os hizo amar a aquél que sobre todos los que honra y prez tienen y procuran luce como el día sobre las tinieblas, del cual, según las cosas pasadas y por vos vistas, sin duda podéis segura estar de ser vos aquélla que más a su propia vida ama; de esto debéis, mi señora, recibir gran gloria en ser señora, sobre aquél que por su merecimiento del mundo todo, merecía ser señor y ahora es ya tiempo que estas señoras despertadas sean.

Entonces sacando el libro de la cuadra todas fueron en su acuerdo. Así como oís holgó allí Urganda, siendo muy viciosa de lo que menester había, y en cabo de algunos días rogó al rey que mandase juntar todos sus caballeros, y la reina sus dueñas y doncellas, porque les quería hablar antes que se partiese. Esto se hizo luego en una grande y hermosa sala ricamente guarnida, y Urganda se puso en lugar donde todos oírla pudiesen. Entonces dijo al rey;

—Señor, pues que las cartas que os envié a vos y a don Galaor guardasteis al tiempo que de vos se partió Beltenebros habiendo la espada ganado y la su doncella el tocado de las flores, ruégoos mucho que las hagáis aquí traer, porque claramente se conozca haber yo sabido las cosas antes que viniesen.

El rey las hizo traer y leer a todos, y vieron cómo todo aquello que en ellas se dijera se había enteramente cumplido, de que muy maravillados fueron, y mucho más del gran esfuerzo del rey en haber osado, sobre palabras tan temerosas, entrar en la batalla, y allí vieron cómo por los tres golpes que Beltenebros hizo fue la batalla vencida: el primero, cuando ante los pies de don Galaor derribó al rey Cildadán; el segundo, cuando mató aquel muy esforzado Sarmadán el León; el tercero, cuando socorrió al rey que Madanfabul, el bravo gigante de la Torre Bermeja, lo llevaba so el brazo a se meter en las naos y le cortó el brazo cabe el codo, de que socorrido el rey el gigante fue muerto. También se cumplió lo que de don Galaor dijo, que su cabeza sería puesta en poder de aquél que aquellos tres golpes haría. Esto fue cuando Amadís en su regazo lo tuvo como muerto al tiempo que a las doncellas que se lo demandaron lo entregó.

—Mas ahora —dijo Urganda— os quiero decir algunas cosas de las que por venir están, según los tiempos unos en pos de otros vinieren —y dijo así—: Contienda se levantará entre el gran culebro y el fuerte león en que muchas animalias bravas ayuntadas serán. Grande ira y saña les sobrevendrá, así que muchas de ellas la cruel muerte padecerán. Herido será el gran raposo romano de la uña del fuerte león, y cruelmente despedazada la su pelleja, por donde parte del gran culebro será en gran cuita. Aquella sazón la oveja mansa cubierta de lana negra entre ellos será puesta, y con la su grande humildad y amorosos halagos amansará la rigurosa y gran braveza de sus fuertes corazones y apartará los unos de los otros. Mas luego descenderán los lobos hambrientos de las ásperas montañas contra el gran culebro, y siendo de ellos vencido con todas sus animalias encerrado será en una de las cuevas. Y el tierno unicornio, poniendo la su boca en las orejas del fuerte león con los sus bramidos le hará del gran sueño despertar, y haciéndole tomar consigo algunas de las sus bravas animalias, con paso muy apresurado será en el socorro del gran culebro puesto y hallarlo ha mordido y adentellado de los hambrientos lobos, así que mucha de la su sangre por entre las sus fuertes conchas derramada será, y sacándolo de las sus rabiosas bocas, todos los lobos serán despedazados y maltrechos, y siendo restituida la vida del gran culebro lanzando de sus entrañas toda la su ponzoña, consentirá ser puesta en las crueles uñas del león de la blanca cervatilla que en la temerosa selva, dando contra el cielo los piadosos balidos, estará retraída. Ahora, buen rey, hazlo escribir, que así todo avendrá.

El rey dijo que así lo haría, pero que por entonces no entendía de ello nada.

—Pues tiempo vendrá —dijo— que a todos será muy manifiesto.

Y Urganda miró a Amadís y viole estar pensando, y díjole:

—Amadís, ¿qué piensas en lo que nada te aprovecha? Déjate de ello y piensa un mercado que has ahora de hacer. En aquel punto a la muerte serás llegado por la ajena vida y por la ajena sangre darás la tuya, y de aquel mercado, siendo tuyo en martirio, de otro será la ganancia y el galardón que dende habrás será saña y alongamiento de tu voluntad, y esa tan cruda y rica espada trastornará los tus huesos y tu carne en tal manera que serás en gran pobreza de la tu sangre y serás en tal estado que si la mitad del mundo tuyo fuese, la darías en tal que ella quebrada fuese o echada en algún lago donde nunca se cobrase, y ahora cata qué harás, que todo así como digo avendrá.

Amadís, viendo que todos en él los ojos tenían puestos, dijo con semblante alegre, así como lo él tenía:

—Señora, por las cosas pasadas de vos dichas podemos creer esta presente cosa ser verdadera, y como yo tengo creído ser mortal y no poder alcanzar más vida de la que a Dios pluguiere, más es mi cuidado en dar fin justamente en las grandes y graves cosas donde honra y fama se gana que en sostener la vida, así que si yo hubiese de temer las espantosas cosas, con más razón lo haría en las presentes que cada día me ocurren que en las ocultas que por venir están.

Urganda dijo:

—Tan gran trabajo sería pensar quitar el gran esfuerzo de ese vuestro corazón como sacar toda el agua de la mar.

Entonces dijo al rey:

—Señor, yo me quiero ir, acuérdeseos de lo que antes os dije, como quien vuestra honra y servicio desea. Cerrad las orejas a todos y más a aquéllos en quien malas obras sintiereis.

Con esto se despidió de todos y con sus cuatro compañeros, sin querer que otros algunos la acompañasen se fue a su nave, la cual entrada en la alta mar de una gran tiniebla fue cubierta.

Capítulo 61. De cómo el rey Lisuarte andaba hablando con sus caballeros que quería combatir la isla del Lago Ferviente por liberar de la prisión al rey Arbán de Norgales y Angriote de Estravaus, y cómo estando así vino una doncella gigante por la mar y demandó al rey, delante la reina y su corte, que Amadís se combatiese con Ardán Canileo, y si fuese vencido Ardán Canileo, quedaría la isla sujeta al rey y darían los presos que tanto sacar deseaban, y si Amadís fuese vencido, que no quedarían más de cuanto le dejasen llevar su cabeza a Madasima

Partida Urganda, como habéis oído, pasando algunos días andando el rey Lisuarte por el campo hablando con sus caballeros en la pasada que hacer quería a la Ínsula de Mongaza, donde el Lago Ferviente, para sacar de la prisión al rey Arbán de Norgales y Angriote de Estravaus, vieron por la mar venir una nao que al puerto de aquella villa a desembarcar venía, y luego se fue allá por saber quién venía en ella. Cuando el rey llegó venía ya en un batel una doncella y dos escuderos, y como a la tierra llegaron, la doncella se levantó y preguntó si era allí el rey Lisuarte. Dijéronle que sí, mas mucho fueron todos maravillados de su grandeza, que en toda la corte no había caballero que con un gran palmo a ella igualase y todas sus facciones y miembros eran razón de su altura y era asaz hermosa y ricamente vestida, y dijo al rey:

—Señor, yo os traigo un mensaje, y si os pluguiere decirlo he ante la reina.

—Así se haga —dijo el rey. Y yendo a su palacio la doncella se fue tras él. Estando, pues, ante la reina y ante todos los caballeros y mujeres de la corte la doncella, preguntó si era allí Amadís de Gaula, aquél que antes Beltenebros se llamaba. Él respondió y dijo:

—Buena doncella, yo soy.

Ella lo miró de mal semblante, y dijo:

—Bien puede ser que vos seáis, mas ahora aparecerá si sois tan bueno como sois loado.

Entonces sacó dos cartas que los sellos de oro traían, y la una dio al rey y la otra a la reina, las cuales eran de creencia.

El rey dijo:

—Doncella, decid lo que quisiereis, que oíros hemos.

La doncella dijo:

—Señor Gromadaza, la giganta del Lago Ferviente, y la muy hermosa Madasima y Ardán Canileo el Dudado, que para los defender con ellas está, han sabido cómo queréis ir sobre su tierra para la tomar, y porque esto no se podría hacer sin gran pérdida de gente dicen así que lo pondrán en juicio de una batalla en esta guisa: que Ardán Canileo se combatirá con Amadís de Gaula, y si lo venciere o matare, que quedando la tierra libre le dejen llevar su cabeza al Lago Ferviente, y si él vencido o muerto . fuere, que darán toda su tierra a vos, señor, y al rey Arbán de Norgales y Angriote de Estravaus, que presos tienen, los cuales serán luego traídos aquí; y si Amadís tanto los ama como ellos piensan y quieren hacer verdadera la esperanza que en él tienen, otorgue la batalla por librar tales dos amigos, y si él fuere vencido o muerto llévelos Ardán Canileo, y si otorgar no la quiere, luego delante sí verá cortadas sus cabezas.

—Buenas doncellas —dijo Amadís—, si yo la batalla otorgo, ¿por dónde será el rey cierto que se cumplirá eso que decís?

—Yo os lo diré —dijo ella—. La hermosa Madasima, con doce doncellas de gran cuenta, entrará en prisión en poder de la reina en seguridad que se cumplirá o les cortará las cabezas, y de vos no quiero otra seguridad sino que si muerto fuereis, que llevará vuestra cabeza, dejándola ir segura. Y más, harán que por este pleito entrarán en la prisión del rey Andanguel, el jayán viejo con dos hijos suyos y nueve caballeros, los cuales tienen en su poder los presos y villas y castillos de la Ínsula.

Amadís dijo:

—Si a poder del rey y de la reina vienen esos que decís, asaz hay de buenas fianzas. Mas dígoos que de mí habréis respuesta si no me otorgáis de comer conmigo y esos escuderos que con vos traéis.

—¿Y por qué me convidáis? —dijo ella—. No hacéis cordura, que todo vuestro afán será perdido, que yo os desamo de muerte.

—Buena doncella —dijo Amadís—, de eso me pesa a mí, porque yo os amo y haría la honra que pudiese, y si la respuesta queréis, otorgad lo que digo.

La doncella dijo:

—Yo lo otorgo, más por quitar inconveniente, porque respondáis lo que debéis, que por mi voluntad.

Amadís dijo:

—Buena doncella, de me yo aventurar por tales dos amigos y porque el señorío del rey sea acrecentado cosa justa y por ende yo tomo la batalla en el nombre de Dios y vengan esos que decís a se poner en rehenes.

—Ciertamente —dijo la doncella—, a mi voluntad habéis respondido, y prometa el rey si os quitaréis afuera de nunca os ayudar contra los parientes de Famongomadán.

—Excusada es esa promesa —dijo Amadís—, que el rey no tendría en su compañía al que verdad no tuviese, y vamos a comer, que ya es tiempo.

—Iré —dijo ella—, y más alegre que yo pensaba, y pues que la virtud del rey es esa que decís, yo me doy por satisfecha —y dijo al rey y la reina:

—Mañana serán aquí Madasima y sus doncellas y los caballeros en vuestra prisión. Ardán Canileo querrá luego haber la batalla, mas menester es que la aseguréis de todos salvo de Amadís, de quien llevará de aquí su cabeza.

Don Bruneo de Bonamar, que allí a la sazón estaba, dijo:

—Señora doncella, a las veces piensa alguno llevar la cabeza ajena y pierda la suya, y muy aína así podría avenir a Ardán Canileo.

Amadís le rogó que se callase, mas la doncella dijo contra Bruneo;

—¿Quién sois vos, que así por Amadís respondisteis?

—Yo soy un caballero —dijo él— que muy de grado entraría en la batalla si Ardán Canileo otro compañero consigo meter quisiese.

Ella le dijo:

—De esta batalla sois vos excusado, mas si tanto sabor habéis de os combatir, yo os daré otro día que la batalla pase un mi hermano que os responderá, y es tan mortal enemigo de Amadís como vos os mostráis su amigo, y creo, según él es, que os quitará de razonar por él otra vez.

—Buena doncella —dijo don Bruneo—, si vuestro hermano es tal como decís, bien le será menester para llevar adelante lo que vos con saña y gran ira prometiereis, y veis aquí mi gaje, que yo quiero la batalla.

Y tendió la punta del manto contra el rey, y la doncella quitó de su cabeza una red de plata y dijo al rey:

—Señor, veis aquí el mío, que yo haré verdad lo que he dicho.

El rey tomó los gajes, mas no a su placer, que asaz tenía que ver en lo de Amadís y Ardán Canileo, que era tan valiente y tan dudado de todos los del mundo que cuatro años había que no halló caballero que con él se osase combatir si lo conociese.

Esto así hecho, Amadís se fue a su posada y llevó consigo la doncella, lo que no debiera hacer, por el mejor castillo que su padre tenía, y por le hacer más honra hízola posar en una cámara donde Gandalín le tenía todas sus armas y sus atavíos y con ella sus dos escuderos. La doncella, mirando a uno y otro cabo, vio la espada de Amadís que muy extraña le pareció, y dijo a sus escuderos y a los otros que allí estaban que se saliesen afuera y un poco la dejasen, y pensando que alguna cosa de las naturales que no se pueden excusar hacer quería, dejáronla sola y ella cerrando la puerta tomó la espada y dejando la vaina y guarnición de forma que no se pareciese que de allí faltaba, la metió debajo de un ancho pelote que traía de talle muy extraño, y abriendo la puerta entraron los escuderos y ella puso al uno de ellos la espada debajo de su manto y mandólo que encubiertamente se fuese al batel, y díjole:

—Tráeme la mi copa con que beba.

Y pensaron que por ella fuese, y el escudero así lo hizo. Entonces entraron en la cámara Amadís y Branfil e luciéronla sentar en un estrado, y Amadís le dijo:

—Señora doncella, decidnos a qué hora vendrá de mañana Madasima, si os pluguiere.

—Vendrá —dijo ella— antes de comer, mas, ¿por qué lo preguntáis?

—Buena señora —dijo él—, porque la querríamos salir a recibir y hacerle todo placer y servicio y si de mí ha recibido enojo enmendarlo había en lo que mandase.

—Si vos no tiráis afuera de la que habéis prometido —dijo ella— y Ardán Canileo es aquél que siempre desde que tomó armas fue, darle habéis por enmienda esa cabeza vuestra, que otra enmienda vuestra no puede mucho valer.

—De eso me guardaré yo, si puedo, mas si de mí otra cosa le pluguiere, de grado lo haría por alcanzar de ella perdón, pero habíalo de tratar otro que más de vos lo desease.

Con esto se salieron fuera y dejó ende a Enil y otro que la sirviesen, mas ella había tanta gana de se ir que mucho enojo le hacían los muchos manjares, y así como los manteles alzaron ella se levantó y dijo a Enil:

—Caballero, decid a Amadís que me voy y que crea que todo lo que en mí hizo lo perdió.

—Así, Dios me salve —dijo Enil—, eso creo yo, que según vos sois, todo lo que en vuestro placer se hiciere será perdido.

—Cualquiera que sea —dijo ella—, pagóme poco de vos y mucho menos de él.

—Pues creo —dijo Enil— que de doncella tan desmesurada como vos, ni él ni yo, ni otro alguno, poco contentarse puede.

Con estas palabras se partió la doncella y se fue a la nao mucho alegre por la espada que tenía, y contó a Ardán Canileo y a Madasima cómo había su mensaje recavado y cómo la batalla aplazada quedaba y cómo traía seguro del rey por ende sin recelo saliesen en tierra. Ardán Canileo le agradeció mucho lo que había hecho, y dijo contra Madasima:

—Mi señora, no me tengáis por caballero si no os hago ir de aquí con honra y vuestra tierra libre y si ante que un hombre, por ligero que sea, ande media legua no os diere la cabeza de Amadís, que no me otorguéis vuestro amor.

Ella calló, que no dijo ninguna cosa, que comoquiera que la venganza de su padre y hermano deseaes en aquél que los había muerto, no había cosa en el mundo porque a Ardán Canileo se viese junta, que ella era hermosa y noble y él era feo y muy desemejado y esquivo cual nunca se vio, y aquella venida no fue por su grado de ella, mas por el de su madre, por tener Ardán Canileo para defensa de su tierra y si él vengase la muerte de su marido, lo querría casar con Madasima y dejarle toda la tierra. Por cuanto Ardán Canileo fue un caballero señalado en el mundo y de gran prez y de hecho de armas, la historia os quiere contar de dónde fue natural y las hechuras de su cuerpo y rostro y las otras cosas tocantes.

Sabed que era natural de aquella provincia que Canileo se llama, y era de sangre de gigantes, que allí los hay más que en todas partes, y no era descomunalmente grande de cuerpo, pero era más alto que otro hombre que gigante no fuese; había sus miembros gruesos y las espaldas anchas y el pescuezo grueso y los pechos gruesos y cuadrados y las manos y las piernas a razón de lo otro, el rostro había grande y romo, de la hechura del can, y por esta semejanza le llamaban Canileo; las narices había romas y anchas y era todo brasilado y cubierto de pintas negras espesas, de las cuales era sembrado el rostro y las manos y pescuezo y había brava catadura así como semejanza de león, los bezos había gruesos y retornados y los cabellos crespos que apenas los podía peinar y las barbas otrosí; era de edad de treinta y cinco años y desde los veinticinco nunca halló caballero ni gigante, por fuertes que fuesen, que con él pudiesen a manos ni a otra cosa de valentía, mas era tan osado y pesado que apenas hallaban caballo que traerlo pudiese. Ésta es la forma que este caballero tenía y cuando él, así como ya oísteis, estaba prometiendo a la hermosa Madasima la cabeza de Amadís, díjole la desemejada doncella:

—Señor, con mucha razón debemos tener esperanza en esta batalla, pues que la fortuna muestra ser de vuestra parte y contraria a vuestro enemigo, que veis aquí la su preciada espada que os traigo, la cual, sin gran misterio de vuestra buena ventura y de la gran desventura de Amadís, haberse pudiera.

Entonces se la puso en la mano y le dijo cómo la hubiera. Ardán la tomó y dijo:

—Mucho os agradezco este don que me dais, más por la manera buena que en la haber tuvisteis que por temor que yo tenga de la batalla de solo caballero.

Y luego mandó sacar de la nao tiendas, hízolas armar en una vega, que cabe la villa estaba, donde se fueron con sus caballos y palafrenes y armas de Ardán Canileo, esperando otro día ser delante del rey Lisuarte y de la reina Brisena, su mujer.

Allí andaba Ardán muy alegre por tener aplazada aquella batalla, por dos cosas: la una, que sin duda pensaba llevar la cabeza de Amadís, que tanto por el mundo nombrada era y que toda la gloria en él quedaría; la otra, que por esta muerte ganaba a la hermosa Madasima, que él tanto amaba, y esto le hacía ser orgulloso y lozano, sin que peligro alguno tuviese.

Así estuvieron en las tiendas esperando el mandado del rey, y también Amadís estaba en su posada con muchos caballeros de gran guisa que con él se acogían, y todos ellos temían mucho aquella batalla, tanto que la tenían por peligrosa y habían recelo de lo perder en ella, y en esta sazón llegaron Agrajes y don Florestán y Galvanés sin Tierra y don Guilán el Cuidador, que de esto ninguna cosa sabían, porque estuvieron cazando por las florestas, y cuando supieron la batalla que concertada estaba, mucho se quejaban porque no la hiciera de más caballeros, donde con razón podían entrar, y el que más pasión en ello tenía era Guilán, que algunas veces oyera decir ser este Ardán Canileo el más fuerte y poderoso en armas que ningún otro que en el mundo fuese, y pesábale de muerte porque creía que ninguna manera Amadís le podría sufrir en campo uno por uno, y quisiera mucho ser en aquella batalla si Ardán otro consigo metiera y pasar por la ventura que Amadís, y don Florestán, que todo abrasado con saña estaba, dijo:

—Así Dios me salve, señor hermano, vos no tenéis en nada ni por caballero o me no amáis, pues que a tal sazón no tuvisteis memoria de mí y bien dais a entender que no aprovecha aguardaros, pues que en los semejantes peligros me hacéis extraño.

También se le quejaba mucho Agrajes y don Galvanés.

—Señores —dijo Amadís—, no os quejéis ni os pese de esto para me dar culpa, que la batalla no se demandó sino a mí solo y por mi razón es movida, así que no podía ni debía responder, sin que flaqueza mostrase, sino conforme a su demanda, que si de otra manera fuese, ¿de quién me había de socorrer y ayudar sino de vosotros?, que vuestro gran esfuerzo esforzaría el mío cuando en peligro fuese.

Así como oís se disculpó Amadís de aquellos caballeros, y díjoles:

—Bien será que cabalguemos mañana antes que el rey salga y recibiremos a Madasima, que muy preciada es de todos los que la conocen.

Así pasaron aquella noche, hablando en lo que más les agradaba, y la mañana venida vistieron de muy ricos paños y, habiendo oído misa, cabalgaron en sus palafrenes y fueron a recibir a Madasima, y con ellos Bruneo de Bonamar y su hermano Branfil y Enil, que era hermoso y apuesto caballero, alegre de corazón y, por sus buenas maneras y gran esfuerzo, muy amado y preciado de todos, así que iban ocho compañeros, y llegando cerca de las tiendas vieron venir a Madasima y Ardán y su campaña, y Madasima vestía paños negros por duelo de su padre y su hermano, mas su hermosura era tan viva y tan sobrada, que con ellos parecía también que a todos hacía maravillar, y con ella sus doncellas, de aquel mismo paño vestidas, y Ardán la traía por la rienda, y allí venía el gigante viejo y sus hijos y los nueve caballeros que habían de entrar en las rehenes, y llegando aquellos caballeros humilláronse y ella se humilló a ellos al parecer con buen semblante. Amadís se llegó a ella y díjole:

—Señora, si sois loada esto es con gran derecho, según que lo en vos parece, y por dichoso se debe tener el que vuestra conocencia hubiere para os honrar y servir, y de mí os digo que así lo haré en aquello que por vos me fuere mandado.

174

Y Ardán, que lo miraba y lo vio tan hermoso, más que otro ninguno que visto hubiese, no le plugo que con ella hablase. Díjole:

—Caballero, tiraos afuera y no seáis atrevido de hablar a quien no conocéis.

—Señor —dijo Amadís—, por eso venimos aquí, por la conocer y servir.

Ardán le dijo como en desdén:

—Pues ahora me decid quién sois y veré si sois tal que debáis servir doncella de tan alto linaje.

—Cualquiera que yo sea —dijo Amadís— la serviré yo de grado y, por no valer tanto como me sería menester, no dejo por eso de tener este deseo, y pues queréis saber quién soy, decidme vos quién sois, que así queréis quitar de ella a quien de grado hará su mandado.

Ardán Canileo le miró muy sañudo y díjole:

—Yo soy Ardán Canileo, que la podré mejor servir en un día solo que vos en toda vuestra vida, aunque dos tantos de lo que valéis valieseis.

—Bien puede ser —dijo Amadís—, mas bien sé que el vuestro gran servicio no se haría de tan buen corazón como el mío pequeño, según vuestra desmesura y mal talante, y pues me queréis conocer, sabed que yo soy Amadís de Gaula, aquél cuya batalla demandáis, y si yo a esta señora enojo hice y pesar, haciendo lo que sin vergüenza excusar no podía, muy de grado lo corregiré con otro servicio.

Y Ardán Canileo dijo:

—Si vos osareis atender lo que prometisteis, cierto, habrá por enmienda de su enojo esta vuestra cabeza, que yo le daré.

—Esa enmienda —dijo Amadís— no habrá a mi grado, mas habrá otra mayor que más le cumple, que será por mí estorbado el casamiento vuestro y suyo, que no siento hombre de tan poco conocimiento que por bien tuviese que la vuestra hermosura y la suya juntas en uno fuesen.

De esto que él dijo no pesó a Madasima y rióse ya cuanto, y también sus doncellas, mas Ardán se ensañó tanto que tremía con gran ira que en sí tomó y paraba un semblante tan bravo y tan espantoso que aquéllos que tanto no alcanzaban del hecho de las armas que lo miraban no tenían en nada la fuerza ni valentía de Amadís en comparación de la suya de él, y, sin duda, creían que aquélla sería la postrimera batalla y postrimero día de su vida.

Y así como oís fueron hasta llegar delante del rey, y Ardán Canileo dijo:

—Rey, ved aquí los caballeros que entrarán en vuestra prisión por hacer firme lo que la mi doncella prometió, si Amadís osare tener lo que puso.

Amadís salió delante y dijo:

—Señor, veisme aquí, que quiero luego la batalla sin más tardar y dígoos que aunque la no hubiese prometido, yo la tomaría solamente por desviar a Madasima de tan descomunal casamiento, mas yo quiero que venga el rey Arbán de Norgales y Angriote de Estravaus y que estén en parte que los haya yo, si la batalla venciere.

Ardán Canileo dijo:

—Yo les haré venir donde será la batalla, y si llevare vuestra cabeza, que lleve los presos, y también llevaré a Madasima y sus doncellas que sean guarda de la reina, que con ella se cumpla lo que está pleiteado, mas convendrá que la haga estar donde vea la batalla y la venganza que le yo haré haber.

Pues así como oís fue en poder de la reina aquella hermosa Madasima y sus doncellas y en poder del rey gigante viejo y sus hijos y los nueve caballeros, pero Madasima os digo que apareció ante la reina con tanta humildad y discreción, que comoquiera que de su venida tanto peligro a Amadís ocurría, de que todas habían gran pesar, mucho fueron de ella contentas y mucha honra le hicieron. Mas Oriana y Mabilia, viendo el bravo continente de Ardán Canileo, mucho fueron espantadas y en gran cuidado y dolor puestas y muchas lágrimas retraídas en su cámara derramaron, creyendo que el gran esfuerzo de Amadís no era bastante contra aquel diablo, y si alguna esperanza tenían no era sino en la su buena ventura, que de grandes peligros muchas veces le había sacado en tan graves cosas, que muy poca esperanza se tenía de ser por él ni por otro alguno vencido, aunque Mabilia, siempre con grandes consuelos, a Oriana en buena esperanza ponía.

Esto así hecho y aplazada la batalla para otro día, el rey mandó a sus monteros y ballesteros que cercasen de cadenas y palos un campo que delante su palacio era, porque por culpa de los caballos, los caballeros no perdiesen algo de su honra, lo cual visto por una finiestra por Oriana, considerando el peligro que allí a su amado amigo se le aparejaba, fue tan desmayada, que casi sin sentido en los brazos de Mabilia cayó.

El rey se fue a la posada de Amadís, donde muchos caballeros estaban, y díjoles que pues la reina y su hija y la reina Briolanja y todas las otras dueñas y doncellas aquella noche iban a su capilla porque Dios guardase su caballero, que lo querría llevar consigo a su palacio, y con él a Florestán y Agrajes, y don Galvanes y Guilán y Enil, y que ellos holgasen así como estaban, y dijo a Amadís que mandase llevar sus armas a la capilla porque lo quería otro día armar ante la Virgen María, porque con su glorioso Hijo abogada le fuese.

Pues ellos, yéndose con el rey, Amadís mandó a Gandalín que las armas le llevase a donde el rey mandaba; mas él tomándolas para cumplir su mandado y no hallando en la vaina la espada, fue tan espantado y tan triste que más quisiera la muerte, así por acaecer aquello en tiempo de tan gran peligro como por lo tener por señal que la muerte de su señor le era cercana, y buscóla por todas partes, preguntando a aquéllos que algo de ella podrían saber; mas cuando ninguno recaudo halló, estuvo en punto de se derribar de una finiestra abajo en la mar, si a la memoria no le viniese con ella perder el ánima y fuese al palacio del rey con gran angustia de su corazón, y apartando a Amadís, le dijo:

—Señor, cortadme la cabeza, que os soy traidor, y si no lo hacéis matarme he yo.

Amadís le dijo:

—¿Dónde enloqueciste o qué mala ventura es ésta?

—Señor —dijo él—, más valdría que ya fuese loco o muerto que no a tal tiempo hubiese venido tal desdicha, que saber que he perdido vuestra espada, que de la vaina la hurtaron.

Amadís le dijo:

—¿Y por eso te quejas? Pensé que otra cosa peor te aconteciera. Ahora te deja de ello, que no faltará otra con que Dios me ayude, si le pluguiere.

Y comoquiera que por le consolar esto le dijo, mucho le pesó la pérdida de la espada, así por ser una de las mejores del mundo y que tanto en aquella sazón la había, como por la haber ganado con la fuerza de los amores que tenía a su señora, porque viéndola y de esto se le acordando era muy gran remedio a los sus mortales deseos, cuando ausente de ella se hallaba, y dijo a Gandalín que lo no dijese a ninguno y que la vaina le trajese y que supiese de la reina si la espada suya que don Guilán con las otras armas le había traído, si se podía haber, y que procurase de traerla, y que si pudiese ver a su señora Oriana que de su parte le pidiese que cuando él y Ardán en el campo entrasen se pusiese en tal parte que la pudiese ver, porque su vista le haría vencedor en aquello y en otra cosa que más grave fuese.

Gandalín fue a recabar esto que su señor le mandó, y la reina le mandó dar la espada; mas la reina Briolanja y Olinda le dijeron:

—¡Ay, Gandalín!, ¿qué piensas que podrá tu señor hacer contra aquel diablo?

Él les dijo riendo:

—Señoras, no es éste el primer hecho peligroso que mi señor ha cometido, y así como Dios le guardó hasta aquí, así le guardará ahora, que a otros más espantosos de gran peligro acabó a su honra, y así lo hará éste.

—Así plega a Dios —dijeron ellas. Entonces se fue para Mabilia —y díjole que dijese a Oriana lo que su señor le enviaba a pedir, y con esto se tornó a la capilla donde sus armas tenía, y dijo a su señor cómo le dejaba todo a su voluntad, de que hubo mucho placer y gran esfuerzo en saber que su señora estaría en parte donde en el campo la pudiese ver. Entonces, apartando al rey de los otros caballeros, le dijo:

—Sabed, señor, que he perdido la mi espada y nunca hasta ahora lo supe y dejáronme la vaina.

Al rey pesó de ello, y díjole:

—Comoquiera que yo haya puesto y prometido de nunca dar mi espada a ningún caballero que uno por uno en mi corte se combatiesen, darla he ahora a vos acordándoseme de aquellas grandes afrentas que la vuestra en mi servicio puesta fue.

—Señor —dijo Amadís—, a Dios no plega que yo, que tengo de adelantar y hacer firme vuestra palabra, sea causa de la quebrar habiéndolo prometido ante tantos hombres buenos.

Al rey le vinieron las lágrimas a los ojos, dijo:

—Tal sois vos para mantener todo derecho y lealtad, mas, ¿qué haréis que aquella tan buena espada haber no se puede?

—Aquí tengo —dijo él— aquella con que fui echado en la mar, que Guilán aquí me trajo y la reina la mandó guardar. Con ésta y con vuestro ruego a Nuestro Señor, que ante el mundo valdrá, podré ser ayudado.

Entonces la puso en la vaina de la otra, y vínole bien, aunque algo era menor. Al rey le plugo de ello, porque llevando la vaina consigo, por la virtud de ella le quitaría del calor y frío, que tal constelación tenían aquellos huesos de las serpientes de que era hecha, pero muy alongada estaba esta espada de la bondad de la otra.

Así pasaron aquel día hasta que fue hora de dormir, que todos aquellos caballeros que oísteis tenían sus armas alrededor de la cama del rey, mas de Ardán os digo que aquella noche toda hizo en sus tiendas a toda su gente hacer grandes alegrías y danzar y bailar, tañendo instrumentos de diversas maneras, y en cabo de sus cánticas decían todos en voz alta:

—Llega, mañana, llega y trae el día claro, porque Ardán cumpla lo que prometido tiene a aquella muy hermosa Madasima.

Mas la fortuna en esto les fue contraria de ser en otra manera que ellos pensado tenían.

Amadís durmió aquella noche en la cámara del rey, mas el sueño que él hizo no le entró en pro, que luego a la medianoche se levantó sin decir ninguna cosa y fue a la capilla, y despertando al capellán se confesó con él de todos sus pecados y estuvieron entrambos haciendo oración ante el altar de la Virgen María, rogándole que fuese su abogada en aquella batalla, y el alba venida, levantóse el rey y aquellos caballeros que oísteis, y oyeron misa y armaron a Amadís tales caballeros que muy bien lo sabían hacer, mas antes que la loriga vistiese llegó Mabilia y echóle al cuello unas reliquias guarnidas en oro, diciendo que la reina, su madre de ella, se las había enviado con la doncella de Dinamarca; mas no era así, que la reina Elisena las dio a Amadís cuando por su hijo lo conoció, y él las dio a Oriana al tiempo que la quitó a Arcalaus y a los que la llevaban.

Desde que fue armado trajéronle un hermoso caballo, y Clorisanda, con otros dones, había a don Florestán su amigo enviado, y don Florestán le llevaba la lanza, y don Guilán el escudo, y don Bruneo el yelmo, y el rey iba en un gran caballo y un bastón en la mano, y saber que toda la gente de la corté y de la villa estaban por ver la batalla en derredor del campo, y las dueñas y doncellas a las fenestras, y la hermosa Oriana y Mabilia a una ventana de su cámara, y con la reina estaban Briolanja y Madasima y otras infantas.

Llegando Amadís al campo alzaron una cadena, y entró dentro y tomó sus armas, y cuando hubo de poner el yelmo miró a su señora Oriana y vínole tan gran esfuerzo que le semejó que en el mundo no había cosa tan fuerte que se le pudiese amparar. Entonces entraron en el campo los jueces que a cada uno su derecho habían de dar, y eran tres, el uno aquel buen viejo don Grumedán, que de esto mucho sabía, y don Cuadragante, que vasallo del rey era, y Brandoibas. Entonces llegó Ardán Canileo, bien armado y encima de un gran caballo, y su loriga de muy gruesa malla, y traía un escudo y yelmo de un acero tan limpio y tan claro como un claro espejo, y ceñida la muy buena espada de Amadís que la doncella le hurtara y una gruesa lanza doblegándola tan recio que parecía que la quería quebrar, y así entró en el campo. Cuando así lo vio Oriana, dijo con gran cuita:

—¡Ay, mis amigas, qué airada y temerosa viene la mi muerte si Dios por la su gran piedad no lo remedia.

—Señora —dijo Mabilia—, dejaos de eso y haced buen semblante, porque con él debéis esfuerzo a vuestro amigo.

Entonces don Grumedán tomó a Amadís y púsolo a un cabo del campo, y Brandoibas puso al otro a Ardán Canileo, puestos los rostros de los caballos uno contra otro, y don Cuadragante en medio, que tenía en su mano una trompa que al tañer de ella habían los caballos de mover. Amadís, que a su señora miraba, dijo en voz alta:

—¿Qué hace Cuadragante que no toca la trompa?

Cuadragante la tañó luego, y los caballeros movieron a gran correr de los caballos e hiriéronse de las lanzas en sus escudos, tan bravamente que ligeramente fueron quebradas, y topáronse uno con otro, así que el caballo de Ardán Canileo cayó sobre el pescuezo y fue luego muerto, y el de Amadís hubo la una espalda quebrada y no se pudo levantar; mas Amadís, con la su gran viveza de corazón, se levantó luego, empero a gran afán, que un trozo de lanza tenía metido por el escudo y por la manga de la loriga sin le tocar en la carne, y sacándolo de él, metió mano a su espada y fue contra Ardán Canileo, que se había levantado con gran trabajo y estaba enderezando su yelmo, y cuando así lo vio puso mano a su espada y fuéronse a herir tan bravamente que no hay hombre que los viese que se mucho no espantase, que sus golpes eran tan fuertes y tan aprisa que las llamas del fuego de los yelmos y de las espadas hacían salir que parecía que ardían, pero mucho más esto parecía en el escudo de Ardán Canileo, que como de acero fuese y los golpes de Amadís tan pesados, no parecía sino que el escudo, y brazo en vivas llamas se quemaba; mas la su gran fortaleza defendía las carnes que cortadas no fuesen, lo cual era mortal daño de Amadís, que como sus armas tan recias no fuesen y Ardán tenía una de las mejores espadas del mundo, nunca golpe le alcanzaba que las armas y la carne no le cortase, así que en muchas partes andaba teñido de la su sangre y todo el escudo casi deshecho y la espada de Amadís no cortaba nada en las armas de Ardán Canileo, que eran muy fuertes, más aún que la loriga de gruesa y fuerte malla era, ya estaba rota por más de diez lugares, que por todos ellos le salía mucha sangre, y lo que aquella hora a Amadís más aprovechaba era su gran ligereza, que con ella todos los más golpes le hacía perder, aunque Ardán había mucho usado de aquel menester y su gran sabedor de herir de espada fuese.

En tal prisa como oís anduvieron dándose muy grandes y esquivos golpes hasta hora de tercia, trabándose a manos y brazos tan duramente que Ardán Canileo era metido en gran espanto, que nunca él hallara tan fuerte caballero ni tan valiente gigante que tanto a la su valentía resistiese, y lo que más su batalla le hacía dudar era que siempre a su enemigo hallaba más ligero y con mayor fuerza que al comienzo, siendo él cansado y laso y todo lleno de sangre.

Entonces conoció bien Madasima que fallecía de lo que prometiera que había de vencer a Amadís en menos que media legua se anduviese, de lo cual a ella no pesaba, ni aunque allí Ardán Canileo la cabeza perdiese, porque su pensamiento tan alto era, que más quería perder toda su tierra que se ver junta al casamiento de tal hombre.

Los caballeros se herían de muy grandes y fuertes golpes por todas las partes donde más mal se podían hacer, y cada uno de ellos pugnaba de llegar al otro a la muerte, y si Amadís tan fuertes armas trajera, según su gran viveza y lo que el aliento le duraba no le pudiera el otro tener campo, pero todo lo que él hacía y trabajaba le era bien menester, que lo había con muy fuerte y esquivo caballero en armas. Mas como ya él todas sus armas trajese rotas y el escudo deshecho y la carne por muchos lugares cortada donde mucha sangre le salía. Cuando Oriana así lo vio, no se lo pudiendo sufrir el corazón, quitóse con gran angustia de la ventana, y sentada en el suelo se hirió con sus manos en el rostro, pensando que a su amigo Amadís se le acercaba la muerte. Mabilia, que así la vio herir, de corazón le pesó e hízola tornar allí mostrándole gran saña, diciéndole que a tal hora y a tal peligro no debía desamparar a su amigo, y porque no podía sufrir de lo ver tan maltrecho púsose de espaldas, porque viese los sus muy hermosos cabellos, porque más esfuerzo y ardimiento su amigo tomase.

Ellos estando en esta sazón dijo Brandoibas, que era uno de los jueces:

—Mucho me pesa de Amadís, que le veo muy menguado de sus armas y de su escudo.

—Así me parece —dijo Grumedán—, de que gran pesar tengo.

—Señores —dijo Cuadragante—, yo tengo probado a Amadís, cuando con él me combatí por tan valiente y con tanto ardimiento, que siempre parece que la fuerza se le dobla y es el caballero de cuantos yo vi que mejor se sabe mantener y de más aliento, y véole ahora en toda su fuerza entera, lo que no es en Ardán Canileo, antes siempre enflaquece, y si algo daña a Amadís no es ál salvo la gran prisa que se da, que si se sufriese haría andar tras sí a su contrario y la su gran pesadumbre lo cansaría. Pero la su gran ardeza no le deja sosegar.

Oriana y Mabilia, que esto oyeron, mucho fueron consoladas. Mas Amadís, que a su señora viera quitar de la ventana y después allá no había mirado, pensó que por su duelo de él lo había hecho, fue con gran saña contra Ardán Canileo y apretó la espada en la mano e hirióle de toda su fuerza por encima del yelmo de tan fuerte golpe que le atordeció e hincó la una rodilla en el suelo, y como el golpe fue tan grande y el yelmo tan fuerte, quebrantó la espada en tres partes, así que la más pequeña le quedó en la mano. Entonces fue en él todo pavor de muerte, y así lo fueron todos los que miraban. Cuando esto Ardán Canileo vio, arredróse de él por el campo y tomó el escudo por las embrazaduras, y esgrimiente la espada dio una gran voz que todos lo oyeron, y dijo a Amadís:

—Ves aquí la tan buena espada que por tu mal ganaste. Cátala bien, que ésta es y con ella morirás —y luego dio grandes voces—: Salid, salid a la finiestra, señora Madasima, y veréis la hermosa venganza que yo os daré y cómo por mi proeza os he ganado en tal forma que ninguna otro tal amigo como vos tenéis tendrá.

Cuando esto oyó, Madasima fue muy triste y echóse ante los pies de la reina y pidióle merced que de él la defendiese, lo que con mucha razón se podía hacer, que Ardán, le prometira de matar o vencer a Amadís antes que por un hombre media lengua andada fuese, y si lo no hiciese que nunca le otorgase su amor, pues si aquel tiempo era pasado con más de cuatro horas que ella lo podría ver, y la reina dijo:

—Yo oigo lo que decís y haré lo que justo fuere.

Amadís, cuando así se vio las armas hechas pedazos y sin espada, vínole en mientes lo que Urganda le dijera, que daría la mitad del mundo siendo suyo porque la su espada fuese echada en un lago, y miró a las ventanas donde Oriana estaba, y viéndola de espaldas bien conoció que la su contraria fortuna de él lo causara. Y crecióle tan grande esfuerzo que puso en toda aventura su vida, queriendo más morir que dejar de hacer lo que podía, y fuese contra Ardán Canileo como si estuviese guisado de lo herir, y Ardán alzó la espada y atendiéndolo y como llegó quísole herir, mas Amadís hurtó el cuerpo e hízole perder el golpe y juntó tan presto con él, sin que el otro pudiese meter en medio la espada, y trabóle del brocal del escudo tan recio que se lo llevó del brazo, y hubiera dado con él en el suelo y desvióse de él y embrazó el escudo y tomó un pedazo de la una lanza que delante si halló con el hierro y tornó luego contra Ardán, bien cubierto de su escudo, y Ardán, que con gran saña estaba porque así el escudo perdiera, fue para él, y pensóle herir por cima del yelmo. Amadís alzó el escudo y recibió en él el golpe, y aunque muy fuerte era y de fino acero, entró la espada por el brocal bien tres dedos, y Amadís le hirió con el pedazo de la lanza en el brazo derecho, a par de la mano, que la mitad del hierro le metió por entre las cañas, e hízole perder la fuerza en tal guisa que no pudiendo sacar la espada la llevó a Amadís en el escudo, y si de esto fue muy alegre y contento, no es de preguntar ni de decir, así que entonces echó muy lueñe de sí el trozo de la lanza y sacó la espada del escudo, agradeciendo mucho a Dios aquella merced que le hizo.

Mabilia, que lo miraba, dio de las manos a Oriana e hízola volver por que viese a su amigo alcanzar aquella gran victoria sobre el peligro tan grande en que a la hora había estado. Pues Amadís se fue para Ardán Canileo, el cual fue luego enflaquecido en ver así su muerte, y pensando no hallar guarida ni remedio, quiso tomar el escudo a Amadís como él se lo había tomado, mas el otro, que cerca de sí lo vio, diole un golpe por cima del hombro izquierdo, en tal manera que le cortó las armas y gran parte de la carne y de los huesos, y como vio que había perdido la fuerza del brazo, desvióse por el campo con el gran miedo que a la espada tenía, mas Amadís andaba tras él y desde que lo vio cansado y desacordado trabóle por el yelmo tan reciamente que lo hizo a sus pies caer y llevó el yelmo en sus manos y fue luego sobre él de rodillas, y cortándole la cabeza puso gran alegría en todos, especial en el rey Arbán de Norgales y Angriote de Estravaus, que muchas angustias y dolores habían pasado cuando vieron a Amadís en el estrecho que ya oísteis.

Esto así hecho, tomó Amadís la cabeza y echóla fuera del campo, y llevó arrastrando el cuerpo hasta una peña, que dio con él en la mar, y limpiando la espada de sangre la metió en la vaina y luego el rey le mandó dar un caballo, en que herido de muchas llagas y perdida mucha sangre, acompañado de muchos caballeros a su posada se fue, pero antes hizo sacar de las crueles prisiones al rey Arbán de Norgales y Angriote de Estravaus y los llevó consigo, enviando al rey Arbán de Norgales a la reina Brisena, su tía, que se lo envió a demandar, en su cámara de él, teniendo aquél su leal amigo Angriote en uno fueron curados, Amadís de sus llagas, que mucho tenía, y Angriote de los azotes y otras heridas que en la prisión le dieron.

Allí fueron visitados con mucho amor de los caballeros y dueñas y doncellas de la corte, y Amadís de su cohermana Mabilia, que le traía aquella verdadera medicina con que su corazón pudiese enviar a los otros menores males, siendo él esforzado, la salud que para su reparo le convenía.

Capítulo 62. Cómo se hizo la batalla entre don Bruneo de Bonamar y Madamán el envidioso, hermano de la doncella desemejada, y del levantamiento que hicieron con envidia

a estos caballeros amigos de Amadís, por lo cual, Amadís se despidió de la corte del rey Lisuarte

Pasada esta batalla de Amadís y Ardán Canileo, como, ya oísteis, luego otro día, apareció ante el rey don Bruneo de Bonamar y con él muchos buenos caballeros, de quien amado y apreciado era, y halló allí a la doncella desemejada que estaba diciendo al rey que su hermano estaba aparejado para la batalla, que mandase venir a aquél con quien había de combatir, y comoquiera que la venganza hecha en él poca fuese, según el valor de aquel valiente Ardán Canileo, que pues más hacer no se podía con aquella enmienda pobre, serían algo consolados. Don Bruneo, dejando de responder a aquellas locas palabras, dijo que luego la batalla quería. Así que luego el uno y el otro fueron armados y metidos en el campo, cada uno acompañado de aquéllos que le bien querían aunque diferente fuese, o que con don Bruneo fueron muchos preciados caballeros y con Madamán el Envidioso, que así había nombre, tres caballeros de su compaña que las armas le llevaban y desde que los jueces los pusieron en aquellos lugares que para la batalla les convenía, ellos corrieron contra si los caballos al más ir que pudieron de los primeros encuentros, que las lanzas quebraron en piezas. Madamán fue fuera de la silla y don Bruneo llevó metido por el escudo una parte de la lanza, que se lo falsó, y le hizo una pequeña herida en el pecho, mas cuando tornó el caballo vio al otro con su espada en la mano a guisa de defender y díjole:

—Don Bruneo, si tu caballo perder no quieres, desciende de él o déjame cabalgar en el mío.

—Esto y lo que quisieres —dijo don Bruneo— aquello haré.

Madamán, creyendo que a pie mejor que a caballo se podría combatir según la grandeza de su cuerpo y la pequeñez del otro, díjole:

—Pues que en mí lo dejas, desciende y a pie hayamos la batalla.

Y don Bruneo se tiró afuera y descendió del caballo y comenzaron entre sí una brava batalla, así que en poco espacio de tiempo sus armas fueron en muchos lugares rotas, y sus carnes cortadas por donde mucha sangre les salía y los escudos deshechos en los brazos, sembrado el suelo de las rajas de ellos, y cuando así andaban en esta tan gran prisa que oís acaeció una extraña cosa, por donde parece que en las animalias hay conocimento de sus señores, que los caballos, que sueltos en el campo quedaron, juntándose el uno con el otro, comenzaron entre sí una pelea de bocados y pernadas con tanta porfía y enemistad que todos de ello eran mucho maravillados, y tanto duró que el caballo de Madamán no lo pudiendo ya sufrir, huyendo ante el otro, saltó con el gran miedo las cadenas de que el campo cerrado estaba, lo cual por buena señal tuvieron aquéllos que la victoria de la batalla a don Bruneo deseaban, y tornando meter mientes en la batalla de los caballos vieron cómo don Bruneo aquejaba a su enemigo de grandes y duros golpes, de forma que él se tiró afuera y dijo:

—Don Bruneo, ¿por qué te quejas? ¿El día no es asaz largo? Súfrete un poco y holguemos, que si miras a tus armas y la sangre que de tus llagas sale, bien te hará menester.

—Madamán —dijo don Bruneo—, si nuestra batalla fuese de otra cualidad y no con enemistad tan crecida, luego en mí hallarías toda cortesía y sufrimiento, mas según la gran soberbia que hasta aquí has tenido si en esto que pides viniese, sería causa que tu fama y valor fuese menoscabado, así que no por el bien que te yo haya, mas porque venciéndote alcance más gloria, no quiero dar lugar que tu flaqueza manifiesta sea y guarda que no te dejaré holgar.

Entonces se acometieron como de antes, mas no tardó mucho que don Bruneo, mostrando la gran fuerza y ardimiento de su corazón, no trajese ya a Madamán tan aquejado, que en otra cosa no entendía, sino en se defender y guardar de los golpes, los cuales no pudiendo ya sufrirse retrajo cuanto más pudo a la parte de la mar, pensando que allí entre algunas peñas defenderse podría, más viendo la hondura tan alta y tan espantable detúvose y llegó don Bruneo, que le seguía y tomólo tan cerca que no se pudo valer y diole del escudo y de las manos, empujándole tan recio que lo despeñó de tan alto que fue hecho piezas antes que al agua llegase. Entonces hincó las rodillas agradeciendo a Dios aquella tan gran merced que le hiciera.

Cuando Matalesa, la desemejada doncella esto vio, entró en el campo corriendo cuanto más podía y llegó a aquel gran despeñadero a gran afán y vio cómo las ondas de la mar traían a uno y otro cabo la sangre y la carne de su hermano, tomando la espada de su hermano, que allí se le cayera, dijo:

—Aquí, donde queda la sangre de mi tío Ardán Canileo y la de mi herma-no, quiero que la mis quede, porque la mía ánima con la suyas allá donde estuvieren sea juntada.

E hiriéndose con la punta de la espada por el cuerpo se dejó caer atrás por aquel despeñadero, así que toda fue deshecha.

Esto así acabado, cabalgando don Bruneo en su caballo con mucho loor del rey y de todos los que allí estaban, acompañado de muchos de ellos se fue a la posada de Amadís, donde en un rico lecho cabe el suyo y el de Angriote, juntamente con ellos fue curado. Allí eran visitados así de caballe-ros como de dueñas y doncellas mucho a menudo por les dar descanso y placer, mas la reina Briolanja con acuerdo de Amadís, viendo que su mal se dilataría, tomando de él licencia se partió para su reino, pero antes quiso ver las maravillas de la Ínsula Firme y probarse en la cámara defendida, y llevó a Enil consigo, que todo se lo hiciese mostrar, y prometió a Oriana de le hacer saber todo lo que allá hallase y le aconteciese, lo cual se dirá adelante.

Y en esto que la historia proceder quiere, podréis ver a qué tan poco bas-ta la fuerza del seso humano, cuando aquel alto Señor, aflojadas las riendas, alzada la mano, apartando su gracia, permite que el juicio del hombre en su libre poder quede, por donde os será manifiesto si los grandes estados, los altos señoríos pueden ganados y gobernados ser con la discreción y diligen-cia de los hombres mortales, o si faltando su divinal gracia la gran soberbia, la gran codicia, la muchedumbre de las armas gentes son bastantes para lo sostener.

Ya habéis oído cómo el rey Lisuarte, siendo infante, solamente poseyendo sus armas y caballo, con algunos pocos servidores, andando como caballero andante buscando las aventuras, llegando al reino de Dinamarca, la fortuna que así lo quiso de aquella infanta Brisena, hija de aquel rey que por su gran beldad y sobrada virtud muy preciada y demandada de muchos príncipes y grandes hombres era, y todos ellos desechando, este infante de ella muy amado fue, tomándole, entre todos ellos, por su marido. Ésta fue la primera buena ventura que hubo, que entre las terrenales por una de las mejores tenerse debe. Pues no contenta su dicha con esto, queriéndolo el poderoso Señor, fue sin heredero alguno Falangris, su hermano, rey de la Gran Breta-ña, de esta presente vida partido, así que sin mucho entrevalo este desheredado infante, rey es hecho, no como los de su tiempo, que solamente con sus naturales, con sus reinos contentos eran, mas ganando y señoreando los ajenos, viniendo a su corte hijos de reyes, de grandes príncipes y duques, entre los cuales eran aquellos tres hermanos Amadís y don Galaor y don Florestán, con otros muchos de gran cuento, entre los emperadores y reyes del mundo la su gran claridad sobre todos ellos vista era, y si algo oscurecida fue con el don que a la engañosa doncella prometió, que fue causa de ser en prisión de Arcalaus, más a esfuerzo de corazón que a mal recaudo atribuirse debe, porque en aquel tiempo el gran esfuerzo, el prez de las armas en los reyes, en los príncipes y señores grandes, señaladamente sobre los otros más bajos florecía. Así como en los griegos y troyanos en las historias antiguas se halla. Pues ¿qué diremos aún más de la grandeza de este poderoso rey? En su corte eran venidas las venturas extrañas que habiendo mucho tiempo por el mundo andado, no hallando quien cabo les diese, allí con gran gloria suya acabadas fueron, pues no es razón quedar en olvido el vencimiento de aquella dolorosa y espantable batalla que con Cildadán hubo, donde tantos gigantes tan fuertes y esquivos, tantos valientes caballeros de su sangre y otros de muy gran guisa y por el mundo muy nombrados por la gran virtud y esfuerzo de él y de los suyos muertos y destruidos fueron y luego a poco tiempo aquel esforzado y famoso Ardán Canileo, que por todas las tierras que anduvo nunca halló cuatro caballeros que campo le mantuviesen, en la corte de este rey por un caballero fue vencido y muerto.

Pues, ¿diremos ahora que estas buenas venturas que hubo lo causó ser este rey como lo era muy gracioso, muy humano y muy franco, esforzado? Por cierto en alguna manera se podría creer si en ello se supiera gobernar y con causa tan liviana todo lo más de ello no deshiciera ni derramara, como ahora oiréis, por donde se debe creer que cuando alguno de muchas buenas venturas es abastado y su juicio y discreción para las conservar no basta, que a él no se deben atribuir, mas aquel muy alto y poderoso Señor, que a quien le place las da, con tal secreto que a nosotros sería gran locura procurar de lo saber. Ahora sabed aquí que en esta corte de este rey Lisuarte había dos ancianos caballeros que al rey Falangrís, su hermano, mucho tiempo sirvieron, así que con aquella antigua crianza más que con virtud ni buenas mañas, dándoles autoridad sus crecidos años en el consejo del rey

Lisuarte fueron puestos, el uno de ellos había nombre Brocadán y el otro Gandandel. Y este Gandandel tenía dos hijos que por preciados caballeros antes que Amadís y sus hermanos y los de su linaje viniesen eran tenidos, mas la sobrada bondad y fortaleza de éstos había puesto en olvido la fama de aquellos dos caballeros, de lo cual gran angustia en el corazón su padre Gandandel teniendo, pensó tanto que no temiendo a Dios ni mirando la fe que a su señor rey debía, ni a las honras y buenas obras de Amadís y de su linaje recibidas, quiso por honra y provecho particular suyo dañar y oscurecer lo general a que más obligado era, urdiendo y fabricando en sus malas entrañas una gran traición en esta guisa:

Hablando un día el rey, dijo:

—Señor, menester es a vos y a mí que apartadamente me oigáis, que grandes días ha que me sufro de os hablar, pensando que el hecho por otra vía sería remediado, en lo cual conozco que os he errado solamente porque según el mal cada día crece muy necesario os es tomar consejo.

Cuando el rey esto oyó quiso saber qué cosa era, y tomándole consigo le metió en su cámara sin que otro alguno ahí estuviese, y díjole:

—Ahora decid lo que os pluguiere.

Y Gandandel le dijo:

—Señor, siempre hube valor de guardar mi ánima y honra y no hacer ningún mal, aunque pudiese, merced a Dios; así que muy libre y sin pasión estoy para que mi juicio pueda sin entrevalo aconsejar vuestro servicio, y vos, señor, haced aquello que más os cumple, y porque entiendo que erraría a Dios y a vos si lo callase, acordé de os decir esto: Ya sabéis, señor, cómo de grandes tiempos a esta parte grandes discordias siempre hubo en el reino de Gaula y de la Gran Bretaña, y como de razón aquel reino a éste sujeto debía ser, reconociéndole señorío como todos los comarcanos lo hacen, ésta es una dolencia que la salud de ella fin no tiene hasta la justa conclusión en esto viniese. Ahora he visto cómo siendo Amadís no solamente natural de allí, mas señor principal de su linaje, son metidos en vuestra tierra tan apoderadamente y con tanta afición de los vuestros naturales, que otra cosa no parece sino ser en su mano de se alzar con la tierra, como si derecho heredero de ella fuese. Verdad es que de este caballero y de sus hermanos y parientes nunca recibí sino mucha honra y placer, a lo cual les soy obligado con mi persona e hijos y hacienda; pero con lo vuestro que sois, mi señor y rey natural, nunca a Dios plega, antes lo suyo y mío tengo yo de posponer por la menor cosa de lo vuestro, que de otra manera en este mundo caería en mal caso y en el otro mi ánima en los infiernos. Así que, mi señor, dicho os he lo que obligado era, descargando lo que os debo, mandadlo remediar con tiempo antes que la dilación mayor peligro traiga, que según vuestra grandeza más honrada y descansadamente con los vuestros, pasar podéis, que con los ajenos contrarios de los naturales vuestros estar en peligro de vuestro estado, aunque al presente otra cosa parecía.

El rey le dijo sin ninguna alteración que de ello le ocurriese:

—Estos caballeros me han servido tan bien y tanto a mi honra y provecho, que no puedo pensar de ellos sino todo bien.

—Señor —dijo Gandandel—, ésta es la peor señal en que mirar debéis, porque si os desirviesen, guardaros habíais de ellos como de contrarios, mas los grandes servicios tienen en sí oculto y encerrado el engaño en aquéllos que al fin no podrán negar la natural, como os ya dije.

En esto que oís quedó el habla, porque el rey no le replicó más. Pero habló luego este Gandandel con el otro que Brocadán se llamaba, que su cuñado era y conforme a sus malas maneras, y diciéndole todo lo que había con el rey pasado, le puso en la misma negación, así que con lo que el uno y el otro dijeron, atribuyéndolo todo al bien del reino, el rey fue movido a mucha alteración contra aquéllos que en ál no pensaban sino en la servir, olvidando aquel gran peligro de que don Galaor le libró cuando iba preso en poder de los diez caballeros de Arcalaus, y el otro de que por Amadís, llamándose Beltenebros, fue socorrido cuando Madanfabul, el bravo gigante de la Torre Bermeja lo llevaba, sacándolo de la silla so el brazo a las manos, que en cada uno de éstos se puede con gran razón decir serie restituida la vida con todos sus reinos. ¡Oh, reyes, oh, grandes señores que el mundo gobernáis, cuánto es a vosotros anejo y convenible este ejemplo para que de él os acordando pongáis en vuestros secretos hombres de buena conciencia, de buena voluntad que sin engaño y sin malicia las cosas no solamente de vuestro servicio, mas las de vuestro servicio junto con las de vuestra salvación os digan, alejando de vossotros los semejantes que estos Brocadán y Gandandel y otros a ellos conformes, que por vuestras cortes andan pensando y trabajando como con muchas lisonjas, con muchas encubiertas engañosas de os alejar del servicio de aquel vuestro Señor, cuyos ministros sois, solamente porque ellos y sus hijos alcancen honras e intereses, como lo estos malos hombres hicieron. Mirad, mirad por vosotros, catad que los que grandes señoríos son encomendados, muy larga y buena cuenta han de dar a aquel Señor que se los dio y si tal no es, aquella gloria aquel mando y muchos vicios que en este mundo tuvisteis, en el otro donde sin fin de durar habéis de muchas angustias y dolores vuestras ánimas afligidas y atormentadas serán y no solamente en tanta dilación seréis dejados, mas en este siglo donde por vosotros, la honra y la fama tan preciada es, y en tanto cuidado vuestros ánimos por lo sostener son puestos, de aquélla seréis bajados como este rey Lisuarte lo fue, creyendo y dando fe más a las palabras de aquéllos en quien malas obras sabían tener que a lo que por sus propios ojos veía con mucha mengua y deshonra de su corte, sin que remedio alguno de ello en todos los días de su vida hubiese. Y si la fortuna de aquí adelante algunas victorias le otorgó, fue porque de más alto cayendo, de más angustia y dolor su ánimo atormentado fuese.

Pues a la historia tornando, digo que tanta fuerza aquellas palabras al rey dichas tuvieron, que aquel grande y demasiado amor que con mucha causa y razón él a Amadís y a sus parientes tenía, con mucha sinrazón fue, no solamente desafiado, mas aborrecido de tal forma que sin más acuerdo ni consejo, ya no veía la hora que de sí partidos los viese, así que luego fue apartado de la conversación y visitación que Amadís estando en su lecho herido solía hacer, pasando algunas veces por su posada sin haber memoria de saber de su mal, ni de hallar a los caballeros que en su compaña estaban, los cuales viendo una tan nueva y extraña cosa en el rey mucho fueron maravillados y algunas veces en ello delante de Amadís hablaron. Mas él, creyendo que como su pensamiento tan sano en su servicio estuviese, que así él del rey lo estando, otras ocupaciones y negocios a aquéllos daban causa y así lo decía a los que de otra manera lo sospechaban, especialmente a su leal y gran amigo Angriote de Estravaus, que más que otro ninguno de ellos sentido se mostraba.

Estando los negocios en tal estado como oís, el rey Lisuarte mandó llamar a Madasima y a sus doncellas, y al gigante viejo y a sus hijos, y los nueve caballeros que en rehenes tenía, y díjoles que si luego no le hacían entregar la Ínsula de Mongaza, como fuera pleiteado, que les haría cortar las cabezas. Lo cual, oído por Madasima, así como el miedo muy grande fue, así se fueron las lágrimas en grande abundancia a sus ojos venidas, considerando, si la tierra diese, quedar desheredada, y si la no diese pasaría la cruel muerte y no sabiendo qué responder, las carnes con gran ansia fuertemente le tremían. Pero aquel Andaguel, gigante viejo, dijo al rey que si le diese licencia alguna gente que le prometía de le hacer entrega la Ínsula o se volver a aquella prisión. Teniéndolo el rey por bien, y dando la gente, luego de allí fue partido, y volviéndose a Madasima, la prisión de muchos caballeros acompañada fue, entre los cuales era don Galvanes sin Tierra, que viendo aquellas lágrimas por las sus muy hermosas faces de aquella doncella caer, no solamente a gran piedad fue su corazón movido, mas desechando aquella libertad que hasta allí tuviera sin que ninguna mujer de cuantas visto había presa fuese, súbitamente, no sabiendo en qué forma ni cómo sojuzgado y cautivo fue en tanto grado que sin más acuerdo ni dilación en la hora hablando aparte con Madasima, descubriéndole su corazón le dijo si a ella le placía con él casar él tendría tal forma como salvando su vida con la tierra libremente quedase.

Madasima, habiendo ya noticia de la bondad de este caballero y de su gente y alto linaje, otorgándole lo que pedía, hincados los hinojos le quiso por ello besar las manos. Tomada esta certidumbre don Galvanes, siempre en su corazón creciendo aquellas encendidas llamas, tanto más las sentía y con mayor crudeza cuanto más libre de semejante combate hasta tanto tiempo había pasado, y no pasando muchos días que poniendo en efecto lo que prometiera, a la posada de Amadís se fue, y hablando con él y con Agrajes, su sobrino, todo el secreto de su corazón les manifestó, haciéndoles saber que si en aquello remedio no le ponían, que su vida en el extremo de la muerte era llegada. Ellos, siendo maravillados de tan súbito accidente en hombre que tan apartado en su voluntad de lo semejante estaba y tan contrario de aquéllos que en tales cosas sus cuidados y pensamientos dependían, le dijeron que según su valor y los grandes servicios que al rey Lisuarte había hecho, que por muy liviano tenían de acabar que así Madasima con toda su tierra le fuese entregada, especialmente quedando en el rey su señorío y por su vasallo, y cuando Amadís cabalgar pudiese, que se iría a lo despachar con el rey.

En este medio tiempo aquel mezclador Gandandel iba muchas veces a ver a Amadís y mostrábale gran amor, y cada vez que del rey hablaban, siempre le decía algunas cosas de cómo el rey le parecía que estaba en su amor muy resfriado y que mirase no le ocurriese de ello algún enojo, de lo cual habría él muy gran pesar por ser en muchos cargos de sus buenas obras, que él y sus hijos de él habían recibido; mas por muchas cosas y muy sutiles que le decía nunca pudo mover a Amadís a ninguna saña ni sospecha, y tanto en ello le ahincó que le dijo Amadís con alguna ira, que le no hablase más en aquello, que aunque todos los del mundo se lo dijesen, no podría creer que hombre tan cuerdo y de tanta virtud como el rey se moviese contra él, que nunca durmiendo ni velando pensó sino en su servicio.

Pues pasando algunos días que Amadís y Angriote de Estravaus, don Bruneo de Bonamar, de sus lechos levantarse pudieron con el gran mejoramiento de sus llagas, cabalgaron una mañana, ricamente vestidos, y desde que oyeron misa fueron al palacio del rey, donde de todos muy bien recibidos fueron, sino solamente del rey, que ni los miró ni recibió como solía, en que muchos pararon mientes, mas Amadís no miró en ello, que no pensaba que lo hiciese con mal talante, pero Gandandel, aquel mezclador que allí se halló abrazó riendo a Amadís y díjole:

—A las veces dicen a los hombres la verdad y no la quieren creer.

Amadís no le respondió ninguna cosa, mas partiéndose de él, viendo cómo Angriote y don Bruneo estaban muy quejosos como fueran tan mal recibidos, fuese al rey y díjole paso, que ninguno lo oyó:

—¿No veis, señor, el continente que aquellos caballeros ponen contra vos?

El rey calló, que ninguna cosa le quiso responder, y Amadís, con sana voluntad y estando sin sospecha alguna de aquella trama tan falsamente urdida, llegó al rey con gran humildanza, y llevando consigo a Galvanes y Agrajes, le dijo:

—Señor, queremos, si os pluguiere, hablar con vos y al habla estén los que mandaréis.

El rey dijo que estarían Gandandel y Brocadán. De esto plugo a Amadís, porque en su corazón los tenía por muy grandes amigos. Entonces se fueron todos juntos a una huerta, donde el rey debajo de unos árboles se sentó y ellos cerca de él, y Amadís le dijo:

—Señor, no fue mi ventura de os servir tanto como yo lo tengo en el mi corazón, mas como quiero que os no lo merezca, quiero atrever a os pedir un don de que seréis bien servido y haréis mesura y derecho.

—Ciertamente —dijo Gandandel—, si ello es así, vos pedís hermoso don, si bien es que el rey sepa lo que queréis.

—Señor —dijo Amadís—, lo que pedir queremos yo y Agrajes y dos Galvanes, que os también han servido en la Ínsula de Mongaza, que quedando en el vuestro señorío y vasallaje la deis con Madasima a don Galvanes en casamiento, y en esto, señor, haréis merced a don Galvanes, que es de tan alto lugar y no tiene señorío alguno y servíroslo ha muy bien y usaréis de piedad con Madasima que por nos está desheredada.

Oído esto por Brocadán y Gandandel, miraban al rey y hacían continente que lo no otorgase, mas el rey estuvo una pieza que no respondió, pensando en el gran valor de Galvanes y en lo que le había servido, y cómo Amadís, con tanto peligro de su vida aquella tierra ganara y bien conoció que le pedían razón y cosa justa y honesta, pero como su voluntad dañada estuviese, no dio lugar a la virtud que usase de los que obligada era, y respondió así como aquél que no tenía voluntad de lo hacer, y dijo:

—No es de buen seso aquél que demanda a lo que haber puede; esto digo por vos, que lo que pedís ha bien cinco días que lo di a la reina para su hija Leonoreta.

Esto pensó de responder más por excusarse que por ser así verdad. De esta respuesta fueron Gandandel y Brocadán muy alegres, y hacíanle semblante que respondiera muy bien; mas Agrajes, que muy afortunado de corazón era, como vio respuesta tan desabrida y como con tan poca mesura de ellos se excusaba, no se pudo callar, antes con gran saña dijo:

—Bien nos dais, señor, a entender que si alguna cosa no valemos por nosotros, que nuestros servicios según son agradecidos, poco nos aprovechan, mas si yo fuera creído, de otra vida nuestra vida pasara.

—Sobrino —dijo don Galvanes—, muy poca fuerza los servicios en sí tienen cuando son hechos a aquéllos que los no saben agradecer, y por esto los hombres deben buscar donde bien empleados sean.

—Señores —dijo Amadís—, no os quejéis si el rey no nos da lo que le pedimos, pues lo ha dado. Mas rogarle he que os dé a Madasima y quede en él la tierra y daros he yo la Ínsula Firme, donde paséis con ella hasta que el rey haya otra cosa que os dé.

El rey dijo:

—A Madasima tengo yo en mi prisión por haber por ella la tierra y si no mandarle he cortar la cabeza.

Amadís le dijo:

—Ciertamente, señor, más mesuradamente nos deberíais responder si a vos pluguiese y no haríais en ello tuerto si lo mejor conocer quisieseis.

—Si yo bien no os conozco —dijo el rey— asaz es el mundo grande, andad por él y catad quien os conozca.

¡Oh, qué palabras tan de notar que aún ayer podemos decir este caballero Amadís de Gaula de este rey Lisuarte era tan amado, tan preciado, en tanto tenido, que pensaba él que así con su persona, como con las de sus hermanos y parientes, no estaba en más de ser señor del mundo de lo comenzar, habiendo tanta piedad del peligro de su vida cuando fue la batalla aplazada de él y Ardán Canileo, que las lágrimas a los ojos le vinieron, sabiendo en tal sazón ser la su muy buena espada perdida y contra aquel gran juramento que delante su corte hecho había de la suya no dar a ningún caballero, rogarle y apremiarle que la tomase! Lo cual por cierto no se debería mover sin sobrado amor que le tuviese, teniendo entonces en la memoria los grandes servicios de él recibidos que fueron causa de la reparación de su vida y reinos. Y ahora este gran amor, el juicio y discreción suya tan sobrada, el gran conocimiento de las cosas que no fuesen bastantes a que unas palabras livianas dichas por hombre de mala suerte, de malas obras, sin ver señales para que alguna fe dada le fuese, de estorbar que no se turbase y oscureciese todo aquello, gran cosa a mi parecer es y muy señalada, para que ni las armas de los enemigos, ni las frías ponzoñas se crean que de ellas tanto peligro, tanto daño, redundar puedan a los reyes y grandes como de solas las orejas, porque aquello bueno o malo que en ellas imprimido es, trastorna el corazón, guía la voluntad por la mayor parte a seguir lo justo o deshonesto así que, ¡grandes señores a los que en este mundo tanto poder es dado, que baste para cumplir vuestros apetitos y voluntades, guardaos de los malos, pues que de sí mismos y de sus ánimos poco cuidado tienen, mucho menos y con más razón se debe creer que lo tendrán de las vuestras!

Pues al propósito tomando, cuando por Amadís aquella tan deshonesta y desabrida respuesta del rey fue oída, díjole:

—Ciertamente, señor, a mi cuidar hasta aquí no creía yo que en el mundo otro rey ni gran señor tanto al cabo del conocimiento de las cosas como vos hubiese, pero pues que tan extraño y al contrario de mi pensar os habéis mostrado, conviene que con tan nuevo consejo y mando, nueva vida busquemos.

—Haced lo que fuere vuestra voluntad —dijo el rey—, que yo hago la mía.

Entonces se levantó con saña y fuese donde estaba la reina y Brocadán y Gandandel y con él, loándole mucho haberse así despachado y librado de aquéllos donde tan gran peligro ocurrirle podía, y dijo a la reina todo lo que con Amadís le aconteciera y cómo por ello venía mucho alegre, mas ella le dijo que de su alegría recibía tristeza, porque desde que Amadís y sus hermanos y parientes en su casa fueron siempre sus cosas habían sido aumentadas y crecidas, sin que por ninguno de ellos lo contrario se mostrase y que si de este partimiento su sola discreción era la causa, que mucho fuera menguada del conocimento que haber debía y si por consejo de otros algunos que sería por la envidia grande que de ellos y de sus buenas obras tuviesen y que no solamente el daño presente era, mas en lo venidero, que viendo los otros ser así desechada y mal conocida la grandeza de aquellos caballeros que tanta hora y tantas mercedes por sus grandes servicios merecían, teniendo muy poca esperanza en los suyos que con gran parte iguales no le eran, que echarían con gran razón a huir de él, por buscar otro que mejor conocimiento tuviese, pero el rey le dijo:

—Dejaos de hablar más en ello, que yo sé lo que hago, y decid, como yo lo dije, que me pedisteis aquella tierra para Leonoreta y que se la he dado.

—Yo así lo haré —dijo la reina—, como lo mandáis, y quiera Dios que sea por bien.

Amadís se fue a su posada con más enojo y melancolía que en su semblante mostraba, donde halló muchos y buenos caballeros, que siempre con él albergaran, y no quiso que cosa alguna de lo que con el rey pasara se le dijese hasta que él hablase con su señora Oriana, y apartando a Durín le mandó que dijese de su parte a Mabilia, su prima, cómo aquella noche le cumplía mucho de ver a Oriana, y que al caño antiguo de la huerta, por donde algunas veces había entrado, le esperasen. Con esto se tornó a aquellos caballeros y comieron y holgaron, así como los días pasados solían hacer y dijoles:

—Señores, mucho os ruego que mañana seáis aquí juntos, porque os tengo de hablar una cosa que mucho cumple.

—Así se hará —dijeron ellos. Pasado, pues, el día y venida la noche, después de haber cenado y las gentes sosegadas, Amadís tomando consigo a Gandalín, a la huerta se fue y entrando por aquella mina o caño, como algunas veces lo hiciera, llegó a la cámara de Oriana, su señora, que lo atendía con otro tan leal y verdadero amor como el que consigo llevaba, así que con muchos besos y abrazos fueron juntos, sin haber envidia a ningunos, que Verdaderamente en el mundo se amasen, considerando no haber en el suyo par, acostados en su lecho. Oriana le preguntó por qué le enviara a decir que convenía mucho hablarla. Él le dijo:

—Por un caso muy extraño, según mi pensamiento, que con vuestro padre nos ha acaecido a mí y Agrajes, mi primo y a don Galvanes.

Entonces se lo contó todo así como pasara, y como en fin les dijera que asaz era el mundo grande que anduviesen por él buscando quien mejor que él los conociese:

—Mi señora —dijo Amadís—, pues que a él así le place, así conviene a nosotros hacerlo, que de otra manera toda aquella gloria y fama que con nuestra sabrosa membranza y yo he ganado, se perdería con gran menoscabo de mi honra, tanto que en el mundo tan menguado ni tan abiltado caballero como yo habría, porque os pido, señora, que no sea por vos demandada otra cosa, porque así como siendo más vuestro que mío, así de la mengua más parte os alcanzaría que a todos aunque oculto fuese, siendo a vos, mi señora, manifiesto siempre el ánimo nuestro en gran congoja sería puesto.

Oído por Oriana esto, comoquiera que el corazón se le quebrase, esforzóse lo más que pudo, y díjole:

—Mi verdadero amigo, con muy poca razón os debéis quejar de mi padre, porque no a él, a mí, por cuyo mandado a su corte vinisteis, habéis servido y de mí habéis galardón y habréis en cuanto yo viva, y si alguna culpa a mi padre imputarse puede, no es otra sino que siéndole a él oculto hacer vos las cosas por mi mandado, creer en el su servicio ser hechas, y esto le obligaba a que respuesta tan desmesurada os diese, y como quiera que vuestra partida sea para mí tan grave como si mi corazón en pedazos y piezas partido fuese, teniendo en más la razón que la voluntad y amor desordenado que yo os tengo, pláceme que se haga como pedís, pues que según el gran señorío sobre vos tengo en mi mano será remediarlo como más mi placer sea, y porque mi padre, perdiendo a vos conozca que todo lo que le quedare será para él causa de gran mengua y soledad.

Amadís cuando esto oyó, besándole las manos muchas veces, le dijo:

—Mi verdadera señora, aunque hasta aquí de vos haya recibido muchas y grandes mercedes, por donde mi triste corazón de la muerte a la vida tornado fue, ésta por muy mayor contarse debe, según la gran diferencia que los casos de honra sobre los de los deleites y placeres tienen.

En esto y en otras cosas hablando aquella noche pasaron, mezclando con el gran placer suyo muchas lágrimas, considerando la gran soledad que en lo por venir esperaban, mas ya cercándose el día, levantóse Amadís acompañado de aquella su muy amada prima Mabilia y de la doncella de Dinamarca, rogándolas muy ahincadamente que a Oriana consolasen, y ellas, llorando, habiéndoselo otorgado, de ellas se partió, y yendo a su posada, todo lo que de la noche quedaba y alguna parte del día ocupó en dormir, pero ya siendo tiempo, levantado de su lecho, todos aquellos caballeros que ya oísteis se vinieron a él, y desde que hubieron oído misa todos juntos en un campo, a caballo, Amadís de esta guisa les habló:

—Notorio es a vos, mis buenos señores y honrados caballeros, si después que yo del reino de Gaula en la Gran Bretaña venido y mis hermanos y amigos, por mi causa las cosas del rey Lisuarte en más honra y en mayor mengua ser puestas, y por esta causa excusado será traer las vuestras memorias, solamente creo que con mucha razón se os debe decir, que así vosotros como yo deberíamos esperar justamente gran galardón, mas, o porque la mudable fortuna que las cosas trabuca y revuelve, usando de su acostumbrado oficio, o por algunos malos consejos, o por ventura ser con la mayor edad la condición de rey mudada, mucho al contrario de nuestros pensamientos hallado lo hemos, que siendo por Agrajes y don Galvanes y por mi demandada en merced al rey a Madasima con su tierra para que con don Galvanes casada fuese, quedando en su señorío y por su vasallo, no mirando el gran valor de este caballero y su muy alto linaje y los grandes servicios de él recibidos, no solamente no nos lo quiso otorgar, mas por él nos fue negado con respuesta tan desmesurada y tan deshonesta que por haber salido de boca tan verdadera y dé juicio tan discreto, empacho he grande que por mí lo sepáis, mas pues que escusar no se puede por ser la cosa en tales términos venida sabréis, señores, que en el fin de nuestra habla diciéndole nosotros ser por él mal conocidos nuestros servicios, nos dijo que el mundo era grande y que anduviésemos por él a buscar quien mejor los conociese. Así que nos conviene que como en la concordia y amistad obediente le hemos sido, que así en la discordia y enemistad lo seamos, cumpliendo aquello que él por bien tiene que se haga. Paréceme cosa justa que lo supieseis, porque no solamente a nosotros en particular, mas a todos en general toca.

Cuando aquellos caballeros, esto que Amadís dijo oyeron, mucho fueron maravillados y unos con otros hablando decían que muy mal sus pequeños servicios serían galardonados, cuando aquellos grandes de Amadís y sus hermanos eran de tal forma en olvido puestos, así que luego sus corazones fueron movidos para no servir más al rey, mas de servirle en cuanto pudiesen. Y Angriote de Estravaus, como aquél que del bien y del mal que a Amadís viniese entendía haber su parte, dijo:

—Mis señores, mucho tiempo ha que yo conozco al rey, y siempre le vi muy sosegado en todas sus cosas y no se mover, salvo con gran causa y justa razón, así que esto que con Amadís y estos caballeros le aconteció no puedo creer, ni en el pensamiento me caerá, que de su condición ni voluntad saliese, antes verdaderamente cuido que algunos mezcladores le han sacado de todo su saber y seso. Por tanto no dejo de poner gran culpa a la bondad y gran virtud del rey, y lo que yo verdaderamente pienso es, que habiendo yo visto estos días pasados más que solfa hablar a Gandandel y Brocadán con él, y siendo falsos y engañosos que olvidando a Dios y al mundo pensando cobrar ellos y sus hijos aquello que sus malas obras no merecen, habrán causado este movimiento del rey, y porque veáis cómo la justicia de Dios sea segura, yo me quiero ir a armar luego y decirles que son malos y envidiosos, y a gran traición y falsedad que han hecho al rey y Amadís y combatirme con ellos entrambos, y si su edad se lo excusaré, que metan sendos hijos suyos conmigo solo que sostengan las maldades de sus padres.

Y queriéndose ir, Amadís lo detuvo y le dijo:

—Mi buen amigo Angriote, no plega a Dios que el vuestro cuerpo bueno y leal sea puesto en aventura por lo que cierto no se sabe.

Él le dijo:

—Yo soy cierto que ello es así, según lo que de ellos mucho tiempo ha conozco, y si la voluntad del rey fuese decir la verdad, sé que él conmigo otorgaría.

Y Amadís dijo:

—Si a mí amáis, no curéis esta vez de ello, porque el rey enojo no reciba, y si esos que decís, mostrándose tanto por mis amigos, enemigos me han sido, además de no se poder encubrir ellos, habrán aquella pena que los falsos merecen, y cuando conocido y descubierto será, con más razón y causa podéis contra ellos proceder, y creed que entonces no os lo excusaré.

Angriote dijo:

—Aunque contra mi voluntad sea, yo lo dejaré esta vez, pues que así os place; mas para adelante quedará.

Entonces Amadís, volviéndose a aquellos caballeros, les dijo:

—Señores, yo me quiero despedir del rey y de la reina, si me quisieren, e irme a la Ínsula Firme, y a los que pluguiere que en uno vivamos allí, nos harán honra de más del placer que tendremos. Porque aquella tierra es muy viciosa, abundante de todas las cosas y de muchas cazas y hermosas mujeres, que son causa, do quiera que las haya, de hacer a los caballeros más lozanos y orgullosos. Y yo en ella tengo muchas y preciadas joyas de gran valor, que para nuestras necesidades serán bastantes; allí nos vendrán a ver muchos de aquéllos que nos conocen y otros extraños, así hombres como mujeres, que nuestro socorro habrán menester, y allí tornaremos cada que nos pluguiere a amparar y reparar nuestros trabajos. Pues junta con esto, así en la vida del rey Perión, mi padre, como después de ella, aquel reino de Gaula no nos faltará. En la Pequeña Bretaña, de que ahora hube las cartas como en sus días me las dieron, esto todo por vuestro sin falta ninguno contarlo podéis. Pues también os traigo a la memoria el reino de Escocia, que mi cohermano Agrajes habrá, y el de la reina Briolanja, que por mal ni por bien faltar no nos puede.

—Eso podéis vos, señor Amadís, con mucha verdad decir —dijo un caballero que Tantiles se llamaba, mayordomo y gobernador de aquel reino de Sobradisa—. Que siempre a vuestro mandado será con aquella tan hermosa reina que vos reinar hicisteis.

Don Cuadragante le dijo:

—Ahora, señor, os despedid del rey, y allá aparecerán los que os aman y vuestra compañía quieren.

—Así yo lo haré —dijo Amadís—, y en mucho tendré a los que a esta sazón me quisieren honrar, no por tanto digo que quedando a su provecho con el rey lo dejen de hacer, ciertamente yo creo que tan buen señor en gran parte no se hallaría.

A esta sazón, el rey pasaba cabalgando, y Gandandel, que lo aguardaba, y otros muchos caballeros, y andaba cazando con unos esmerejones y así anduvo una pieza cabe ellos, y no los hablando ni mirando se tornó a su palacio.

Capítulo 63. De cómo Amadís se despidió del rey Lisuarte y con él otros diez caballeros, parientes y amigos de Amadís, los mejores y más esforzados de toda la corte, y siguieron su vía para la Ínsula Firme, donde Briolanja probaba las aventuras de los firmes amadores y de la cámara defendida, y cómo determinaron de librar del poder del rey a Madasima y a sus doncellas

Como Amadís vio el desamor que el rey les mostraba, llevando consigo todos aquellos caballeros, se fue a despedir de él, como por el palacio entró y le vieron él continente mudado de como solía y a tal hora que ya las mesas eran puestas, llegáronse todos por oír lo que diría, y llegando hasta el rey, le dijo:

—Señor, si vos en algo contra mí erráis, Dios y vos lo sabéis, y por ahora no diré más, porque, aunque mis servicios grandes fuesen, mucho mayor era la voluntad de pagar las honras que de vos he recibido. Ayer me dijisteis que fuese andar por el mundo y buscase quien mejor que vos me conociese, dando a entender que lo que más os será agradable es ser yo fuera de vuestra corte, y pues esto es lo que a vos place, a mí conviene de lo hacer, y no me puedo despedir de vasallo, pues que lo nunca fui vuestro ni de otro ninguno, sino de Dios. Mas despídome de aquel gran deseo que cuanto os plugo teníais de me hacer honra y merced y del gran amor que yo de le servir y pagar tenía.

Y luego se despidieron don Galvanes y Agrajes y Florestán y Dragonís y Talomir, cohermanos de Amadís, y don Bruneo de Bonamar y Branzil, su hermano, y Angriote de Estravaus, y Grondonán, su hermano, y Pinorés, su sobrino, y don Cuadragante apareció delante del rey y díjole:

—Señor, yo no quedé con vos sino por ruego de Amadís, queriendo y deseando haber su amor, pues que con razón verdadera se halló camino que el sentimiento que de él tenía fuese a mi honra apartado, y pues que por su causa fue vuestro, por ella misma no lo haré de aquí adelante, que poca esperanza tendrían mis pequeños servicios cuando en los sus grandes fallece, que mal os acordáis de cuando os sacó de las manos de Madanfabul, de donde otro ninguno os sacar pudiera, y del vencimiento que os hizo haber en la batalla del rey Cildadán y de cuanta sangre él y sus hermanos y parientes allí perdieron, y cómo quitó a mí de vuestro estorbo, y a Famongomadán y a Basagante, su hijo, que los más fuertes gigantes del mundo eran, y también Lindoraque, el hijo del gigante de la Montaña Defendida, que uno de los mejores caballeros era de cuantos yo sabía, y Arcalús el Encantador, y que todo esto se olvidase de vuestra memoria, habiendo mal galardón, pues si estos que digo contra vos en aquella batalla fuéramos y no fuera Amadís de vuestra parte, mirad lo que dende os pudiera venir.

Respondió el rey:

—Don Cuadragante, bien entiendo, según vuestras palabras, que me no amáis ni por mi pro lo decís, ni aún habéis con Amadís tal deudo por donde debáis querer su pro ni su bien; mas decís aquello que por ventura no está tan firme en vuestro pensamiento como la palabra lo muestra.

Dijo don Cuadragante:

—Vos diréis lo que os pluguiere, como gran señor que sois, mas cierto soy que no moveréis a Amadís con palabras de mezclamiento, así como se mueven otros que al cabo conocerían el yerro, y si yo le fuere buen amigo o malo a Amadís, en poco estamos de lo mostrar —y quitósele delante. Luego llegó Landín, y díjole:

—Señor en vuestra casa no hallé yo ayuda ni reparo de mis llagas, sino en Amadís, y así dejando de ser vuestro, con él y con mi tío, don Cuadragante, me quiero ir.

Y el rey le respondió:

—Ciertamente, yo pienso que en vos no nos quedaría buen amigo.

—Señor —dijo él—, cual ellos os fueren, tal lo seré yo, pues que de mandado no tengo de salir.

A esta hora estaban juntos a un cabo del palacio don Brian de Monjaste, caballero muy preciado, hijo del rey Ladasán de España y de una hermana del rey Perión de Gaula, y de Gandiel Urlandín, hijo del conde Urlanda, y Grandores, y Madancil, el del Puente de la Plata, a Listorán de la Torre Blanca, y Ledaderdín de Fajarque y Tradiles el orgulloso, y don Gabarte de Valtemoroso, y cuando así vieron que aquellos caballeros, por amor de Amadís, del rey se habían despedido, fueron todos delante de él y dijéronle:

—Señor, nos vinimos a vuestra casa por ver a Amadís y a sus hermanos y por ganar su amor, y pues esto fue la causa principal, así lo es para no estar más en ella.

Despedidos estos caballeros como oís, y no quedando otro ninguno, Amadís se quisiera despedir de la reina, mas al rey no plugo, porque siempre ella había sido muy contraria en esta discordia, mas envióse a despedir con don Grumedán. Y saliendo del palacio se fue a la posada, y todos aquellos caballeros con él, donde las mesas hallaron puestas y en ellas fueron servidos de muchos y buenos manjares, y luego cabalgaron en sus caballos, armados de todas armas, que serían hasta quinientos caballeros, en que había hijos de reyes y de conde y otros de gran guisa, así en linaje como en gran prez y bondad de armas, que por todo el mundo sus grandes hechos eran sabidos, y tomaron el camino derecho de la Ínsula Firme para albergar aquella noche en una ribera a tres leguas de allí, donde ya por mandado de Amadís las tiendas eran armadas.

Mabilia, que de una ventana del palacio de la reina los miraba y los vio ir tan apuestos que como las armas eran frescas y ricas, con la clareza del Sol que en ellas hería, las hacía muy resplandecientes, no había persona que los viese que se no maravillase y no tuviese por malaventurado al rey que tal caballero como Amadís de sí partir quería, con aquéllos que le seguían, y fuese a Oriana y díjole:

—Señora, dejad esa tristeza y mirad aquellos vuestros vasallos y huelgue vuestro corazón en tener tal amigo, que si hasta aquí sirviendo a vuestro padre vida de caballero andante tuvo, ahora fuera de su servicio así como un gran príncipe se portará, lo cual, señora, todo redundará en vuestra grandeza.

Oriana, muy consolada de aquellas palabras, los miraba, remediando con su gran cordura y discreción aquella pasión y afición que de voluntad y apetito atormentada era.

Salieron con Amadís por le hacer mucha honra el rey Arbán de Norgales, y Grumedán, el amo de la reina, y Brandoibas, y Quironante, y Giontes, sobrino del rey, y Listorán, buen justador. Éstos iban con él, apartados de la gente y muy tristes por su apartamiento del rey. Y Amadís les iba rogando que le fuesen amigos en aquello que sin cargo de sus honras serlo pudiesen, que él siempre los tendría en el grado y estima en que hasta allí los había tenido y que aunque el rey lo desamase, no teniendo en él justa causa, que no lo hiciesen ellos, ni por eso dejasen de le servir y honrar como tan buen rey lo merecía. Ellos le dijeron que le nunca desamarían por ninguna cosa, que, aunque al rey sirviesen con la lealtad que obligados eran, nunca sus corazones se partirían de lo amar. Amadís les dijo:

—Ruégoos, señores, que digáis al rey que ahora parece claro lo que Urganda delante de él me dijo y del señorío que para otro ganase no habría galardón, sino de saña y alongamiento de mi voluntad, así como ahora me avino en ganar la Ínsula de Mongaza para el su señorío, por donde contra toda razón fue su voluntad movida sin se lo merecer contra mí, como veis, y que estas tales cosas muchas veces aquel justo juez las remedia, dando todo a cada uno su derecho.

Don Grumedán dijo que lo diría todo al rey como lo él mandaba y que maldita fuese Urganda, que tan verdadera había salido.

Y con esto se tornaron a la villa, y luego llegó a él don Guilán el Cuidador, y llorando le dijo:

—Señor, vos sabéis bien mi hacienda que de mí ni de mi corazón puedo hacer nada y conviene que siga la voluntad ajena, de aquélla por quien yo soy en mortales angustias y dolores puesto, de la cual esta vez me es defendido que con vos no vaya, donde soy puesto en gran vergüenza, que ahora quisiera pagar aquellas grandes honras que de vos y de vuestros hermanos siempre recibí, mas no puedo.

Amadís, que los grandes y demasiados amores de este caballero sabía y como él amaba a su señora Oriana y la temía, lo abrazó riendo y le dijo:

—Don Guilán, el mi grande amigo, no plega a Dios que tan buen hombre y tan entendido como vos erraseis a vuestra señora ni pasaseis su mandado, ni tal consejo os daría, que no sería vuestro amigo, antes que la sirváis y cumpláis su voluntad y la del rey vuestro señor, que bien cierto soy que guardando vuestra lealtad dondequiera que seáis os tendré por amigo, como lo siempre tuve.

—Ahora, señor —dijo don Guilán—, vaya como fuere, que yo fío en Dios que siempre habréis mi servicio.

Entonces se despidió de él, y Amadís y su compaña se fueron aquella noche a la ribera de la mar, donde tenían sus tiendas, y todos andaban alegres y se esforzaban unos a otros y que Dios les haría merced en ser partidos del rey que en tan poco sus servicios tenía, y que mejor fuera saber temprano aquel engaño, que no habiendo dependido más tiempo en su compaña. Pero el corazón de Amadís, aunque en las otras cosas todas muy esforzado fuese, en este apartamiento de su señora muy enflaquecido era, no sabiendo ni pensando cuándo verla pudiese. Así pasaron aquella noche muy viciosos de todo lo que menester hubieron, y otro día de mañana cabalgaron y fueron su camino derecho de la Ínsula Firme.

Y otro día que Amadís y sus compañeros se partieron, el rey, después de haber oído misa, sentóse en su palacio, como lo había de costumbre, y miró de un cabo a otro, y como se vio tan menguado de aquellos caballeros que allí solían estar, membróse de cuán arrebatadamente se moviera contra Amadís y vínole un tan gran pensamiento, en manera que en otra cosa ninguna paraba mientes, y Gandandel y Brocadán, que ya sabían lo que Angriote de ellos dijera y al rey vieron en tal forma, fueron muy espantados, creyendo que el rey no se hallaba bien del su consejo que contra Amadís le habían dado. Pero viendo que ya no era tiempo se de ello retraer, quisieron seguir por su mal propósito adelante, que esta mala dolencia han los grandes yerros, y acordaron ir a remediar que aquellos caballeros no tornasen al rey, si no ellos muertos eran, y luego se fueron a él juntos. Y díjole Grandandel:

—Señor, de hoy más podéis holgar y descansar, pues que habéis apartado de vuestro servicio aquéllos que dañarlo pudieran, de lo que a Dios debéis dar muchas gracias y del hecho de vuestra tierra y casa, no os descargaremos con mayor cuidado que de lo nuestro propio. Ca, señor, cuando parareis mientes en el haber que aquéllos dabais, que libre os queda, mucho vuestro ánimo holgará.

El rey los miró de mal semblante y díjoles:

—Mucho me maravillo de lo que decís que yo dejé en vos mi tierra y mi casa que yo con todos los que en ello pongo no es remedio para ello, y vosotros, en quien no veo tanta discreción, pensáis de lo cumplir, y puesto caso que para ellos bastaseis, no se tendrían por contentos mis vasallos y los de mi casa de ser gobernados por vuestra autoridad, y de esto que me decís de me quedar aquel grande haber que aquellos caballeros daba, querría saber en qué lo podría yo mejor emplear que mi honra y servicio fuese, porque ningún haber es bien empleado sino en el poder y valía de los hombres, que si de mi mano y poder salía lo que aquéllos llevaban, mi honra era con ello guardada y el mi señorío acrecentado y en el fin todo a mi mano se tornaba, así que el haber que es empleado donde debe, aquél yace en buen tesoro, donde nunca se pierde, y en esto no quiero que me habléis, porque no tomaré vuestro consejo.

Y levantándose de entre ellos y mandando llamar los cazadores, se fue al campo, y ellos quedaron de aquella respuesta muy espantados, viendo que ya el rey miraba en el mal consejo que le dieran.

A esta sazón llegó una doncella de la reina Briolanja, que venía con su mandado a Oriana para le hacer saber lo que le aconteciera en la Ínsula Firme, con la cual hubieron todas mucho placer, porque aquella reina era de ellas muy amada. Y entonces dijo a Oriana:

—Señora, yo soy venida a vos de parte de Briolanja para os decir las maravillas que en la Ínsula Firme halló, y quiso que por mí, que las vi todas, fueseis de ello sabedora.

—Dios le dé mucha vida —dijo Oriana— y a vos, buena ventura, por el afán que tomasteis.

Entonces llegaron todos por ver lo que diría. Y la doncella dijo:

—Señora, sabed que Briolanja llegó con toda su compaña como fue de aquí a aquella Ínsula, donde estuvo cinco días, y luego le fue preguntando si probaría la cámara y el arco del amor, y ella dijo que aquellas dos pruebas quería dejar para la postre, y lleváronla luego a una legua del castillo, a unas muy hermosas casas, que por ser asentadas en muy abundoso y vicioso lugar eran unas de las nombradas y principales moradas de Apolidón. Y desde que la hora del comer vino, lleváronnos a una grande y muy hermosa sala labrada a maravilla, y a un cabo de ella estaba una grande y muy hermosa cueva, muy honda y muy oscura y tan pavorosa de mirar que ninguno se osaba llegar a ella, y al otro cabo de aquel gran palacio estaba una muy hermosa torre que desde las finiestras de ella se pueden ver todas las cosas que en aquella sala se hacen, y allí nos hicieron subir todas, donde hallamos, cabe las finiestras, puestas las mesas y los estrados, y allí fue la reina y nosotras muy bien servidas de muy diversos manjares y de dueñas y doncellas muy servidas, y debajo en el palacio que oísteis comían los caballeros y la otra gente nuestra y eran servidos de los caballeros de la tierra, y cuando les pusieron delante el segundo manjar oyeron silbos muy grandes en la cueva y salía humo caliente, y no tardó que salió una gran serpiente y púsose en medio del palacio con tanta braveza y tan espantosa que no había persona que la mirar osase y lanzaba por la boca y las narices gran humo y hería con la cola tan fuerte que todo el palacio hacía estremecer, y luego en pos de ella salieron de la cueva dos leones muy grandes y comenzaron entre sí una batalla tan brava y tan esquiva que no hay corazón de hombre que se no espantase. Entonces los caballeros y la otra gente, dejando las mesas, salieron del palacio con la mayor prisa que podían, y aunque las finiestras donde Briolanja y nosotras mirábamos eran muy altas, ni por eso dejamos de tener gran miedo y espanto. La batalla duró media hora y en cabo los leones fueron tan cansados, que se tendieron en el suelo como muertos, y la serpiente, tan cansada y tan lasa que apenas el huelgo podía en sí coger, pero desde que una pieza descansó tomó el uno de los leones en la boca y llevólo a la cueva, y tornando por el otro, los lanzó dentro y ella se echó en pos de ellos. Así que en todo el día aparecieron más, y los hombres de la Ínsula reían mucho de nuestro espanto, y haciéndonos ciertos que por aquel día no habría más, tornamos a las mesas y acabamos nuestra comida. Así pasamos aquel día, y a la noche en buen albergue, y otro día lleváronnos a otro lugar más sabroso que aquél, donde pasamos aquel día, y cuando fue hora de dormir lleváronnos a una cámara rica y hermosa a maravilla, donde había una cama de ricos y preciados paños para Briolanja y otras asaz buenas para nosotras, y desde que echadas fuimos, pasada la medianoche, que muy sosegadas y dormidas estábamos, abriéronse las puertas con tan gran sonido que con gran espanto fuimos despiertas, y vimos entrar un ciervo por la puerta con candelas encendidas en los cuernos, que toda la cámara alumbraba como si de día fuese, y la mitad de él había tan blanco como la nieve y el pescuezo y la cabeza tan negra como la pez, y el 'un cuerno semejaba dorado y el otro bermejo, y en pos de él venían cuatro perros de la semejanza de él, y cada uno de ellos le aquejaba mucho, así que le traían acosado, y en pos de ellos venia un cuerno de marfil con unas vergas de oro y tañíase de suyo, andando en el aire como si en mano de alguno anduviese y hacia propio son de montería, y con él los canes se alegraban, así que el ciervo no le dejaban sosegar y hacíanlo huir a una y otra parte por la cámara y saltaba por cima de nuestras camas, que las hacia estremecer, y a las veces tropezaba en ellas y caía, y nosotras levantadas en camisas y en cabellos, huyendo delante del ciervo y algunas se metían debajo de los lechos, mas los canes no dejaban de lo seguir cuanto más podían, y cuando el ciervo vio que no había guarida en la cámara, salióse por una ventana corriendo cuanto más podía, y los canes tras él, de que muy alegres fuimos, y tomando de aquella ropa que revuelta por allí estaba, con que nos encubriésemos, y dimos a Briolanja, que muy cuitada estaba, un sayón, que se vistió, y pasado aquel miedo tuvimos muy gran risa de aquella revuelta en que nos vimos, y estando aderezando nuestros lechos entró por la puerta una dueña y dos doncellas con ella y una niña pequeña, que le traía candelas delante, y dijo a Briolanja: «Señora, ¿qué habéis habido que a tal hora estáis levantada?». Ella le dijo: «Amiga, una tal revuelta que no sería poco de la contar». La dueña se rió mucho y dijo: «Pues, señora, acostaos y dormid, que por esta noche no habrá más de que os temer». Con esta seguridad aderezamos los lechos y dormimos lo que de la noche quedó, y otro día de gran mañana movimos de allí y fuimos a un bosque donde había muy grandes pinares y hermosas huertas y posamos en tiendas ribera de un agua, y allí hallamos una casa redonda sobre doce postes de mármol, con una cobertura extrañamente hecha, que por entre los postes se cierra con llaves de cristal muy sutilmente, en manera que el que dentro está puede ver todos los de fuera, y tenía por unas puertas labradas de hojas de oro y de plata de grande y extraño valor a maravilla y cabe cada poste por de dentro de la casa estaba una imagen de cobre hecha a la semejanza de gigante y tienen arcos muy fuertes en sus manos y saetas en ellos con hierros de fuego tan ardientes y tan vivos como si del fuego saliesen, y dicen que no hay cosa ninguna que allí entre que con las fuerzas de aquellas saetas y del fuego que luego no sea hecha ceniza, porque las imágenes tiran luego con los arcos, así que no yerra ningún tiro, y delante Briolanja y nosotras metieron allí dos gamos y un ciervo y luego las saetas fueron en ellos metidas, y tornadas a los arcos quedaron las animalias hechas ceniza, y en las puertas de aquel palacio había letras escritas que decían: «Ningún hombre ni mujer no sea osado de entrar en esta casa si no fueren aquél y aquélla que tanto y tan lealmente tienen su amor, como Grimanesa y Apolidón, que este encantamiento hizo, y conviene que entren juntos a la vez primera, que si cada uno por sí lo hiciere será perecido de la más cruel muerte que se nunca vio, y este encantamiento y todos los otros durarán hasta tanto que venga aquél y aquélla que por su gran lealtad de sus amores y gran bondad de armas del caballero en la hermosa cámara encantada entrarán y ende huelguen en uno, y cuando el ayuntamiento de ambos fuere acabado, entonces serán deshechos todos los encantamientos de esta Ínsula Firme». Allí estuvimos aquel día, y Briolanja mandó llamar a Ysanjo y a Enil, y díjoles que ya no querían ver más, salvo lo del arco del amor y la cámara defendida, y preguntó a Ysanjo qué cosa era aquélla de la sierpe y de los leones y lo del ciervo y canes. «Señora —dijo él—, no sabemos más sino que cada día salen aquella hora que visteis y han su batalla de aquella forma, y del ciervo y de los canes os digo que todas las noches vienen a aquella hora que visteis y tórnanse a ir por la ventana y los canes en pos de él y vanse a meter todos en un lago que es cerca de aquí, que creemos que de la mar sale, y no sé, señora, más que os diga, sino que en un año no podríais acabar de ver las grandes maravillas que en esta Ínsula son». Pues venida la mañana cabalgamos en nuestros palafrenes y tomamos al castillo, y luego Briolanja se fue al arco de los leales amadores y entró por los padrones defendidos como aquélla que nunca errara en sus amores, sin entrevalo alguno, y la imagen hizo con la trompa muy dulce son, tanto que a todos nos hizo desmayar, y tanto que Briolanja fue dentro, donde las imágenes de Apolidón y Grimanesa estaban, el son cesó con una muy dulce dejada, que maravilla era de lo oír, y allí vio aquellas imágenes tan hermosas y tan frescas como si vivas fuesen. Así que estando ella sola, mucho acompañada con ellas se hallaba, y luego vio en el jaspe escritas letras frescas, que decían: «Éste es el nombre de Briolanja, la hija de Tagadán, rey de Sobradisa; ésta es la tercera doncella que aquí entró». Y luego acordó de se salir fuera, con miedo de se ver sola, y que ninguno de su compaña allá entrar podía, y salida de allí se fue a su posada, y al quinto día fue a probar la cámara defendida e iba vestida muy ricamente a maravilla y no llevaba sobre sus hermosos cabellos sino un prendedero de oro muy hermoso y de piedras muy preciadas, y todos los que así la vieron decían que si ella no entrase en la cámara que en el mundo no había otra que lo acabase y que de aquella vez habrían fin todos aquellos encantamientos, y ella se encomendó a Dios y entró por el sitio defendido y pasó por el padrón de cobre y llegó al mar de mármol y leyó las letras que en él estaban escritas y pasó delante tanto, que todos pensaron que acabado era, y llegando a tres pasadas de la puerta de la cámara, tomáronla tres manos por los sus cabellos hermosos y preciados y sacáronla del campo muy sin piedad, así como a las otras lo hicieron, fuera del lugar defendido y quedó tan maltrecha que la no podíamos acordar.

Oriana, que el corazón tenía desmayado y triste de lo que antes oía, tomó muy alegre y miró a Mabilia y a la doncella de Dinamarca, y ellas a ella, que les mucho placía, y la doncella dijo:

—Aquel día, señora, estuvimos allí, y otro día se partió Briolanja para su reino.

Y desde que las nuevas fueron así contadas partióse la doncella para su señora y llevóle el mandado de la reina Brisena y de Oriana y de las otras dueñas y doncellas.

Amadís y sus compañeros que partieron de la corte del rey Lisuarte, como habéis oído, llegaron a la Ínsula Firme, donde con mucho placer y alegría recibidos fueron de todos los moradores de ella, porque así como con gran tristeza aquél su nuevo señor habían perdido, así en lo haber cobrado con doblado placer sus ánimos fueron. Y cuando aquellos caballeros que con él iban vieron el castillo que tan fuerte era y que la Ínsula otra entrada no tenía sino por él, siendo tan grande y de tierra tan abastada y tan sabrosa, según oído habían, y poblada de tanta y tan buena gente, decían que bastante era para dar guerra desde allí a todos los del mundo. Y luego fueron aposentados en la mayor villa que debajo del castillo era. Y sabed que en esta Ínsula había nueve leguas en luengo y siete en ancho y toda era poblada de lugares y de otras ricas moradas de caballeros de la tierra. Y Apolidón hizo en los más sabrosos lugares cuatro moradas para sí, las más extrañas y viciosas que hombre podía ver. Y la una era la de la Sierpe y de los Leones, y la otra la del Ciervo y de los Canes, y la tercera, que llamaban el Palacio Tornante, que era una casa que tres veces al día y otras tres en la noche se volvía tan recio que los que en él estaban pensaban que se hundía; la cuarta se llamaba del Toro, porque salía cada día un toro muy bravo de un caño antiguo y entraba entre la gente como que los quisiese matar, y huyendo todos ante él quebrada con sus fuertes cuernos una puerta de hierro de una torre y entrábase dentro, mas a poco rato salía muy manso, y un simio viejo sobre él, tan arrugado que los cueros le colgaban de cada parte, y dándole con un azote le hacía tornar a entrar por el caño donde salido había. Mucho placer y deleite habían todos aquellos caballeros en mirar estos encantamientos y otros muchos que Apolidón hiciera por amor de dar placer a Grimanesa, su amiga, así que siempre tenían en qué pasar tiempo y todos estaban muy firmes en el amor de Amadís para lo seguir en todo lo que su voluntad fuese.

Pues a esta sazón que oís llegó allí el ermitaño Andalod, el que en la Peña Pobre habitaba al tiempo que allí Amadís estuvo, el cual vino a dar orden en el monasterio que oísteis, y cuando así vio a Amadís dio muchas gracias a Dios por haber dado a tan buen hombre la vida, y mirábalo y abrazábalo como si nunca lo viera, y Amadís le besaba las manos, agradeciéndole con mucha humildad la salud y la vida que por Dios y por él hubiera y luego fue fundado un monasterio al pie de la Peña, en aquella ermita de la Virgen María donde Amadís, muy desesperado de la vida y con gran dolor de su ánimo por la carta que su señora Oriana le envió, hizo la oración y se fue a perder, como ya se os dijo, en el cual quedó un hombre bueno que Andalod trajo, Sisián llamado, y treinta frailes con él, y Amadís les mandó dar tanta renta con que abastadamente vivir pudiesen, y Andalod se tornó a la Peña Pobre como de antes. Entonces llegó allí Balais de Carsante, aquél que Amadís sacara de prisión de Arcalaus, que se fue a despedir del rey Lisuarte cuando supo que Amadís se iba con él descontento, y también vino con él Olivas, aquél a quien Agrajes y don Galvanes ayudaron en la batalla del duque de Bristoya, y preguntaron a Balais por nuevas de casa del rey Lisuarte, y él dijo:

—Asaz hay que de ellas se puedan contar.

Entonces les dijo:

—Sabed, señores, que el rey Lisuarte ha enviado a mandar que toda su gente sea luego con él, porque el conde Latine y aquéllos que envió tomar la Ínsula de Monganza le hicieron saber que el gigante viejo les diera todos los castillos que tenían en poder él y sus hijos, mas que Gromadaza no quiere dar el Lago Ferviente, que es el más fuerte castillo que hay en toda la Ínsula, y otros tres castillos muy fuertes, y sabed que ha dicho Gromadaza que nunca en los días de su vida desamparará aquello donde fue ya con su marido Famongomadán y Brasagante, su hijo, y que antes morirá que los entregue y que siempre de ella recibirá muchos enojos que de su hija Madasima y de sus doncellas que haga lo que por bien tuviere, que ella poco daría por ellas ni por su vida, solamente que algún pesar le pueda hacer, por donde digo que así se puede tomar por ejemplo cuán riguroso y cuán fuerte es el corazón airado de la mujer, queriendo salir de aquellas cosas convenientes para que engendrada fue, que como su natural no lo alcanza forzado es que el poco conocimiento, poco en lo que cumple pueda proveer, y si alguna al contrario de esto se halla es por gran gracia del muy alto Señor, en quien todo el poder es que sin ningún entrevalo las cosas puede guiar donde más le pluguiere, forzando y contrariando todas las cosas de la Naturaleza.

Después que Balais les contó estas nuevas, preguntáronle que dijera él lo que quería hacer, y él les dijo:

—Junta todo su poder, así como ya os conté, y juro que si los castillos de Gromadaza tenía no había hasta un mes que haría descabezar a Madasima y a sus doncellas y que luego iría sobre el Lago Ferviente y de él no se alzaría hasta lo tomar, y que si a la giganta vieja a su poder hubiese que la haría echar a sus muy bravos leones.

Oídas por ellos estas nuevas, gran enojo hubieron, e hicieron aposentar aquellos caballeros y ellos hablaron mucho en aquello; mas don Galvanes, a quien no se olvidaba la promesa hecha por él a Madasima y las grandes angustias y dolores de que su corazón por sus amores atormentados era, díjoles:

—Bueno, señores; todos sabéis bien cómo la causa principal porque Amadís y nosotros nos partimos del rey fue por lo de Madasima y por mí, y yo lo ruego mucho a vosotros todos que me seáis ayudadores a que quitar pueda la palabra que allá le dejé, que fue de la defender con derecha razón, y si la razón no me valiese, de la defender por armas, lo cual, con la ayuda de Dios y de vosotros, pienso yo muy bien hacer.

Don Florestán se levantó en pie y dijo:

—Señor don Galvanes, otros están aquí más entendidos y de mejor consejo que yo, los cuales para defender a Madasima tenéis, y si por razón defenderse puede, esto sería mejor, mas si la batalla necesaria es, yo la tomaré en el nombre de Dios para la defender y adelantar vuestra palabra.

—Buen amigo —dijo don Galvanes—, yo os lo agradezco cuanto puedo, porque bien dais a entender que me sois leal amigo, mas si por armas se hubiere de librar, a mí conviene que lo mantenga, que yo lo prometí y yo la pasaré.

—Buenos señores —dijo don Brián de Monjaste—, ambos decís muy bien, pero todos habemos parte en este hecho, porque lo que a Amadís acaeció con el rey fue darnos a entender a nosotros en lo que éramos tenidos, y lo que a él y a vos, señor don Galvanes, acaeció, así pudiera avenir a cada uno de los que allí éramos, y si más sobre este hecho no tomásemos, gran mengua a todos alcanzaría, aunque la causa principal de Amadís sea, que pues juntos salimos así estamos, lo de cada uno de nos, de todos es, así que en esto no hay cosa partida, y dejando aparte lo nuestro, Madasima es una doncella de las buenas del mundo y es en ventura de la vida perder y sus doncellas asimismo, y como lo principal de la orden de caballería sea socorrer las semejantes, dígoos que yo pugnaré que con razón sean defendidas, y cuando ésta faltare, será por armas cuanto mis fuerzas bastaren para ello.

Don Cuadragante dijo:

—Cierto, don Brián; vos lo decís como hombre de tan alto lugar, y así creo yo muy mejor haréis, que este negocio a todos atañe y en tal manera lo debemos tomar que nos tengan por hombres de buen recaudo y luego sin más tardanza, porque muchas veces acaece con la dilación prestar poco la buena voluntad, pues que la obra en efecto venir no puede en tiempo que aprovechar pueda, y acuérdeseos, señor, cómo aquellas doncellas están mezquinas, desamparadas y que no por su voluntad fueron en aquella prisión metidas, sino por aquella obediencia que Madasima a su madre debía, así que, aunque en lo del mundo algo el rey contra ellas tenga, en lo de Dios no ninguna cosa, pues que más por fuerza que por su querer se condenaron.

Amadís dijo:

—Mucho me place, señores, en oír lo que decís, porque las cosas con amor y concordia miradas no se debe esperar sino buena salida, y si así vuestros fuertes y bravos corazones, en lo por venir como en este presente, lo tienen, no solamente el remedio de aquellas doncellas tengo yo en mucho, mas pasar a otras tan grandes cosas que ningunos en el mundo iguales os pudiesen ser, y pues que todos estáis en este socorro, si os pluguiere diré yo mi parecer de aquello que hacerse debe.

Todos le rogaron que lo dijese.

—Las doncellas son doce, yo tendría por bien que por doce caballeros de vosotros sean socorridas por razón y por armas, cada uno la suya, así juntos, si ser pudiere repartidos como la necesidad se ofrezca, y bien cierto soy que todos los que aquí estáis según vuestro gran esfuerzo tomaríais esta afrenta por vicio y placer, mas ser no puede, pues que más de doce no puede ser, y esto quiero yo nombrar, quedando los otros y yo para las cosas de mayor peligro que ocurrimos puedan.

Entonces dijo:

—Vos, señor don Galvanes, seréis el primero, pues que el negocio principalmente vuestro es, y Agrajes, vuestro sobrino, y mi hermano don Florestán, y mis cohermanos Palomir, y Dragonis, y don Brián de Monjaste, y Nicorán de la Torre Blanca, y Orlandín, hijo del conde de Irlanda, y Gavarte de Val Temeroso, e Ymosil, hermano del duque de Borgoña, y Madancil de la Puente de la Plata, y Ledareri de Fajarque, estos doce tengo por bien que a esto vayan, porque entre ellos van hijos de reyes y de reinas y de duques y de condes de tan alto linaje que allá no pueden hallar ningunos que les par sean.

Y a todos plugo mucho de esto que Amadís dijo, y los nombrados se fueron luego a sus posadas para enderezar las cosas convenientes a la partida que otro día de gran mañana había de ser y aquella noche albergaron todos en la posada de Agrajes y a la medianoche fueron armados y a caballo puestos en el camino de Tasilana, la villa donde el rey Lisuarte estaba.

Capítulo 64. Cómo Oriana se halló en gran cuita por la despedida de Amadís y de los otros caballeros, y más de hallarse preñada, y de cómo doce de los caballeros que con Amadís en la Ínsula Firme estaban vinieron a defender a Madasima y a las otras doncellas que con ella estaban puestas en condición de muerte sin haber justa razón por qué morir debiesen

Contádose os ha cómo Amadís estuvo con su señora Oriana en el castillo de Miraflores sobre espacio de ocho días, según parece, y de aquel ayuntamiento Oriana preñada fue, lo cual nunca por ella sentido fue, como persona que de aquel menester poco sabía, hasta que ya la gran mudanza de su salud y flaqueza de su persona se lo manifestaron, y como lo entendió sacó aparte a Mabilia y a la doncella de Dinamarca, y llorando de los ojos les dijo:

—¡Ay, mis grandes amigas, qué será de mí, que según veo la mi muerte me es llegada, de lo cual yo siempre me recelé!

Ellas, pensando que por la pérdida de su amigo y la soledad de él lo decía, consoláronla como hasta allí no habían hecho, mas ella dijo:

—Otro mal, junto con ése, me ha sobrevenido, que nos ponen en mayor fortuna y mayor peligro, y esto es que verdaderamente soy preñada.

Entonces les dijo las señales por donde lo debían creer, así que conocieron ser verdad su sospecha, de que muy espantadas fueron, aunque se lo no dieron a entender, y díjole Mabilia:

—Señora, no os espantéis que a todo habrá buen remedio, y siempre me tuve por dicho que de tales juegos habríais tal ganancia.

Oriana, aunque había gran cuita, no pudo estar que de gana no riese, y dijo:

—Mis amigas, menester es que desde ahora hayamos el consejo para nos remediar, y será bien que luego me haga más doliente y flaca y me aparte lo más que ser pudiere de la compaña de todas, salvo de vosotras, y así cuando viniere la necesidad, remediarse ha con menos sospecha.

—Así se haga —dijeron ellas— y Dios lo enderece, y desde ahora sepamos qué se hará de la criatura cuando naciere.

—Yo os lo diré —dijo Oriana—, que la doncella de Dinamarca, si le pluguiere como reparadora de mis angustias y dolores, querrá poner su honra en menoscabo, porque la mía con la vida remediada sea.

—Señora —dijo ella—, no tengo yo vida ni honra más de cuanto vuestra voluntad fuere, por ende mandad, que cumplirse ha hasta la muerte.

—Mi buena amiga —dijo ella—, tal esperanza tengo, yo en vos y la honra que ahora por mí aventuraréis, yo la haré cobrar si vivo con mucha mayor parte.

La doncella hincó los hinojos y besóle las manos. Oriana le dijo:

—Pues, mi buena amiga, haréis así, id algunas veces a ver a Adalasta, la abadesa del mi monasterio de Miraflores, como que a otras cosas vais, y cuando el tiempo del mi parir fuere llegado, iréis a ella y decirle habéis como sois preñada y rogarle que además de os tener secreto ponga remedio en lo que naciere, lo cual vos haréis echar a la puerta de la iglesia, y que lo mande criar como cosa de por Dios, y yo sé que lo hará, porque mucho os ama, y de esta manera será lo mío encubierto y en lo vuestro no se aventura mucho, pues que no será sabido, salvo por aquella honrada dueña que lo guardará.

—Así se hará —dijo la doncella—, y muy bien acuerdo habéis tomado.

Esto queda por ahora hasta su tiempo, y digamos del rey Lisuarte cómo supo que la giganta Gromadaza no le quería entregar el Lago Ferviente y los otros castillos que ya dijimos. Mandó ante sí traer a Madasima y a sus doncellas, por consejo de Gandandel y Brocadán, y venidas en su presencia, dijoles:

—Madasima, ya sabéis cómo entrasteis en mi prisión por pleito que si vuestra madre no me entregase la Ínsula de Monganza con el Lago Ferviente y los otros castillos, que vos y vuestras doncellas fueseis descabezadas. Y ahora, según he sabido de las gentes que yo allá tengo, ha me faltado de lo que me prometió, y pues que así es, quiero que vuestra muerte y de estas doncellas sea ejemplo y castigo para los otros que conmigo contrataren que me no osen mentir.

Oído esto por Madasima, la su gran hermosura y viva color fue en amarillez tornada e hincó los hinojos ante el rey y dijo:

—Señor, el miedo de la muerte hace mi corazón más flaco que yo, como tierna doncella, naturalmente tenía, así que no me quedando sentido alguno no sabe la lengua qué responda, y si en esta corte hay algún caballero que manteniendo derecho por mí hable, considerando ser puesta en esta prisión contra toda mi voluntad, hará aquello que es obligado según la orden de caballería de responder por aquéllas que en semejantes cosas se hallan, y si no lo hubiere vos, señor, que a dueña ni doncella que atribulada fuese nunca fallecisteis, mandadme oír a derecho y no venza la ira y la saña a la razón que, como rey, debéis mirar.

Gandandel, que muy aquejado estaba en su voluntad porque muriese, pensando con aquello encender la enemistad más de lo que estaba entre el rey Lisuarte y Amadís, dijo:

—Señor, en ninguna manera no deben ser estas doncellas oídas, pues que sin otra condición alguna, salvo si aquella tierra no os fuese entregada, a la muerte se condenaron, y por esto se debe luego sin más en ello dar dilación alguna a la justicia ejecutar.

Don Grumedán, amo de la reina, que era un muy leal caballero y gran sabedor en todas cosas de su honra, como aquél que con las armas por obra lo experimentara y con su sutil ingenio muchas veces lo leyera, dijo:

—Eso no hará el rey si a Dios pluguiere, ni tal crudeza ni desmesura por él pasará, que esta doncella, más costreñida por la obediencia debida a su madre que por su voluntad fue en esta demanda puesta, y así como en lo oculto de aquella humildad de Dios agradecida le será, así en lo público el rey como su ministro, siguiendo sus doctrinas, lo debe hacer, cuanto más que yo he sabido cómo en estos tres días serán aquí algunos caballeros de la Ínsula Firme que vienen a razonar por ellas, y si vos, don Gandandel, o vuestros hijos, quisiereis mantener la razón que aquí dijisteis, entre ellos hallaréis quien os responda.

Gandandel le dijo:

—Don Grumedán, si vos me queréis mal, nunca os lo merecía yo, y si a mis hijos habéis así afrentado, bien sabéis vos que son tales que mantendrán como caballeros todo lo que yo dijese.

—Cerca estamos de lo ver —dijo don Grumedán—, y a vos no os quiero yo más mal ni bien de como viere que al rey aconsejáis.

El rey, comoquiera que mucho contra toda razón a Amadís errara y en su pensamiento tuviese de le enojar en las cosas que le tocasen, no pudo tanto aquella nueva pasión que a la vieja y antigua virtud suya pudiese vencer, y como oyó lo que don Grumedán dijo, plúgole de ello y preguntóle cuáles eran los caballeros que venían por delibrar las doncellas, y él se los contó todos por nombre.

—Asaz hay ende —dijo el rey— de buenos caballeros y entendidos.

Cuando Gandandel los oyó nombrar mucho fue espantado y muy arrepentido por lo que en sus hijos dijera, que bien veía el que la bondad de ellos no igualaba con gran parte a la de don Florestán, y Agrajes, y Brián de Monjaste, y Gavarte de Val Temeroso, y tanto que el rey mandó tornar a Madasima y a sus doncellas a la prisión, él se fue a Brocadán, su cuñado, con gran angustia de su corazón, porque las cosas le venían mucho al contrario de lo que al comienzo pensara, recibiendo el galardón que los méritos de la maldad merecen.

Aquí acaeció lo que el Evangelio dice, no haber cosa oculta que sabida no sea, que este Gandandel se fue con Brocadán a su casa, en lugar apartado para haber consejo sobre la venida de los caballeros de la Ínsula Firme como antes que llegasen trabajasen con el rey como hiciese matar a

Madasima y a sus doncellas. Pues allí estando Brocadán culpando mucho a Gandandel el mal que Amadís hiciera en lo mezclar con el rey, sin que se lo mereciese, y todas las otras cosas que en aquella mala negociación habían pasado, y mostraron gran cuita y pesar del mal consejo que tomaron, temiendo alcanzar presto la ira de Dios y del rey, partiendo sus honras e hijos, por cuya causa lo comenzaran.

Acaeció que una sobrina de este Brocadán, siendo enamorada de un caballero mancebo, que Sarquiles se llamaba, sobrino de Angriote de Estravaus, que teniéndolo encerrado en un destajo junto con aquella cámara donde ellos solos y apartados habían su consejo, oyó todo cuanto hablaban y supo todos sus malos secretos, de que muy maravillado fue, y desde que ellos se fueron y la noche venida, salió de allí, y armándose de todas sus armas en una casa fuerte de la villa donde las dejara, cabalgó en su caballo en la mañana, como que de otra parte viniese, y fuese al palacio del rey y hablando con él le dijo:

—Señor, yo soy vuestro natural y en vuestra casa fui criado y querría os guardar de todo mal y engaño, porque no erraseis en vuestra hacienda, cumpliendo la ajena voluntad, y no ha tercero día que estando en un lugar oí que algunos os quieren dar mal consejo contra vuestra honra y buena nombradía, y dígoos que no deis fe a lo que Gandandel y Brocadán os dijeran en hecho de Madasima y sus doncellas, pues que en vuestra corte hay tales personas que con menos engaño os aconsejarán, y lo que a esto me mueve, vos lo sabréis y cuantos aquí hay antes de doce días, y si paráis mientes en lo que esto que digo os dirán, luego podéis entender que algo de ello sabía yo, y, señor, quedad con Dios, que yo me voy a mi tío Angriote.

—A Dios vais —dijo el rey. Y quedó pensando en aquello que le había dicho, y Sarquiles cabalgó en su caballo, y por un atajo que él sabía, se fue lo más presto que pudo a la Ínsula Firme, y con el trabajo del camino llegó el caballo flaco y laso que ya llevar no le podía, y halló a Amadís, y Angriote, y don Bruneo de Bonamar, que cabalgaban andando por la ribera de la mar, haciendo aderezar fustas para pasar en Gaula, que Amadís quería ver a su padre y madre, y fue bien recibido de ellos. Angriote le dijo:

—Sobrino, ¿qué cuita oísteis que tan mal parado el caballo traéis?

—Muy grande —dijo él—; por os ver y contar una cosa que es menester que sepáis.

Entonces les contó cómo le tuviera la doncella, que Gadanza había nombre, encerrado en casa de Brocadán y todo lo que a él y Gandandel les oyera de la maldad que a Amadís habían con el rey tratado. Angriote dijo contra Amadís:

—¿Pareceos, señor, si mi sospecha era desviada de la verdad, aunque no me dejasteis llegarla al cabo? Mas ahora, si a Dios pluguiere, ni vos ni otra cosa me estorbará que claramente no aparezca la gran maldad de aquellos malos que tan gran traición han hecho al rey y a vos.

Amadís le dijo:

—Ahora, mi buen amigo, con más certidumbre y razón que entonces lo podéis tomar y con aquélla os ayudará Dios.

—Pues yo saldré de aquí —dijo Angriote— mañana al alba del día e irá Sarquiles en otro caballo conmigo y presto sabréis la paga que aquellos malos de su maldad habrán.

Y luego se fueron a la posada de Amadís, que allí siempre con él estaba Angriote, y aderezaron todo lo que habían menester para el camino, y otro día cabalgaron y fuéronse donde supieron que el rey Lisuarte era, el cual estaba muy pensativo de las cosas que Sarquiles le dijera, y él aguardó por ver a que podría redundar.

Pues un día vinieron a él Gandandel y Brocadán y dijéronle:

—Señor, mucho nos pesa porque no tenéis mientes en vuestra hacienda.

—Bien puede ser —dijo el rey—, mas, ¿por qué me lo decís?

—Por aquellos caballeros —dijeron ellos— que de la Ínsula Firme vienen, que son vuestros enemigos y sin ningún temor quieren entrar en vuestra corte a salvar a estas doncellas, por quien habéis de haber su tierra, y si nuestro consejo tomaréis, antes que vengan serán ellas descabezadas y a ellos enviaréis a mandar que no entren vuestra tierra, y con esto seréis temido, que ni Amadís ni ellos no osarán haceros enojo, que según la rosa está en el estado en que es puesta, si de miedo no lo dejan, no lo dejarán de virtud, y esto, señor, mandadlo luego sin más consejo ni dilación, porque las cosas apresuradamente hechas semejantes como éstas mayor espanto ponen.

El rey, que en la memoria tenía lo que Sarquiles le dijera, luego conoció que había dicho verdad en verlos como se cuitaban por la muerte de las doncellas, y no se quiso arrebatar, antes les dijo:

—Vos decís dos cosas muy fuertes y contra toda razón; la una, que sin forma de juicio haga matar a las doncellas, ¿qué cuenta daría yo a aquel Señor, cuyo ministro soy, si tal hiciese?, que en su lugar me puso para que las cosas justamente, por semejante a Él, a su nombre obrase, y si haciendo tuerto y agravio pusiese aquel gran espanto en las gentes, que decís todo aquello con derecho y con razón caería al cabo sobre mí, porque los reyes que más por voluntad que por razón hacen las crudezas, más confían en su saber que en el de Dios, lo cual es el mayor yerro que tener pueden. Así que lo verdadero y más cierto para se asegurar cualquier principe en este mundo y en el otro, es hacer las cosas con acuerdo y consejo de personas de buena intención y pensar que, aunque al comienzo algunos entrevalos se les pongan en el fin, pues que por el justo juez han de ser guiadas, la salida no puede ser sino buena. La otra que me decís que envíe a mandar que los caballeros no vengan a mi corte, cosa muy deshonesta sería desviar a ninguno que ante mí no pida justicia, cuanto más que si son muchos mis enemigos por mucha honra es a mi mano y voluntad de hacer lo que ellos me suplicaren y con necesidad vengan a mi juicio, así que no haré ninguna cosa de esto que me decís ni lo tengo por bien, y mucho menos, lo que contra Amadís me aconsejasteis de lo que yo gran pena merezco, porque nunca de él ni de su linaje recibí sino muchos servicios, y si algo en contra tuvieran, otros algunos supieran o sospecharan de ello, pero otra prueba no parece sino sola la vuestra, aconsejasteisme muy mal y dañasteis a quien nunca lo mereció. Yo que erré tengo la pena, y así creo que vosotros al cabo, si la verdad me trajisteis, no quedaréis sin ella —y levantándose de entre ellos se fue cuando así al rey, y porque no sabía ninguna cosa por donde afirmarse lo que había dicho, Brocadán le dijo:

—Ya no es tiempo, Gandandel, de tornar atrás, que en cosa tan dañada poco aprovecharía, antes, ahora con más esfuerzo, se debe sostener todo lo que al rey dijimos.

—No sé yo cómo se podrá eso hacer —dijo Gandandel—, que no se hallaría persona que dijese sino lo contrario.

Así estaban revolviendo en sus entrañas para que el yerro que hicieran fuese mayor, que esto es lo natural de los malos.

Otro día cabalgó el rey con gran compaña, después de haber oído misa y salirse al campo. No tardó mucho que llegaron los caballeros de la Ínsula Firme, que venían a la deliberación de Madasima y de sus doncellas, y el rey, que los vio venir, movió contra ellos a los recibir, porque lo merecían según sus grandes bondades y porque él era muy honrador de todos y ellos fueron ante él con mucha humildad y sus hombres armaron tiendas en el campo en que albergasen y hasta allí fue el rey con ellos, y queriéndose ir, díjole don Galvanes:

—Señor, confiando en vuestra virtud y en vuestras buenas y justas maneras, venimos a os pedir por merced que queráis oír a Madasima y a sus doncellas y pasen por su derecho y nos somos aquí para mantener su razón, y si con ella no podemos, no os pese, señor, que por armas lo sostengamos, pues no hay causa por donde ellas deban morir.

El rey dijo:

—Desde hoy más id a holgar a vuestro albergue, que yo haré todo lo que con derecho deba.

Don Brián de Monjaste le dijo:

—Señor, así lo esperamos de vos, que haréis aquello que a vuestro real estado y a vuestra conciencia conviene, y si algo de ello faltare, será por algunos malos consejeros que no guardan vuestra honra ni fama, lo cual, si a vos, señor, no pesase, haría yo luego conocer a cualquiera que lo contrario dijese.

—Don Brián —dijo el rey—, si vos creyeseis a vuestro padre, yo sé bien que me no dejaríais por otro ni vendríais a razonar contra mí.

—Señor —dijo Brián—, la mi razón por vos es que yo no digo que hagáis sino derecho, que no deis lugar algunos que por ventura no os servirán tan bien como yo, que dañen vuestra bondad, y a lo que me decís que si a mi padre creyese, que no, os dejaría, yo no os dejé porque nunca vuestro fui, aunque soy de vuestro linaje, y yo vine a vuestra casa a buscar a mi cohermano Amadís, y cuando a vos no plugo que fuese vuestro, fuime con él, no errando un punto de lo que debía.

Esto pasó Brián de Monjaste, que oís. El rey se fue a la villa y ellos quedaron en sus albergues, donde fueron visitados de muchos amigos suyos. De Oriana os digo que se nunca quitó de una finiestra mirando aquéllos que tanto a su amigo amaban, rogando a Dios que les diese victoria en aquella demanda.

Aquella noche estuvieron Gandandel y Brocadán con angustia de sus ánimos, porque no hallaba razón aguisada para sostener lo que comenzado había, pero por más peligro hallaban dejarlo ya caer, y por esto acordaron de lo llevar adelante. Otro día de mañana fueron a oír misa con el rey los doce caballeros, y dicha, el rey se fue con los de su consejo, con otros muchos hombres buenos a un palacio y mandó llamar a Gandandel y a Brocadán, y díjoles:

—La razón que me siempre dijisteis en el hecho de Madasima y de sus doncellas ahora es menester que la mantengáis y deis entender a estos hombres buenos cómo no deben ser oídos —y mandólos estar en un lugar donde los oyesen. Ymosil de Borgoña y Ledaderín de Fajarque dijeron delante del rey:

—Nos y estos caballeros que aquí vinimos os pedimos en merced que mandéis oír a Madasima y a sus doncellas, porque entendemos que así debéis hacer de derecho.

Gandandel dijo:

—El derecho, muchos son los que le razonan y pocos los que lo conocen. Vos decís que deben estas doncellas de derecho ser oídas, pues sin condición alguna se obligaron a la muerte, y así entraron en la prisión del rey, que si Ardán Canileo fuese muerto y vencido, le entregarían libremente toda la Ínsula de Mongaza, y si no, que las matase, y a los caballeros con ellas, y ellos, después de muerto Ardán Canileo, entregaron los castillos que tenían y Gromadaza no quiere entregar lo que tiene, así que no hay ni puede haber razón para las excusar de morir.

Ymosil dijo:

—Ciertamente, Gandandel, excusado debía ser a vos delante de tan buen rey y tales caballeros razonar este que aquí dijisteis, pues que siendo tan contra derecho que más con dañada voluntad que por otra causa lo habéis dicho que manifiesto es a todos los que algo saben que por cualquier pleito que hombre o mujer sobre sí ponga, si no es en caso de traición o aleve de ser oído y juzgado a muerte o a vida, según la culpa que tuviere, y así se hace en las tierras donde hay justicia y lo al sería gran crudeza, y esto es lo que pedimos al rey que lo vea con estos hombres buenos que aquí son y haga lo justo.

Gandandel le dijo que aquello era tan justo que se no podía más decir y que el rey lo juzgase, pues que ya había oído las partes, y así quedó el negocio, y quedando allí el rey y ciertos caballeros, todos los otros se fueron. El rey quisiera mucho que Argamón, su tío, un conde muy honrado y de gran seso, dijera sobre ello su parecer, mas él se lo remitió a él, diciendo que ninguno sabía el derecho tan cumplidamente como él, y así lo hicieron todos los otros. Cuando esto el rey vio, dijo:

—Pues en mí lo dejáis, yo digo que me parece cosa justa la razón de Ymosil de Borgoña, que las doncellas. deben ser oídas.

—Ciertamente, señor —dijo el conde y todos los otros—, vos determináis lo justo y así se debe hacer.

Entonces llamaron los caballeros y dijéronselo, e Ymosil y Ledaderín le besaron las manos por ello y dijeron:

—Pues, señor, si la vuestra merced fuere mandad venir a Madasima y a sus doncellas, y salvarlas hemos con derecha razón, o con armas si menester fuere.

—Bien me parece que así sea —dijo el rey—, y vengan las doncellas y veremos si os otorgará su razón.

Y luego fueron por ellas y vinieron delante del rey con tan gran temor y tan apuestas, que no había allí hombre que gran piedad de ellas no hubiese. Los doce caballeros de la Ínsula Firme las tomaron por las manos, y a Madasima, Agrajes y Florestán, Ymosil y Ledaderín dijeron:

—Señora Madasima, estos caballeros vienen por os salvar de la muerte y a vuestras doncellas, el rey quisiera saber si nos otorgáis vuestra razón.

Ella dijo:

—Señor, si razón de doncellas cautivas y sin ventura puede ser otorgada, nosotras os las otorgamos, y en Dios y en vos nos ponemos.

—Pues que así sea —dijo Ymosil—, ahora venga quien quisiere decir contra vos, que si uno fuere, yo os defenderé, por razón o por armas, y si más, vengan hasta doce, que aquí serán respondidos.

Y el rey miró a Gandandel y a Brocadán y vio cómo tenían los ojos en el suelo y muy desmayados, que no respondían. Dijo a los caballeros de la Ínsula Firme:

—Id vos a vuestras posadas hasta mañana, y en tanto tomarán acuerdo los que os querrán responder.

Entonces se fueron con Madasima hasta la prisión, y desde allí a las posadas, y el rey tomó aparte a Gandandel y a Brocadán, y díjoles:

—Muchas veces me habéis dicho y aconsejado que era justo de matar esas doncellas y que vosotros lo defenderíais por derecha razón, y aun si menester fuese vuestros hijos por armas. Ahora es tiempo que lo hagáis, que yo, porque me parece hermosa y justa razón lo que Ymosil dice, no mandaré combatir ninguno de mi corte con los caballeros, por ende poned remedio, si no las doncellas serán libres y yo no bien aconsejado de vosotros.

Y ellos le dijeron que luego de mañana vendrían con recado y fuéronse muy tristes a sus casas. Y fue su acuerdo que porfiasen lo que comenzaron con buenas razones, mas a los hijos no los poner en afrenta, porque su razón no era verdadera y ellos no eran tales en armas como aquellos caballeros; mas esa noche llegó nueva al rey cómo Gromadaza, la giganta, era muerta y que mandó entregar los castillos al rey por delibrar a su hija y sus doncellas, y que ya los tenían en su poder el conde Latine, de que hubo gran placer, y otro día, después de la misa, sentóse allí donde había de juzgar y vinieron ante él los doce caballeros, y díjoles:

—De hoy más no habléis en hecho de las doncellas, que vos sois quitos de él y Madasima y sus doncellas son libres de muerte y de la prisión, que yo tengo ya los castillos por que las tenía presas.

De esto hubieron muy gran placer Gandandel y Brocadán por cuanto no esperaban sino gran deshonra, y luego mandó venir a Madasima y sus doncellas, y díjoles:

—Vosotras sois libres y os doy por quitas; haced lo que más os pluguiere, que yo tengo los castillos porque os tenía.

Y no le quiso decir cómo su madre era muerta. Madasima le quiso besar las manos, mas el rey no quiso, como aquél que las nunca dio a dueña ni doncella, sino cuando les hacía alguna merced, y díjoles:

—Señor, pues que en mi libre poder me dejáis, yo me pongo en el de mi señor don Galvanes, que en tanto trabajo se ha por mí puesto con sus amigos.

Agrajes la tomó por la mano, y dijo:

—Mi buena señora, vos habéis hecho lo que debíais, y comoquiera que ahora seáis de vuestra tierra desheredada, otra habéis en que honrada estéis hasta que Dios lo remedie.

Ymosil dijo al rey:

—Señor, si a Madasima se le guarda derecho no debe ser desheredada, que sabido es que los hijos que en poder de sus padres están aunque les pese han de hacer su mandado, pero por eso no se pueden condenar a ser desheredados, pues que la obediencia más que la voluntad los hace obligar en lo que sus padres quieren, y pues que vos, señor, estáis para dar a cada uno su derecho, obligado sois de lo hacer de vos mismo, por dar ejemplo a los otros. Las doncellas tenéis libres, en lo otro no habléis, porque de aquella tierra he habido muchos enojos y ahora que la tengo defenderla he y no la puedo quitar a mi hija Leonoreta, a quien la di.

Don Galvanes le dijo:

—Señor, en aquel derecho que es de Madasima aquella tierra que fue de sus abuelos, en aquél soy yo metido y luego que os membréis de algunos servicios con ella lo más lealmente y mejor que pudiere.

—Don Galvanes —dijo el rey—, no habléis en eso, que ya es hecho lo que se no puede deshacer.

—Pues que así es —dijo él— que no me vale derecho ni mesura, yo pugnaré de lo haber como mejor pudiere y que no entre en el vuestro señorío.

—Haced lo que pudiereis —dijo el rey—, que ya fue en poder de otros más bravos que no vos y más ligero será de os la defender que fue de la cobrar de ellos.

—Vos la tenéis —dijo don Galvanes— por causa de aquél que ha mal galardón, el cual me ayudará a la cobrar.

El rey dijo:

—Si os él ayudare, muchos otros servirán a mí, que no servían por amor de él, que lo tenía en mi casa y lo defendía de ellos.

Agrajes, que estaba sañudo, dijo:

—Cierto, bien saben cuantos ahí están y otros muchos si fue Amadís por vos defendido o vos por él, aunque sois rey, y él que siempre como caballero andante anduvo.

Don Florestán, que vio a Agrajes con tanta saña, púsole la mano en el hombro y tirólo ya cuanto y pasó adelante, y dijo al rey:

—Parece, señor, que en más tenéis los servicios de esos que los de Amadís, pues cerca estamos de mostrar la verdad de ello.

Don Brián de Monjaste pasó por Florestán, y dijo:

—Aunque vos, señor, en poco tengáis los servicios de Amadís y de sus amigos, mucho han de valer aquéllos que con razón los pudiesen poner en olvido.

El rey dijo:

—Bien entiendo, don Brián, en vuestro semblante que sois uno de aquéllos sus amigos.

—Ciertamente —dijo él—, sí soy, que él es mi cohermano y tengo de seguir en todo su voluntad.

—Bien habremos acá con que os excusar —dijo el rey.

—Todo será menester —dijo él— para resistir lo que Amadís podría hacer.

Entonces se llegaron de un cabo y de otro los caballeros para responder, mas el rey tendió una vara que en la mano tenía y mandóles que no hablasen más en aquello, y todos se tornaron a sentar. Entonces llegó Angriote de Estravaus, y con él su sobrino Sarquiles, armados de todas armas, y llegaron al rey a le besar las manos. Los doce caballeros fueron maravillados de su venida, que no sabían la causa de ella; mas Gandandel y Brocadán fueron en pavor puestos y mirábanse uno a otro, así como aquéllos que sabían lo que Angriote de ellos antes dijera, y creían que por aquello venía, y aunque le tenían por el mejor caballero del señorío del rey, esforzáronse para responderle y llamaron a sus hijos cabe ellos, y mandáronles que no hablasen más de lo que ellos les dijesen. Angriote fue delante del rey, y díjole:

—Señor, manda venir aquí a Gandandel y a Brocadán, y decirles he tales cosas por donde vos y los que aquí están los conozcan mejor que hasta aquí.

El rey los mandó venir y todos se llegaron por ver qué sería aquello, y Angriote dijo:

—Señor, sabed que estos Gandandel y Brocadán os son desleales y falsos, que os aconsejaron mal y falsamente, no mirando a Dios, ni a vos, ni a Amadís, que tantas honras les hizo y nunca les erró, y ellos, como malos, os dijeron que Amadís andaba por se os alzar con la tierra, aquél que nunca su pensamiento fue sino en os servir, e hiciéronnos perder el mejor nombre que nunca rey tuvo y con él muchos otros buenos caballeros, sin que se lo mereciese, así que yo, señor, delante de vos, les digo que son malos y falsos y os hicieron gran traición de ellos vuestra hacienda, y si dejaren que no yo se lo combatiré a ellos ambos y si su edad los excusa metan por sí sendos de sus hijos que con él ayuda de Dios yo les haré conocer la deslealtad de sus padres y que vos, buen rey, así la conozcáis.

—Señor —dijo Gandandel—, ya veis cómo Angriote viene por deshonrar vuestra corte, y esto causa que dejáis entrar en vuestra tierra los que no quieren vuestro servicio, y si lo primero se remediara no viniera lo presente y no os maravilléis, señor, si Amadís viniere otro día a desafiar a vos mismo y si Angriote me tomara en aquel tiempo, que yo con las armas hice muchos servicios en honra de vuestro reino a vuestro hermano el rey Falangris, no osara decir lo que dice; mas de que me veo viejo y flaco atrévese como a cosa vencida, y esta mengua más a vos que a mí atañe.

—No, don malo —dijo Angriote—, que ya vuestras falsas mezclas pues que descubiertas son, no pueden dañar, que bastar deben en lo que con ellas al rey pusisteis, que yo no vengo a revolver ni deshonrar a su corte, antes en su honra a sacar aquella mala simiente que a la buena de aquí echó.

Sarquiles dijo:

—Señor, bien sabéis que las palabras que sobre esto os hube dicho que no han pasado muchos días, y por ellas conoceréis ser verdad lo que mi señor y mi tío Angriote dice, lo cual por mis orejas yo oí toda la maldad que estos dos malos os hicieron en os poner en sospecha contra Amadís y su linaje, y si dicen que no y por viejos se excusan, respondan sus hijos que son fuertes y mancebos, ellos tres a nosotros dos, y Dios mostrará la verdad y allí se verá si son ellos tales que puedan excusar de vuestro servicio Amadís y a su linaje como sus padres lo hablaban.

Cuando los hijos de éste vieron a su padre tan menguado de razón y que todos los del palacio se reían de lo ver tan mal parado metiéronse con gran saña entre la gente desviando con fuerza a unos y a otros, y como fueron delante del rey, dijeron:

—Señor Angriote, miente en cuanto ha dicho de nuestro padre y de Brocadán, y nos se lo combatiremos, y veis aquí nuestros gajes.

Y echaron en el regazo del rey sendas lúas, y Angriote le tendió la falda de la loriga y dijo:

—Señor, veis aquí el mío y luego se vayan a armar, y vos, señor, veréis la batalla.

El rey dijo:

—Lo más del día es ya pasado, que no hay tiempo de os combatir, y mañana, después de misa, aparejaos para la batalla y poneros hemos en el campo.

Entonces llegó allí un caballero, que Adamas había nombre que era hijo de Bracadán y de la hermana de Gandandel, y como era de gran cuerpo y valiente fuerza fuese, era muy villano de condición, así que todos se despegaban de él, y dijo al rey:

—Señor, digo que en todo lo que Sarquiles dijo mintió, y yo se lo combatiré mañana si con su tío en el campo osare entrar.

Sarquiles fue de esto alegre por se hallar en compañía de su tío, y dio luego su gaje al rey que él quería la batalla. Entonces mandó el rey que todos se fuesen a sus posadas, y así se hizo, que Angriote y Sarquiles se fueron con los doce caballeros y llevaron consigo a Madasima y a sus doncellas, que ya de la reina y de Oriana eran despedidas, y la reina le mandó dar una tienda muy rica en que estuviese. El rey quedó con don Grumedán y don Giontes su sobrino, y mandó llamar a Gandandel y Brocadán, y díjoles:

—Muy maravillado soy de vosotros haberme dicho tantas veces que Amadís me quería hacer traición y alzárseme con la tierra, y ahora que tanto la prueba de ella era necesaria, así lo dejasteis caer y habéis puesto a vuestros hijos pleito, que no saben la justicia que de su parte tienen; mucho habéis errado a Dios y a mí y en gran mal me metisteis, en me hacer perder tal hombre y tales caballeros, y vosotros no quedaréis sin pena porque aquel justo juez le dará a quien lo merece.

—Señor —dijo Gandandel—, mis hijos se adelantaron pensando que la prueba tardaría.

—Ciertamente —dijo Grumedán—, ellos pensaron verdad, porque no hay ni habrá ninguna contra Amadís en esto ni en otra cosa en que el rey errado haya, y si vosotros lo sospecháis fue contra razón que aun los diablos del infierno no lo pudieron pensar, y si el rey os cortase mil cabezas que tuvieseis no sería vengado del daño que le hicisteis, pero vosotros quedaréis, y quiera Dios que no sea para más mal, y los cuitados de vuestros hijos padecerán la culpa vuestra.

—Don Grumedán —dijeron ellos—, aunque vos así lo tengáis y lo querríais, esperanza tenemos que nuestros hijos sacarán adelante nuestras honras y las suyas.

—Dios no me salve —dijo Grumedán— si yo más lo querría de cuanto el consejo bueno o malo que al rey disteis lo merece.

Entonces les mandó el rey que no hablasen en ello más, pues que era ya excusado; fuéronse a comer y los otros a sus casas. Esa noche aderezaron los unos y los otros sus armas y sus caballos, y Angriote y Sarquiles velaron la media noche arriba en una ermita de Santa María, que allí cabe sus tiendas era, y al alba del día armáronse todos los doce caballeros que recelaban del rey porque le veían sañudo contra ellos, y así entraron por la villa y se fueron al campo donde la batalla había de ser, que ya el rey y todos los caballeros y otras gentes allí estaban y tres jueces para la juzgar: el uno era el rey Arbán de Norgales, y el otro, Giontes, su sobrino del rey, y el tercero, Quinorante, el buen justador, y tomaron a Angriote y a Sarquiles y pusiéronlos al cabo del campo, y luego vinieron Tarín y Corián, los dos hermanos, y Adamás, el cohermano, y entraron en el campo muy bien armados y en hermosos caballos en disposición de hacer todo bien, si la maldad de sus padres no se lo estorbara y puestos los unos contra los otros, Giontes toca una trompeta que tenía y los caballeros movieron al más correr de sus caballos, y Corián y Tarín enderezaron a Angriote y Adamás y Sarquiles, y Tarín hirió a Angriote de tal encuentro que la lanza voló en piezas, y Angriote encontró a Corián en el escudo, tan bravamente, que le lanzó por cima de las ancas del caballo, y cuando tornó a Tarín violo estar con la espada en la mano, y como vio a su hermano en el suelo, fue con saña contra Angriote y cuidólo herir en el yelmo, mas echó antes el golpe de manera que dio al caballo en la cabeza un gran golpe y cortóle un pedazo de ella y las cabezadas, así que el freno se le cayó en los pechos, y como llegó desapoderado, así venía para él Angriote y topáronse con los escudos uno con otro tan fuertemente que Tarín fue a tierra desacordado, y Angriote que así vio el caballo saltó de él lo más presto que pudo como aquél que ligero y valiente era y se había muchas veces visto en semejantes peligros, y como fue a pie embrazó su escudo y puso mano a su espada con la cual muchos y grandes golpes ya otras veces diera, y fuese yendo contra los dos hermanos que juntos estaban, y vio cómo su sobrino Sarquiles se combatía con Adamás a caballo de las espadas bravamente, y llegando a ellos tomáronle en medio e hiciéronle de grandes golpes como aquéllos que eran valientes y de gran fuerza. Mas Angriote se defendía poniendo al uno el escudo, al otro con la espada, de manera que los hacía revolver que no alcanzaba golpe en lleno que las armas no derribase hasta tierra, que como se os ha dicho de este caballero era el mejor heridor de espada que ninguno de los caballeros del señorío del rey. Así que en poco rato los paró tales que los escudos eran hechos rajas y las lorigas rotas por muchos lugares, que la sangre salía por ellos, pero él no estaba tan sano que muchas llagas no tuviese y mucha sangre se le iba. Sarquiles, cuando así vio a su tío y que él no podía vencer a Adamás, quiso poner en toda aventura y puso las espuelas muy reciamente a su caballo y juntó con él a brazos, y anduvieron asidos una pieza trabajando por se derribar, y como Angriote así los vio, llegóse lo más presto que pudo contra ellos por socorrer a Sarquiles si debajo cayese, y los dos hermanos siguiéronlo cuanto podían por socorrer a su cohermano. En esto los caballeros cayeron abrazados en el suelo, y allí vierais una gran prisa entre ellos: Angriote, por socorrer a su sobrino y los otros a su cohermano, mas aquella hora hacía Angriote maravillas en armas, en dar tan duros y tan terribles y esquivos golpes que por mucho que hicieron los dos hermanos no pudieron tanto resistir que Adamás pudiese salir de las manos de Sarquiles. Cuando Gandandel y Brocadán esto vieron, que hasta allí tenían esperanza que la fuerza de sus hijos sostendrían aquello que con gran maldad ellos urdieran, quitáronse de la ventana con gran dolor y angustia de sus corazones, y así lo hizo el rey, que de toda la buena andanza de aquéllos que amigos eran de Amadís le pesaba, y no quiso ver el vencimiento y muerte de aquéllos, ni la victoria de Angriote; mas todos los que allí estaban había de ello mucho placer, porque en este mundo pagasen aquellos malos Gandandel y Brocadán algo de la culpa que mereciesen, mas los cuatro caballeros que en el campo estaban no entendían sino en se herir por todas partes de grandes golpes, pero no duró mucho, que Angriote y Sarquiles cargaron de tantos golpes a los dos hermanos, que ya no tenían defensa alguna, ni hacían sino retraerse buscando alguna guarida, y no la hallando daban algunos golpes y tornaban a huir pensando de se valer por salvarse las vidas; mas en el cabo fueron derribados, no pudiendo sufrir los golpes que sus enemigos les daban, y fueron muertos por sus manos con mucho placer de la muy hermosa Madasima y de los caballeros de la Ínsula Firme, y más de Oriana y de Mabilia, que nunca cesaban de rogar a Dios por ellos que les diese aquella victoria que habían alcanzado. Entonces Angriote preguntó a los jueces si habían más de hacer; ellos le dijeron que asaz había hecho para cumplimiento de su honra, y sacándolos del campo los tomaron sus compañeros, y con Madasima se tomaron a sus tiendas, donde los hicieron de sus llagas curar.

ACÁBASE EL SEGUNDO LIBRÓ DEL NOBLE Y VIRTUOSO CABALLERO AMADÍS DE GAULA.

Libros a la carta

A la carta es un servicio especializado para

empresas,

librerías,

bibliotecas,

editoriales

y centros de enseñanza;

y permite confeccionar libros que, por su formato y concepción, sirven a los propósitos más específicos de estas instituciones.

Las empresas nos encargan ediciones personalizadas para marketing editorial o para regalos institucionales. Y los interesados solicitan, a título personal, ediciones antiguas, o no disponibles en el mercado; y las acompañan con notas y comentarios críticos.

Las ediciones tienen como apoyo un libro de estilo con todo tipo de referencias sobre los criterios de tratamiento tipográfico aplicados a nuestros libros que puede ser consultado en Linkgua-ediciones.com.

Linkgua edita por encargo diferentes versiones de una misma obra con distintos tratamientos ortotipográficos (actualizaciones de carácter divulgativo de un clásico, o versiones estrictamente fieles a la edición original de referencia).

Este servicio de ediciones a la carta le permitirá, si usted se dedica a la enseñanza, tener una forma de hacer pública su interpretación de un texto y, sobre una versión digitalizada «base», usted podrá introducir interpretaciones del texto fuente. Es un tópico que los profesores denuncien en clase los desmanes de una edición, o vayan comentando errores de interpretación de un texto y esta es una solución útil a esa necesidad del mundo académico.

Asimismo publicamos de manera sistemática, en un mismo catálogo, tesis doctorales y actas de congresos académicos, que son distribuidas a través de nuestra Web.

El servicio de «libros a la carta» funciona de dos formas.

1. Tenemos un fondo de libros digitalizados que usted puede personalizar en tiradas de al menos cinco ejemplares. Estas personalizaciones pueden ser de todo tipo: añadir notas de clase para uso de un grupo de estudiantes,

introducir logos corporativos para uso con fines de marketing empresarial, etc. etc.

2. Buscamos libros descatalogados de otras editoriales y los reeditamos en tiradas cortas a petición de un cliente.

www.ingramcontent.com/pod-product-compliance
Lightning Source LLC
Chambersburg PA
CBHW020400030726
47496CB00007B/2236